朱典淼◎著

岁月思絮

安徽师范大学出版社

·芜湖·

图书在版编目(CIP)数据

岁月思絮 / 朱典淼著. — 芜湖:安徽师范大学出版社,2019.10
ISBN 978-7-5676-4334-5

Ⅰ.①岁… Ⅱ.①朱… Ⅲ.①随笔 – 作品集 – 中国 – 当代 Ⅳ.①I267.1

中国版本图书馆CIP数据核字(2019)第204639号

岁月思絮

SUIYUE SIXU

朱典淼◎著

责任编辑:胡志恒
装帧设计:丁奕奕
出版发行:安徽师范大学出版社
　　　　　芜湖市九华南路189号安徽师范大学花津校区　　　邮政编码:241002
网　　址:http://www.ahnupress.com
发 行 部:0553-3883578　5910327　5910310(传真)
印　　刷:江阴金马印刷有限公司
版　　次:2019年10月第1版
印　　次:2019年10月第1次印刷
开　　本:700 mm × 1000 mm　1/16
印　　张:19.75
字　　数:280千字
书　　号:ISBN 978-7-5676-4334-5
定　　价:58.00元

如发现印装质量问题,影响阅读,请与发行部联系调换。

写在前面的话

这是一本言论集，从发表于报刊的作品中，遴选了八十余篇，汇集而成。

"心之官则思"，人活着，总会对面临的问题思索一番，并写下感言。这些言论，对己是自我鞭策，对他人或许有些启示。结集出版，名为《岁月思絮》，算作流逝岁月中，沉思后的收获。

本书共四部分：一是人生感悟，对人生相关问题的所思所得；二是艺文赏析，谈有关文艺问题的理解，对一些佳作的剖析；三是美苑寻芳，对美学领域中有关问题的探讨与阐述；四是教坛思得，从教数十年的切身体会，对教育问题的若干思考。

老夫年已八十，学然后知不足。深感力不从心，笔未逮意。

尚祈专家学者及广大读者，对本书的不足之处，提出批评和建议。

目　录

// 　　人生感悟

岁月思絮

// 艺文赏析

目
录

岁月思絮

// 美苑寻芳

// 　　教坛思得

人生感悟

做一个堂堂正正的人，涉及面颇多。这里谈的仅为重要之处。虽谈不上『心灵鸡汤』，仍对人生有所裨益。

从鲁迅书房里的一副对联谈起

许寿裳是鲁迅朋友圈中交往颇深的友人。他的故乡在绍兴赵家坂，与鲁迅有长达35年的交谊。在日本留学时，鲁迅进了东京弘文学院江南班，结识了浙江班的许寿裳，两人一起跑书店，交流人生感受，"同声相应，同气相求"，不异骨肉。许寿裳先行回国，在浙江两级师范学堂任教务长。数月后，鲁迅亦返回故里，经许寿裳推荐，在师范学堂得到了一份教职。此后，两人过从甚密，视为知己。鲁迅逝世后，许寿裳曾发表多篇回忆文章，资料翔实，理解深切，为研究鲁迅和我国现代文学史的珍贵史料。

《亡友鲁迅印象记》，是许寿裳先生回忆挚友鲁迅的一部重要著作。书中有这样一段记述：

> 又鲁迅在北平阜成门内，西三条胡同寓屋书室，所谓"老虎尾巴"者，壁上挂着一副他的集骚句，请乔大壮写的楹联，其文为：望崦嵫而勿迫；恐鹈鴂之先鸣！这表明格外及时努力，用以自励之意。

据许寿裳介绍，鲁迅对屈原十分敬重，他所作旧体诗：

> 一枝清采妥湘灵，九畹贞风慰独醒。
> 无奈终输萧艾密，却成迁客播芳馨。

全首用骚体，表明鲁迅对屈原及楚辞十分尊崇和赏识。

鲁迅书屋中的这副集句联，来自屈泉的《离骚》。上联是："吾令羲和弭节兮，望崦嵫而勿迫。"意思是：我希望赶车的羲和，停止挥动马鞭，让太阳慢些落山。下联是："恐鹈鴂之先鸣兮，使夫百草为之不芳。"意思是：我担心鹈鴂发出啼叫，让百花不再开放。

鲁迅特意将《离骚》中的相关诗句，集成对联，挂于书屋，勉励自己不浪费时光，奋发工作，在有限的光阴中，做更多有益于社会之事。

鲁迅是这样想的，亦是这样做的。他虽然仅活了五十余年，却留下了煌煌十六卷文集。据介绍，鲁迅每晚均睡得很迟，经常在深夜阅读报刊及书籍，准备来日撰写文章。

时光是人生最大的财富，人唯有在有限的时光中，发挥最大的效能，方可造福于社会。因此，珍惜光阴，勤奋工作，应是每一个人必备的品格。有则民谚这样描述："明日复明日，明日何其多。一心待明日，万事成蹉跎。"只是期待着明日，懒于付之于行动，那么，一切将会成为泡影。唯有辛勤的劳动，才会迎来福祉。

法国著名的思想家伏尔泰曾出了一个谜语："世界上哪样东西是最长的又是最短的，是最快的又是最慢的，是最能分割的又是最广大的，是最不受重视的又是最令人惋惜的；没有它什么事情都做不成，它使一切渺小的东西归于消灭，使一切伟大的东西生命不绝。"这个谜语的谜底，就是时间。

的确，时光总是不断地流逝。它会让勤奋的人，创造出辉煌；而对那些不珍惜时光的人，却让他们一无所获。

鲁迅先生生前，有人称他为"天才"。鲁迅幽默地回答：我哪里是什么天才，只不过是把别人喝咖啡的时间，用于工作上。他生前就是这样工作、工作，不停地工作。珍惜时光，耕耘不辍。这就是伟大的思想家、文学家鲁迅成功的诀窍。

人生感悟

民族气节重于泰山

中华民族是一个十分重视气节的民族，将历史上曾涌现过的那些不忘初心、恪尽职守、无私无畏、尽忠殉国的义士，视为民族英雄，视为人生楷模，千秋万代，对之顶礼膜拜，如屈原、苏武、岳飞、史可法、文天祥、方以智和齐白石等，就是人们终生效法的榜样。

屈原，被认为是最有民族气节的一位大诗人。他一生不朽的亮点是对理想的不倦追求。他的政治理想是："举贤而授能兮，循绳墨而不颇"。"率先功以照下兮，明法度之嫌疑。"主张举贤任能，立法富国，联齐抗秦，进而统一中国。

屈原是一位伟大的爱国志士，他在诗篇中抒发了强烈的爱国主义情怀。"忽反顾以流涕兮，哀高丘之无女。""常太息以掩涕兮，哀民生之多艰。"他密切关注楚国的命运，同情楚国人民的不幸遭遇，对自己生长的故土，对楚地的山川草木，满怀依恋的深情，至死也不愿离开，他的这种崇高的赤子之心，是同祖国人民息息相通的。身为三间大夫，常想为国分忧，却不得理解，且常遭陷害与打击。即使在险恶的环境中，仍坚持初心，一刻也未动摇报国之志。"亦余心之所善兮，虽九死而未悔。""芳菲而难夸兮，芬至今其犹未染。"最后，怀才不遇，壮志难酬，悲愤地自沉汨罗江。

屈原是我国古代一位具有崇高气节的卓越诗人。至今，人们仍然十分怀念他。每年端午节到来之际，各地都有包粽子、划龙舟的习俗，以

此纪念这位伟人。"衣被词人，非一代也"。其作品对后世有极广泛而深刻的影响。如今，在中学、大学的文科教材中，学子们都在研读着屈原写下的光辉篇章。

这种感人的民族气节，在我国数千年的历史长河中，时有灿烂的显现。

明末学者方以智，既是一个百科全书式的大学问家，又是一位具有民族气节的为人楷模。他品德端正，刚正不阿。1639年，方以智中乡试，第二十三名举人。次年，中会试八十二进士，殿试二甲五十四名，授翰林院检讨，后任定王讲师。就在他会试前两个月，不幸之事发生，其父被陷入狱，被定为死罪。为救其父，方以智怀揣血书，膝行号哭宫门外，近两年。终感动当政的崇祯帝，将其父免死，从轻发落。尔后，李自成起义，攻陷京城。再后，清兵入关，占领大半个中国。方以智则在南方谋划抗清之举，一直积极从事抗清救明活动。1650年，在广西平乐被清兵捕获。清帅马蛟麟亲自出马，对其诱降。以清官服置于左，刀剑置于右，让方以智当场确认。在死亡面前，方以智毫不畏惧，刚毅地走向右边，宁愿引颈就刃，绝不降清。凛然正气，让清帅慑服，同意其削发为僧。这样，方以智以佛为伴，过着清苦的僧侣生活。方氏在明灭之际，永葆初心，誓不降清的忠贞气节，受到后人的普遍赞誉，称他为最有骨气的文人。

我国当代杰出的国画大师齐白石，也是一位具有崇高民族气节的大艺术家。

1937年七七卢沟桥事变后，北平沦入日寇之手。居住于北平城内的齐白石，内心十分愤慨。当时很多日军头目都想弄到一幅齐白石的名画，经常有人登门索画。对此，齐白石一概拒绝，在门上贴出告示："白石老人心病复发，停止见客。"后来，日军侵华头目坂垣、土肥原多次派人诱逼白石老人迁徙东洋，加入日本国籍。每次游说，均遭老人严正驳斥。画家掷地有声地对日本头目说："齐璜中国人，绝不去日本。你们硬要齐璜赴日，可把齐璜的头拿去！"盛怒之下，不顾八十高龄，

人生感悟

持刀将院内花木全部砍倒，表现了一位正义的艺术大师不与侵略者同流合污的凛然正气，以及效忠于祖国的高风亮节。

抗战期间，白石老人常借书画抒发亡国之痛，坚信日本鬼子总有一天会垮台。他在诗中写道："晚学糊涂郑板桥，那曾清福及五曹。老云扶病逃吞药，小米啼饥苦骂庖。名大却防人欲杀，年衰常梦鬼相招。寿高不死羞为贼，不丑长安作饿饕。"表示宁可饿死，也决不认贼作父。他还在一幅《蛤蟆图》上题诗："四月池塘草色青，聒人两耳是蛙鸣。通宵尽日挝何益，不若晨鸡晓一声。"画家企盼听到晨鸡报晓的啼鸣，意含期待抗战胜利一天的到来。

抗战期间，大画家齐白石的所作所为，表现了一个正直的中国人的凛然正气。事实表明，齐白石不愧为一个德艺双馨、铁骨铮铮的优秀艺术家。

气节是中华美德中，对人的根本要求。我们许多名垂青史的前人，正是这样做的，由此为后人留下了许多感天动地的悲壮故事。

著名学者任继愈指出："气节是中国人重视的精神情操。"他还谈道，在文化与气节的关系上，始终存在一种精神价值取向，如果没有文学天才，屈、陶、杜、苏四人，凭他们的人品，也足以立世，而惊天动地。

今天，在中华民族实现伟大复兴的征途中，仍然必须发扬这种民族气节。每个中华儿女都应当磨砺自己，使自己成为一个顶天立地大写的中国人，让中华民族昂首挺胸自立于世界民族之林。

大写的人字

公元 2010 年 4 月 14 日，青海湖畔，三江源头，康巴藏族集居的玉树藏族自治州，发生了 7.1 级大地震，失去了 2000 余人的生命。情系玉树，八方支援，中华儿女共克时艰，一时涌现了许多可歌可泣的感人故事。香港义工阿福，用他的见义勇为、舍己为人的事迹，谱写了一曲回荡天地的不朽之歌，在中华大地上镌刻了一个让人仰止的大写的人字。

阿福是香港一位普通的货运司机，他的全名叫黄福荣。虽收入并不丰厚，却将节余的全部款项，用于社会慈善事业。他在祖国的边远地区玉树，捐助了一所孤儿院。震前，阿福正好送一批物资到孤儿院。强震发生时，他正好带着一批孤儿，在院外空地上玩耍，避开了致命的一劫。当他发现还有 3 位孤儿仍在楼内，立刻毫不犹豫地冲入屋内，实施救援。此时，余震频发，墙体不断崩裂，砖石击中阿福头部，当场壮烈牺牲。这位平凡的香港司机，为抢救藏族儿童，献出了宝贵的生命。他是一个把大爱献给人间的、令人景仰的圣洁的人。

大千世界，芸芸众生。人们来到尘世，怀有各种不同的人生目的，形成了各种不同的活法。有的关注的只是自己鼻尖下的私利，蝇营狗苟，卑鄙不堪；有的好名成癖，弄虚作假，一味抬高自己，不惜毁谤别人……凡此种种，面对香港义工阿福，他们显得极其藐小，极其卑劣。

是的，阿福虽然只是一位普通的司机，然而他是一个无私献出大爱的圣洁的人。他曾对与他一起从事慈善工作的朋友说："如果有一天，我长眠于慈善事业的路上，那是上天赐给我的幸福。"如今，他的这一番感人肺腑的良言已成谶言。善良的阿福已长眠于他所从事的慈善事业的路上，他也因此而获得永久的幸福。香港特别行政区政府嘉奖他的德行，隆重地将他接回故乡，安葬于受人尊敬的陵园。

阿福仅活了四十六个春秋。有志不在年高，无志空活百岁。这位圣洁的普通人，虽仅活了四十六个日日夜夜，但他用脚步丈量着人间的真爱，用鲜活的生命谱写了一曲感天动地的壮丽的诗篇。

阿福用他那短暂而辉煌的一生，完成了一个大写的人字。

具有旺盛生命力的人

钱锺书与杨绛，是一对大师级的夫妻。钱锺书被人们誉为"营造巴比塔的智者"，他学识渊博，学贯中西，著作等身。他的长篇小说《围城》，语言幽默俏皮，有很强的讽刺性，让人在掩卷发笑之余，陷入深深的沉思。他的巨著《管锥编》，涵盖中外古今，穷源溯流，对比异同。每遇一题，引证数十个乃至上百个中外例证，让人受益多多。对研究中外文史哲的人来说，《管锥编》是不可多得的参考书。

杨绛绝不是生活于钱锺书光环下的女人，她也是一位杰出的文化名人。

本文拟对这位身手不凡却甘于淡泊的女学者，做一简要评述。

杨绛，名门之后，1911 年 7 月 11 日，生于北京。1932 年，毕业于苏州东吴大学，当年考上清华大学研究生院，为外国语言文学研究生。1935 年，与钱锺书结婚。同年夏，一同赴英、法留学。1938 年回国，任上海震旦女子文理学院外语系教授。1949 年后，调任中国社会科学院外国文学研究所，任研究员。2016 年 5 月 25 日病逝，享年 105 岁。

杨先生一生与写作为伴，几乎从未停下手中的笔。

1934 年，她的第一部作品短篇小说《璐璐，不用愁》，在《大公报·文艺副刊》发表。

1940 年初，她创作的喜剧《称心如意》《弄假成真》，受到戏剧家李健吾的激赏。曾在上海金都大戏院公演，盛况空前。

她的纪实散文《干校六记》，记述"文革"中知识分子的遭际和心灵历程。作品中没有"伤痕文学"那种剑拔弩张和声嘶力竭的愤怒，只是平淡自然地写出自己在运动中的见闻和实感，一一据实展现，在平静的叙述中略带一些自嘲，作者的喜怒哀乐一一蕴含在文字中。杨绛的《干校六记》被评为全国优秀散文，被译成多种语言出版。

《洗澡》是杨绛出版的唯一长篇小说。描写新中国成立后，知识分子第一次经受思想改造的种种状况，文笔平和，刻画入微，为世态的真实写照。著名学者施蛰存称《洗澡》为"半部《红楼梦》加上半部《儒林外史》"。

她翻译的世界文学名著、西班牙作家塞万提斯的《堂吉诃德》，在该书所有中译本中，发行量居首位。人们为她游刃有余的文字、丰润而从容的行文着迷。这本书稿译完于"文革"中，抄家时译稿被没收，多方寻找，失而复得。如今，人们能读到杨绛译的《堂吉诃德》，应是一件大幸事。西班牙国王和王后访华时，特此要求会见杨绛，感谢她为传播西班牙文化作出的宝贵贡献。

一家三口人相伴六十年后，1997年、1998年，女儿、丈夫先后离她而去。一个年迈的老人，显得十分孤单而寂寞。杨绛深知自己是最后的辞世者，负有"打扫战场"的历史重任。她强忍悲痛撰完《我们仨》，于2003年出版。在此书的结尾，她把自己比作"日暮途穷的羁旅倦客"，"家在哪里，我不知道，我还在寻觅着归途"。

杨绛在生命的晚期，还在孜孜不倦地伏案工作：

首先，她要完成钱锺书遗稿的归类整理。她将丈夫留下的七万余页的手稿，一一整理。钱先生平常随手记下的这些读书心得，涉及英、德、法、意大利、希腊等多种文字。这些手稿曾多年随主人颠沛流转，纸张大多发黄生脆，有的字迹已模糊，幸亏杨绛耐心细致，张贴补损，悉心装订，才完成了3卷《钱锺书手稿集·容安馆札记》，以及2011年出版的20卷《钱锺书手稿集·中文笔记》。在杨绛生命的最后一年，还见到了《钱锺书手稿集·外文笔记》。她把煌煌72卷巨著放在客厅矮柜的钱锺书遗像旁，告诉丈夫已完成了他的遗愿。

其次，杨绛不顾自己年迈体衰，为胞妹杨必翻译的《名利场》"点烦"。"点烦"是对译作做细致地加工，芟芜去杂，减掉大批废字，让译文洗练、明快、流畅。

杨必是杨绛的八妹，1968年早逝，年仅46岁。她生前翻译的《名利场》，1957年由人民文学出版社出版。书的选定和书名的翻译，都由钱锺书先生定夺。介绍此书的前言，是由杨绛撰写的。这部文学名著被译成中文，一字一句都经杨氏姐妹的推敲、斟酌、打磨，行文十分紧凑、干净、流畅、传神，质量臻于至善，已成为我国翻译史上一个经典。

亲人逝去，内心悲痛难以言表，杨绛下决心翻译柏拉图的《斐多》。她把整个心思都用来啃这块硬骨头，用以逃脱悲痛的折磨。

《斐多》是柏拉图《理想国》中的一个名篇，充满哲理，内容艰深，很难翻译，至今我国还没有一个译本。书中苏格拉底就义前的从容无惧，以及与门徒讨论生死的情景，让杨绛深为感动，让她获得了一个人活下去的勇气。杨绛虽未专门攻读过哲学，希腊文也不十分精通，但她还是知难而进，下决心攻克了难题。杨绛在人生暮年，翻译出版了希腊哲学名篇《斐多》，应该是人类的一个奇迹。

百岁高龄的杨绛，从容通达，淡泊宁静，她译英国诗人兰德的小诗《生与死》：

> 我和谁都不争，和谁争都不屑。我爱大自然，其次就是艺术。
>
> 我双手烤着生命之火取暖；火萎了，我也准备走了。

这首精彩的短诗，正是杨绛勤奋、高洁一生的生动写照。

淡泊名利、躲避名利，是杨绛崇高人生的突出表现：

中国社会科学院授予杨绛荣誉学部委员。她未去领荣誉证书，讣告中未写这一头衔。

中国艺术研究院曾函告杨绛先生，拟确定她为中华文艺奖获奖候选

人，请她提供个人简历和近照两张。杨绛的答复是："自揣没有资格，谢谢。"

钱锺书与杨绛曾就读于英国牛津大学艾克塞特学院。该院建院七百周年院庆时，曾来函恭喜杨绛当选为该学院荣誉院士。杨绛复电祝贺该院七百周年院庆，表明自己"只是曾在贵院上课的一名旁听生，对此殊荣，实不敢当"。

杨绛视名利为身外之物，一概漠然视之。对社会公益事业，却积极参与。

从2014年起，杨绛分批将书画、册页、碑帖、砚台、印章以及钱锺书注释过的《韦氏英文大辞典》等珍贵文物，无偿捐献给国家博物馆，让家藏之宝变成国家传世之宝，以造福后人。

在钱锺书先生逝世后，杨绛曾遵照她和丈夫生前的商议，将两人的稿费，全部赠予清华大学，设立"好读书奖学金"，奖励那些出身贫寒而又发愤读书的年青学子。

钱锺书和杨绛是一对品质高尚、学业精良、乐于奉献的夫妻。他们都是蓬勃向上、具有旺盛生命力的人，在有限的一生中，做了对民族、对国家极为有益的工作。

斯人虽逝，其业绩将永远为世人所景仰和颂扬。

具有旺盛生命力的人

一份不同凡响的遗嘱

傅雷先生不但是一位杰出的法语翻译家，而且是一位品德高尚的文人。在"文化大革命"中，傅雷受到红卫兵的横加迫害和诬蔑。他夫妻两人以死抗争，悬梁自尽，留下一纸遗书。这份遗书，内容特别，显示傅雷在即将告别人间之际，态度镇静，思维井然。他关心的是他人的嘱托，尽力处理好他人交付的事宜。

遗书中，嘱托其妻胞兄朱人秀代办数事，其中有这些内容：

"武康大楼（淮海路底）606室沈仲章托代修奥米加自动男手表，请交还。"

"六百元存单一纸，给周菊娣，作过渡时期生活费。她是劳动人民，一生孤苦，我们不愿她无故受累。"

"现钞53.30元，作为我们的火葬费。"

别人托他修理的手表，定要物归原主。雇的女工，不应让她受累，支付一笔过渡时期生活费。夫妇两人的火葬费也在预支之中。

傅雷被迫自尽，内心一定十分痛苦，但他此时仍想着活着的他人，这种心地纯净、磊落坦荡的君子之风，确实令人仰止。

人都生活于社会之中，在与他人的交往中，"利他"，是一条重要的道德准则。人人都奉行"利他"的取向，都能慷慨地献出自己的一点爱，社会就可以变成美好的春天。

众手浇开幸福花。人所需的一切，都是靠他人的劳动换来的。住的木房子，由伐木工人砍伐了树木，窑工烧制了砖瓦，建筑工人建成了房舍。穿的衣服，由棉农种植了棉花，纺织工织成了布匹，制衣工制成了衣裳……凡此种种，构成了"人人为人，我为人人"的人际关系。人不可离群索居，只有在群体中，才能赢得生存，获得幸福。所以，荀子在谈到人与其他动物的根本区别时，指出："人力不若牛，走不若马，而牛马为用，何也？曰：人能群，彼不能群也。""能群"，就是懂得相互支持，相互合作。由于人懂得协作的好处，高明于其他动物，人才能成为"万物之精灵"。

人是社会的人、群体的人。人的一切都来自他人的创造，他人的付出，他人的支持。所以利他的人，是智慧的人，是品德高尚的人。相反，一心只向社会索取，一心只为个人牟私，以邻为壑，坑害他人的人，是一个极为愚蠢的人，亦是一个品行低劣的人。这种人破坏社会和谐，葬送自身幸福，且为世人所侧目。

人生需要爱的温暖、鼓舞和支撑，就像黑夜需要光明，沙漠需要绿洲。爱是互为因果、互为条件的。你要得到别人的爱，你就应当把爱奉献给别人；你想得到别人的帮助，你就应当帮助别人。爱人者，人恒爱之。

让我们每个人都从自身做起，都像傅雷先生那样，心中有他人，遇事必考虑他人。这样，我们生活的世界就会无比和谐，充满阳光。

一份不同凡响的遗嘱

季羡林的婚姻往事

季羡林，当代著名学者，北京大学杰出教授，享誉中外的东方学者、梵文学家，中国东方学的奠基人。

1911年8月6日，生于山东清平县（现为临清市）的一个小乡村——官庄。

临清，地处鲁西北平原西部，因城临漳卫河，此河战国时称清河，故得名。这里属南温带半湿润气候，富有典型的运河文化气息。

季羡林的季家，经几起几落，到他出生时，已一贫如洗，到了"房无一间，地无垄"的赤贫程度。祖父有三子，长子为季羡林之父，名嗣康，老二嗣诚。老三送给别人，易了姓。

季羡林在官庄生活了六年。1917年，新年伊始，父亲将他扶上毛驴，一路护送，让他到济南，在叔父处落脚，由叔父抚养。此时，叔父在济南黄河河务局，谋得一份差事，总算立住了脚跟。季羡林是季家唯一的男丁，叔父仅生一女。为延续季家香火，答应其兄请求，帮助侄儿完成学业。

从1917年春至1930年夏，季羡林在叔父家，寄身十三载，先私塾，后小学，然后初中、高中，在济南为他垒实了学业基础。

叔父将他当儿子待，望子成龙，规矩甚严。婶母生有一女，如今又来了个侄儿，人心隔肚皮，自然待他会生疏几分。远离父母，寄人篱下，使原有顽梗倔强之气的季羡林，变成了一个看来颇为内敛、温驯的

孩子。

季羡林凭着他的勤奋好学以及聪慧的天资，学业成绩一直优良。高中阶段，在山东大学附属中学就读，六个学期，均获六连冠，为六个甲等第一名。

那时，早娶儿媳，早得孙，为世人的普遍追求。在季氏故土临清，有的男孩，十二三岁就做了丈夫。季羡林虽未到"冠礼"的二十岁，但早已超过了农村盛行的结婚年龄。叔父希望他早日成家，以延续季家生命之根。由叔父母一手操办，一个大他四岁名叫彭得华的女子，成了他终生伴侣。尔后，育有一女一子，长女名婉如，小儿名延宗。

彭得华，地道的济南人，出身非富裕人家，大体与季家门当户对。她仅读过小学，大体能识千八百字，不能提笔书写。在季羡林负笈留德期间，彭氏未能给丈夫寄上一封信。两人文化上差异颇大，当然谈不上情投意合。没有情感上的娓娓与脉脉，婚姻上的缺陷，给季羡林带来无限的痛苦。季羡林在《清华园日记》中，吐露心声："天哪！为什么把我放在这样一个家里呢？""家庭对我是没缘的，我一看到它就讨厌。""我希望能永远离开家庭，永远不回来。"

季羡林留德期间，曾遇上一位德国少女，引起爱慕之情，但他还是坚持了传统的道德操守，没有冲破旧婚姻的藩篱。

1935年，季羡林赴德留学，到柏林后，深感口语能力差。虽在清华学过八年德语，并得了八个"优"，到了德国还是张不开嘴。于是，进补习班，强化口语训练。在柏林待了一个多月，被德国学术交换处分配到哥廷根大学学习。

哥廷根，季羡林住的同一条街上，有一户叫迈耶的德国人家。主人迈耶先生是个小职员，为人憨厚，老实得很少说话，脸上却常常挂着微笑。迈耶太太生性活泼，能说会道，热情好客。她有一对如花似玉的女儿，大小姐叫伊姆加德，身材苗条，皮肤白皙，待人热情。年龄比季羡林小一些，正待嫁闺中。

当时，季羡林正忙于撰写博士论文，稿子拟就，需打字誊清，而季

羡林既不会打字，又没有打字机。正好伊姆加德能打字，自己还有一台打字机。季羡林请她帮忙，伊姆加德欣然同意。这样，季羡林常到迈耶先生家中，让大小姐帮他打论文。多次的相互交往产生了恋情。每当季羡林来到她家，伊姆加德总是打扮得漂漂亮亮的，热情款待。他们俩还经常去林中散步，到电影院看电影，并排而行，并肩而坐，沉浸在幸福之中。可是，季羡林回到寓所，内心便充满了矛盾和痛苦。他深知自己是一个有妻子、有儿女的人，倘若堕入爱海，将是对远在祖国的妻儿的背叛，也是对培育他的叔父的背叛。他不愿做一个背信弃义的人，最后，断然拒绝了伊姆加德的爱，毅然返回祖国。

他对叔父赐给他的礼物——原配妻子彭得华身上良好的品德，还是充分肯定的。在谈到贤妻时，语重心长地说："在道德方面，她却是超一流的。上对公婆，她真正尽上了孝道；下对子女，她真正做到了慈母应做的一切。中对丈夫，她绝对忠诚，绝对服从，绝对爱护。她是一个极为难得的孝顺媳妇，贤妻良母。她对待任何人都是忠厚诚恳，从来没有说过半句闲话。她不会撒谎，我敢保证，她一辈子没有说过半句谎话，如果中国将来要修《二十几史》，而其中又有什么'妇女列传'或'闺秀列传'的话，她应该榜上有名。"

季羡林留德期间，发生过一段令人扼腕的婚外恋。他在1945年9月24日日记中写道："她劝我不要离开德国。她今天特别活泼可爱，我真有点舍不得离开她，但又有什么办法？像我这样一个人不配爱她这样一个美丽的女孩子。"10月2日，离开哥廷根前四天，季羡林日记中又写道："伊姆加德只是依依不舍，令我不知怎样好。"然而，在关键时刻，季羡林还是决定断绝了这一跨国之恋。

季羡林是一位恪守中华传统美德的人。他认为："只替自己着想，只考虑个人利益，就是坏。反之能替别人着想，考虑别人的利益，就是好。"他不愿只考虑个人利益，让祖国的妻儿陷于痛苦之中，毅然回到了祖国，回到了妻儿的身边。

季老在1991年八十高龄之时，撰写了长篇回忆录《留德十年》，首

人生感悟

次向外界披露了五十年前，他在德国哥廷根，与伊姆加德的这段婚外恋。文中写道："1983年，我回到哥廷根时，曾打听过她，当然是杳如黄鹤，如果她还留在人间的话，恐怕也将近古稀之年了。而今我已垂垂老矣。世界上还能想到她的人恐怕不会太多。等到我不能想到她的时候，世界上能想到她的人，恐怕就没有了。"故事至此尚未结束。后来，有人专程到哥廷根遍访伊姆加德小姐的下落，最终找到了这位德国女士，见她满头白发，依然精神矍铄，风韵犹存，得知她终身未嫁，独身至今。那台老式打字机，依然静静地存放于她家的桌上。

季羡林曾认为，人的一生很难十全十美，"不完满才是人生"。从他的婚姻来看，"不完满"正是客观事实。

季老晚年，曾写过一篇随笔《温馨，家庭不可或缺的气氛》。他说，家庭是鸟巢，是港湾，是真正的安身立命之所。在这里，人们主要祈求的就是"温馨"。当"温馨"出现危机时，如何维护和调剂呢？他强调了一个"真"字，一个"忍"字。只有相互理解，相互容忍，不杂私念，出以真情，才能家庭和睦，其乐无限。这是他的切身体验。他正是照这样的要求去做的。

立德为先

在德、智、体、美四育中，德育居首位，育人先立德。立德好比把好一艘大船的舵，由它确立航行的方向，方可如期抵达目的地。

有些人不懂得立德的重要性，把学校仅仅看作是传授知识的场所，忽视了如何教学生做人。这样，培养出来的学生，即使满肚子学问，也把握不住人生的航向，还会误入歧途，把自己的聪明才智，用到了与广大民众相对立的方向，祸国殃民，成为民族和社会的公害。

前些年，曾发生这样一桩让人深思的大事：某名牌大学，有两位高才生，考入美国一所著名学府，攻读研究生。完成学业时，导师将其中一位成绩更突出的中国留学生，留在自己的实验室内，继续从事研究。另一位未被聘用的中国留学生，妒火中烧，对导师和自己的同窗，视为寇仇。竟然开枪打死了导师，又打死了自己的同伴。

导师只需聘用一人。两人中，无论聘用谁，均为导师的权力。大路朝天，各走一边。不在导师的实验室中工作，还可以在其他地方工作。犯不着戕害两条人命，自己也不会有好的结局。这个中国留学生，能被美国著名学府录取，知识水平应是一流的。可是，他的心理素质和为人道德十分糟糕。不注意修身立德，即使有满腹学问，也会干出这种让人不齿的罪恶行径。

传统的儒学文化，把修身立德放在一个极为重要的地位。学习是修身的重要途径，"学而时习之，不亦说乎"。时时温习所学的知识，是一件十分愉快的事情。除了独自学习，还应与他人共学。"德不孤，必有邻"。在与他人的共学中，尤为重要的是学习别人的德行。"见贤思齐焉，见不贤而内自省也"。看到别人的长处，应虚心向他看齐。看到别人的不良举止，应引起自我反省，警惕自己，不要像他那样铸成大错。学习的目的，是为了弄清"道"之原理。孔子强调："士志于道。"甚至宣称："朝闻道，夕死可矣。"孔子所言之"道"，朱熹解释为："道者，事物之理。"即天地间万事万物呈现的道理，其中极为重要的应包括人之所以为人的道理。人如果不了解人之所以为人的道理，违背了做人的根本原则，那这样的人就不可能成其为人。孔子曾云："人而无信，未知其可。"一个人如果不讲诚信，那他就不能成为人，就会堕落为禽兽不如的异类。

立德和立志是一脉相承的。立德就应该确立崇高而远大的志向，这样就不会浑浑噩噩地对待一生。

清末重臣曾国藩认为，将相不是遗传的，圣贤豪杰也不是通过遗传成就的。只有肯于立志，谁都可以做到。他把立志看作人生成功的基点，主张"君子当立志于宏运，脱离于流俗"。他要求，士人读书，第一要有志，第二要有识，第三要有恒。他将自己之名改为"国藩"，表示愿作"国之藩篱"，意含献身国家之宏愿。曾国藩着力立德立志，终成名垂青史之良臣。

知识就是力量

知识是智慧的结晶，是人类经历千辛万苦积累起来的对世界万事万物的正确认识。因此，掌握了有用的知识，并具备了将这些知识转换为改天换地的能力，这样的人，才是世界上最有力量的人。正是在这个意义上，法国大百科全书派杰出学者培根强调："知识就是力量。"

如果没有原子弹的知识，我们就不可能取得核爆炸的成功，就不可能打破美、苏的核垄断，就不可能有效地捍卫祖国的安全和世界的和平。

如果没有核潜艇的知识，我们就不可能制造出国产新型核潜艇，就不能有效地捍卫祖国的海疆，就无法实现国防现代化。

如果没有量子科学知识，我们就不可能实现量子领域的重大突破，就无法研究成功先进的量子通讯，就无法在世界先进科学前沿占一席之地。

知识的占有，对一个国家来说，是国力大小的体现；对一个人来说，是人生价值大小的体现。一个学贯中西、占有丰富学识、才华卓著的人，可以对国家、对社会作出重大贡献。

季羡林是当代一位杰出的学者，他出生于山东临清一个叫官镇的农村中。幼小时，家庭已濒临困顿之中，一家大小成了穷人。好不容易，叔父在济南谋到一份差事，父亲让他依附叔父，在济南求学。季羡林在艰苦中奋进，在学校中取得了骄人的成绩，考上了北京大学。大学毕业，又考上了官费赴德留学。在国外，仍孜孜不倦地探求知识，不仅掌握了德、法、俄语，还学习艰深的吐火罗语、梵语。回国后，继续研究东方学，成为我国东方学的奠基人。知识，让季羡林从一个幼稚的农村少年，成为名扬世界的著名学者。可以这样说，是知识让季羡林改变了人生的命运，让他长居北大朗润园，成为北大东方语言系系主任、北京大学副校长。

人类在其长期生活中，充分认识到了知识的重要性。法国著名作家拉伯雷在其长篇小说《巨人传》中，描写了一个名叫庞大固埃的巨人，他远渡重洋，历尽艰辛，终于找到了他所寻求的"神瓶"。神瓶上刻着一段铭文："请你们畅饮，到知识的源泉里去畅饮。"

作家的创作意图是告诉读者，如果说世界上存在什么人生秘诀，那就是到知识的源泉里去畅饮。这表明拉伯雷撰写《巨人传》的创作动机，是告诉人们应当渴求知识，痛饮知识的清泉，使自己增长才干，涵养德行，成为人群中的"巨人"。

列宁曾说过："只有用人类创造的全部知识财富来丰富自己的头脑，才能成为共产主义者。"共产主义战士，是拥有丰富知识的人。决心为共产主义事业奋斗的当代青年，应当认真汲取人类的优秀文化遗产，做一个有学识、有教养的人。

你要成为事业的成功者，你就应该养成不断求知的好习惯。你愈能求知，你就愈有知识。你能多储存一份知识，你就多了一份财富。知识在于细小的进益，日积月累，可让你大有收益，使你更为充实、更为强大，更能应对人生的各种挑战。在社会竞争日趋激烈的今天，让你赢得生存，喜获发展。

家庭是孩子从小生活的摇篮。家庭环境应当成为从小培养孩子求知欲望的重要场所。一个没有图书、杂志、报纸的家庭，等于一个没有窗户的房屋，见不到阳光，呼吸不到新鲜空气。没有书报，自然不会养成孩子的阅读兴趣，也就不会培育孩子的求知欲。若孩子经常接触书本，培养起阅读兴趣，自然在不知不觉中，摄取丰富的知识。家庭藏书，在古代是一种奢侈；在当今，应该是一种生活必需。

犹太民族，是世界上一个古老的民族，也是一个奇特的民族。历史上，犹太人悲惨地失去了自己的国家，从此流落他乡，过着漂泊的流浪生活，他们自称是"没有祖国的人"。然而犹太人四处繁衍生息，靠自身的知识和才能，创造出人间奇迹。世间许多杰出人士，如著名科学家爱因斯坦，就是犹太人。犹太族世代相传的箴言叫作："知识是最可靠的财富。"人世间，知识和才能是唯一可以随身携带、终身受用的资产。知识和才能，只要你掌握了它们，它们就会储存于你的大脑中，成为你的东西，供你终身使用。

保持强盛的求知欲，不断用知识武装头脑，就可成为一个富有的人、一个有作为的人。

人生感悟

千里之行，始于足下

千里之行，总得从足下开始。不管你怀有多大理想，都得从脚下一步一步地走下去。倘若离开这微不足道的第一步，到头来就只能空对着前面的繁花似锦叹息。俗话说，万事开头难。有了良好的开端，就等于成功了一半。

开始的第一步，就应有艰苦的思想准备。孟子云："天将降大任于是人也，必先苦其心志，劳其筋骨，饿其体肤，空乏其身。"任何人要实现其远大目标，都要经历一段艰难曲折的过程，吃大苦，流大汗，呕心沥血，百折不回。唯有这样的大毅大勇，方可取得骄人的业绩。

始于足下，靠的是自己艰苦的实践。"一打纲领，比不上一个实际行动。"社会上那些语言上的巨人，行动上的侏儒，将理想描绘得天花乱坠，却不付诸实践。结果，一事无成，到头来，还是空空如也。

当代国画大师齐白石，原来篆刻功夫不深，曾刻一方印章，请行家赐正，遭到行家冷落。白石决心苦练基本功。有人告诉他：你挑一担础石回家，刻了磨，磨了刻，等一担础石都化为泥浆，你的治印功夫自然就到家了。齐白石真的挑回一担础石，仿照古人篆刻珍品，刻了磨，磨了刻，日复一日，年复一年，终使一担础石，化为淤泥。此时，他的治印功夫，果然达到了炉火纯青的地步。从此，他成了书、画、印三绝之名家。

坚持不懈，玉汝于成。只要心中有目标，一步一步、持之以恒地朝

目标努力，总有一天会看到光明的前景。俄国大作家列夫·托尔斯泰，在其生活准则中，要求自己确定生活目标，"一辈子的目标，一段时期的目标，一个阶段的目标，一年的目标，一个星期的目标，一天的目标，一个小时的目标，一分钟的目标"。当我们把每一分钟的行动都和一辈子的目标相结合的时候，我们就会生活得十分充实，行动得十分自觉。一个个小目标的实现，为夺取大目标奠定了基础，也让我们愈来愈靠近终极目标。

泰山不拒垒土，故能成其高；江河不择细流，故能成其大。要成就宏大事业，必须从小事做起。拒绝做小事的人，也成不了大事。东汉，有个叫陈藩的人，他扬言自己要"成大事，扫天下"。但他光说不做，连自家居住的庭院，也懒得打扫。人们见此状况，讥笑他说："一屋不扫，何以扫天下？"事实确是如此，一个连自己的房屋都懒得打扫的人，却侈谈"扫天下"，只能是自欺欺人。

孩提时代，为人生的初始阶段，从小对孩子实施良好的教育，让他走好人生的第一步，是至关孩子一生的大事。

人民教育家陶行知，原名文濬，1891年10月18日诞生于安徽歙县黄潭源村。他生长于民不聊生的半封建半殖民地的中国，家境贫寒，自幼勤勉好学。休宁县万安镇吴尔宽家塾，是他少年时代曾就读过的地方。1908年，陶行知自万安水兰桥下，乘船赴杭学医，其父送至河边，嘱咐他立志以学，报效社会。其母，是一位勤劳的乡村妇女，对陶行知影响颇深。陶夫子长年保存有一把剃刀，视为珍贵的家庭文物，特地题有一小诗："吾母治家，最为勤俭。全家剃头，一人操办。"他还幽默地写道："这把刀，曾剃三代头。细数省下钱，换得两担油。"良好之家风，从小给陶行知以深刻的影响，让他立下了"捧着一颗心来，不带半根草去"的宗旨，献身于人民教育事业，成为"千教万教教人求真，千学万学学做真人"的楷模。由此可见，良好的家教，让孩子迈好人生的第一步，对孩子今后的成长，至关重要。

理想代表明天，明天都来自今天，不重视今天的人，不可能拥有明天。让我们把握好今天的第一步，因为这第一步，正是通向千里之行的开始。有了良好的开端，经过不懈地努力，才能到达光辉的彼岸。

千里之行，始于足下

记住自己的根

扎西顿珠，当红的藏族青年歌手。他拥有青春帅气的外在形象，演技出众，歌声富有感染力。谦逊有礼，英俊阳光，使他在大江南北的歌坛上，深受歌迷喜爱。

2015年，他在央视举办"幸福等待"个人演唱会。2016年，登上央视春晚舞台。2018年，在央视春晚，参加歌曲《中国》的演唱。

他演唱的热门歌曲有：《川藏路》《小河淌水》《香格里拉》《康定情歌》《北京的金山上》《天堂的门口》《花儿为什么这样红》等。

扎西顿珠，1987年2月22日生于昆明。毕业于上海音乐学院音乐剧系，表演音乐剧是他的本行。2018年，央视音乐频道的《音乐公开课》中，扎西顿珠生动而又深入浅出地向观众介绍了音乐剧的相关知识，让观众认识音乐剧，喜爱音乐剧。

"歌而优则影"。扎西顿珠是一位既演唱歌曲又从事影视活动的双栖演员。2009年，出演个人首部电影《鸳鸯路窄》，一炮打响。2011年，主演历史战争影片《一八九四甲午大海战》，让观众留下深刻印象。同年，在都市情感剧《宝贝计划》中饰演主角杨帆，亦有不俗表现。

扎西顿珠，受过系统的音乐教育，具有作曲才能。2008年原创处女作歌曲《天堂的门口》，在"全国新人新作原创歌曲大赛"中，荣获金奖。

扎西顿珠，出生在一个音乐世家，其母宗庸卓玛是一位杰出的藏族女高音歌唱家。

宗庸卓玛，国家一级演员。1963年6月9日生于云南德钦县羊拉乡。她的母亲、祖母都是民歌好手。宗庸卓玛从小喜爱唱歌，在家乡学会很多当地民歌，崭露了音乐天赋，11岁进入香格里拉迪庆德钦县文工队。1979年，考入上海音乐学院，接受王品素教授的系统声乐训练。1983年以优异成绩毕业。毅然选择返回云南，进入云南歌舞团，任独唱演员。1985年，第一届全国民族声乐大赛，获第一名，荣获最高奖"金凤奖"。1992年，应邀担任成都军区战旗歌舞团大型歌舞《西藏之光》主唱，获全军会演一等奖、文化部颁发的"文华奖"。2000年被授予"云南青年表演艺术家"荣誉称号。2015年，获中国音乐家协会颁发的首届"中国藏族音乐传承特别贡献奖"。1997年、2007年两次登上央视春晚舞台。

宗庸卓玛有一副天生的好歌喉，她的声音清澈嘹亮，宛转悠扬，让无数听众为之着迷。她的歌声秀美大气，具有典型的雪山气派，被誉为"雪山的女儿"。

宗庸卓玛在社会上有很大的名气，却始终不忘自己的根，时刻惦记着家乡的父老乡亲。她在故土有一位恋人，叫鲁茸泰星，从事教师工作。宗庸卓玛长得很俊，又有一副甜美的嗓子，在上海读大学时，不免有人求爱。宗庸卓玛却一直未改初衷，大学毕业后回到云南，与鲁茸泰星结成夫妻。后来，丈夫患病不起，宗庸卓玛放弃演出，一直照料在丈夫身边。2015年1月7日丈夫病逝。她成了名演员，都对丈夫不离不弃，相濡以沫，表现了崇高的道德风范。

宗庸卓玛的家乡羊拉乡，是一个偏僻的农村，这里缺水缺电，道路也不通畅。2010年前后，经她多方奔走呼吁，协调联系，出钱出力，使家乡终于用上自来水，通了电，道路也有了较大改善。

宗庸卓玛当选三届全国人大代表，两届全国政协委员。出席会议时，提出不少改善民生的议案和提案，特别关注保护和发展民族文化。

她在央视组织的青歌赛上，当过五届青歌赛评委，对民族唱法的青年歌手，给予极大的关爱与支持。

她多次参加社会公益活动。2008年云南电视直播"5·12四川大地震"赈灾公演。宗庸卓玛献上一曲《高原在我心上》，表达对地震灾民的慰问。

宗庸卓玛与采访的记者谈道，一生中有三个难忘的场景：一是离家参加文工队，奶奶到村边，为她送行；二是在上海音乐学院，点着蜡烛练琴；三是提着录音机，在藏区走村串户，搜集民歌。这表明，她是一位深怀乡恋、奋发向上的藏族女歌手。

扎西顿珠是宗庸卓玛的爱子，从小受到母亲的良好教育，如今已成为一名出色的演员。宗庸卓玛曾对人这样说："我最得意的作品，就是我的儿子扎西顿珠。"

宗庸卓玛对儿子既充满了爱，又有严格要求。有一次，扎西顿珠排练时，戴了一副墨镜。妈妈见此，十分恼火，当即走上舞台，将儿子的墨镜拿下。扎西顿珠十分尴尬，急忙告诉母亲："这是排练，演出我不会这样。"妈妈大声回答："排练就是演出，绝不容许这样！"从此，即使是排练，扎西顿珠也不敢有丝毫马虎。

扎西顿珠经常赴各地演出，妈妈告诫他：风筝不断线，一定不忘故土。

扎西顿珠大学毕业时，妈妈特地安排，陪他回羊拉乡看望乡亲。一到羊拉，即刻被浓浓的乡情包围，请他喝青稞酒，让他吃酥油茶，载歌载舞，如同过节一般。儿子亲身感受到乡亲对母亲的敬重和厚爱。从此，他也时刻把家乡放在心中，无论走到何处，决不会忘记自己的根。

让理想照耀前程

人们在社会实践中，逐渐把握世界的本质规律，把客观世界的现实可能性和自身的美好愿望结合起来，形成对世界未来美好图景的构思，这种构想就是人们的社会理想。理想如珍珠，一颗连缀着一颗，贯穿古今，串联未来，光彩夺目，照耀前程。一种共同的社会理想，会产生强大的凝聚力，使一个集团、一个民族，像钢铁般坚强，勇敢地去实现宏伟蓝图。

当荆轲高唱着"风萧萧兮易水寒，壮士一去兮不复还"，毅然赴死之时，他代表的是那个时代侠义之士所追求的理想。

当李时珍为解救病人生命，跋山涉水，冒着生命危险，遍尝百草之时，他代表的是崇高的仁人济世的理想。

当革命先烈高喊着"砍头不要紧，只要主义真"的壮烈诗句，慷慨就义时，他代表的是共产党人视死如归、笑迎天下解放的伟大理想。

理想如同人生航船上的舵。有了它，方可保证朝着正确的方向，抵达光辉的彼岸。反之，如若一个人没有树立崇高的理想，他的一生，就失去奋斗目标，就会浑浑噩噩，庸庸碌碌，虚度岁月，甚至会误入歧途，干出于国于民有害的令人不齿之事。

革命先辈，是怀揣革命理想、志在改天换地的英雄，他们留下了许多可歌可泣的感人故事。伟大的无产阶级革命家、十大元帅之一的陈毅，就是其中一个光辉的典范。

陈毅，1901年生于四川中部乐至县。五岁，在家乡读私塾。七岁，外祖父在湖北做一小官，父亲在衙门中帮办文书，他亦随父在湖北就学两年多，又随父回到成都，读过数年小学，进入甲种工业学校学习。但那时，他的主要兴趣在政治和文学上。1919年，在留法勤工俭学学校，经考试取得官费生资格，得到四川省补助的一笔旅费，赴法国一边做工，一边求学。1921年秋，因参加留法学生爱国运动，被中、法政府联合武装押送回国。1922年初，回到四川，在重庆《新蜀报》任编辑。在此期间，加入中国共产主义青年团。1923年，到北京入中法大学学习，不久加入中国共产党，投入学生运动和工人运动。1925年，在中法大学通过了毕业考试。1925年后，主要从事党分配给他的工作，成了一名职业革命者。1927年，被调至武汉中央军校，从事政治工作。不久，赶上"八一"南昌起义，随军南征。1928年，随南昌起义的部分队伍，在朱德率领下，到达湘南，进入井冈山，与毛泽东领导的秋收起义部队胜利会师，组成中国工农红军第四军，毛泽东任政治委员，朱德任军长，陈毅任政治部主任。1934年9月，江西中央苏区主力红军，被迫做战略转移，开始了二万五千里长征。那时，陈毅身负重伤，被留在江西负责军事指挥、主持党政工作。1935年春，在敌人的重兵围攻下，从中央苏区，转移至赣南进行游击战争，坚持近三个年头。这三年，是革命斗争中最困苦、最艰难的时期。依靠革命群众的掩护，同数倍于我的敌人周旋，开展灵活机动的游击战争，让这种游击战争达到了最精彩的阶段。陈毅认为：南方三年游击战争，同二万五千里长征一样，证明了中国共产党是一个不可战胜的伟大力量。

　　陈毅既是身经百战的开国元帅，又是豪情满怀的诗人。他在赣南游击战期间写下的《梅岭三章》，既是感天动地的绝命辞，又是共产党人崇高理想的颂歌。

　　诗前有一小序："一九三六年冬，梅山被困。余伤病伏丛莽间二十余日，虑不得脱，得诗三首留衣底。旋围解。"

　　今录其第一首：

断头今日意如何？创业艰难百战多。

此去泉台招旧部，旌旗十万斩阎罗。

一个面临断头危险的革命者，因为有理想的强大支撑，即使牺牲了，仍然召集旧部，去斩尽人间"阎罗"。

怀有远大理想的革命志士，在革命征程中，虽经历千辛万苦，仍心怀乐观，以诗意的眼光看待眼前的一切。陈老总所作《过洪泽湖》，充分显示这一特色：

扁舟飞跃趁晴空，斜抹湖天夕阳红。

夜渡浅沙惊宿鸟，晓行柳岸走花骢。

尽管战事频频，晓行夜渡，十分艰辛，但革命志士眼中的景色都充满诗意，江山是多么美好。

古人作诗有移情说，将作者的襟抱，移入草木之中，草木亦成了志士仁人。请看陈老总笔下的青松与梅花：

青松

大雪压青松，青松挺且直。

要知松高洁，待到雪化时。

红梅

隆冬到来时，百花迹已绝。

红梅不屈服，树树立风雪。

陈毅笔下的青松、红梅，在严寒的冬季，仍然昂首挺立、冒雪开放，体现了革命者崇高的气节，亦彰显着理想的光辉。

冼星海，当代杰出的人民音乐家，他怀有将音乐造福于人民的崇高理想，并为理想的实现奋斗终身，是另一个光辉典范。

他生于南国海边，从小喜爱听海边渔民吹奏各种乐器，高亢的喉管、流畅的二胡、清脆的扬琴，把他引入奇妙的音乐世界，让他开始了

人生的第一堂音乐课。在他未诞生之时，父亲便去世了。六岁时，祖父病故，他失去了家族中唯一关爱自己的人。1917年，七岁时，母亲带他闯南洋，在新加坡当佣工，供养儿子上学。1918年，回到广州，在岭南大学附属义学，半工半读，后进入附中。因出色的音乐才能，成了岭南大学年轻的音乐教师。他吹箫造诣颇深，还会拉小提琴，被誉为"南国箫手"。那时，巴黎是世界音乐文化中心。冼星海带着争取成为"国际的音乐家"之梦想，进军巴黎。

1929年，冼星海辗转来到巴黎。一直难以找到合适的工作，经常处于失业与饥寒之中。他从同乡处了解到马思聪正在跟著名的小提琴家奥别多菲尔学习，便请马思聪将自己介绍给奥别多菲尔，想拜他为师。了解到这位老师的学费是每月200法郎，让他急得一身汗，最终还是鼓起勇气，见了这位老师。奥列多菲尔为冼星海执着的学习精神所感动，决定先不收他的学费，为他上课，等他有了固定职业，再补交费用。数年后，经奥别多菲尔介绍，德印成了冼星海第一个作曲老师。不久，德印去世。冼星海又跟巴黎音乐学院加隆学习作曲。

通过数位音乐导师的指点，冼星海的音乐水平显著提高。他的作品《风》，被排上巴黎音乐学院新作品演奏会的节目单，演出获得成功，得到了荣誉奖。按学院传统规定，作者可录取入院学习，并帮助解决物质方面的问题。孑然一身、怀揣理想的小伙子，就此进入了巴黎音乐最高学府，成为世界著名音乐大师的学生。

冼星海在巴黎刻苦学习六年，于1935年回到祖国，在上海音乐学院任教。此时，他在校刊发表了一篇文章，题为《普遍的音乐》，文中写道："中国需要的不是贵族化的私人的音乐，不是培养少数几个天才，而是要普及音乐教育。人民的文化提高了，中国就会富强起来，进入文明世界，产生自己的贝多芬。"

1935年，日寇将侵略魔爪伸向中国，抗日烽火燃遍中华大地，延安成了抗日救亡的中心，许多仁人志士纷纷奔赴延安。冼星海也来到了革命圣地。从1938年秋到1940年春，冼星海是在延安度过的，用他的音乐为抗日救亡服务。他作曲的《黄河大合唱》，就是在延安诞生的。这一经典音乐，为鼓舞全国军民抗日救国发挥了巨大作用。如今，仍然在乐坛上演，成为深受广大听众喜爱的名曲。

理想，人生的指路明灯。在光辉理想的指引下，无数人类俊彦拼搏向前，谱写了许多感人的壮丽乐章。这一首首理想之歌，是人生之绝唱，亦是伟大人物光辉之足迹。

让每个青少年，都来确立自己宏大的理想，让宏大的理想照耀前进的航程。

世间不可无伯乐

千里马靠伯乐赏识。具有超群才能的人，要靠具有伯乐眼光的人去发现，去培育。伯乐的作用委实大矣！世间不可无伯乐。

查阅许多杰出人才的成长故事，均可看到，与伯乐式的高人的帮扶与提携有关。下面讲讲有关的故事。

华罗庚，蜚声中外的杰出数学家。他的研究成果《堆垒素数论》《多复变函数论中的典型域的调和分析》等被译成多国文字，而闻名于世。

但他学历极低，仅初中毕业。在初中时，数学还不及格。

1910年，华罗庚诞生于江苏省金坛县一个并不富裕的小商家庭。六岁入县南门外仁劬小学念书，虽天资聪明，但十分贪玩，喜欢跟着戏班到处看戏，彻夜不归，学习成绩一直不好。十二岁小学毕业，进入刚成立的金坛初级中学学习。初一时，学习成绩依然不佳。到了初二，华罗庚似乎觉察到了学好知识的重要，变得勤奋起来，成绩直线上升。尔后，他介绍自己求学体会时说："聪明在于学习，天才由于积累。""别人只学一个小时，我就学两个小时，这样我的数学成绩就不断得到提高。"

华罗庚在金坛初中读书时，遇到了一位好校长和一批好老师。

1922年，金坛初中建立时，韩大受出任首位校长。他关心每一位学生，得知华罗庚家庭困难，就免去他的学费。韩大受要求学生"做人要正，待人要诚，学习要勤，工作要实，生活要俭，做一个有益于社会、

有益于国家的人。"后来，韩大受担任过金坛县教育局局长，到上海担任过群治大学教授。

韩大受办学时，多方延揽人才，为学校聘任了一批好教师。其中数学教师李月波对华罗庚影响最大。李月波毕业于苏州工专，教了华罗庚三年数学。华罗庚在给校长韩大受的信中写道："月波老师是一位难得的好教师，是他引导和培养了我对数学的兴趣，是他为我在初中三年打好了数学基础，使我以后得以自学数学，并成为我一生为之追求和奋斗的目标，我很感谢他。"

华罗庚读初二时的年级主任王维克，是提携华罗庚的第一位伯乐。王维克，上海大同大学毕业，不仅精通数学、物理，还通晓传统文化。他是第一位翻译但丁《神曲》的学者。王维克留法回国后，曾在胡适任校长的上海中国公学任教，因与胡适意见不合，离开中国公学。他热情指导华罗庚，破格聘任华罗庚为小学教员。让困境中的华罗庚，有了无虑的生活，一心从事数学的自学与钻研。

1931年，华罗庚撰写数学论文《苏家驹之代数五次方程式解决不能成立之理由》，在《科学》上发表。时任清华大学数学系主任熊庆来教授，读到这篇论文，深感该文言简意赅，十分清晰地阐明了"不能成立"的理由，显示了不凡的数学才能，便打听论文的作者。经了解，原来是一位仅初中毕业的失学青年。

在熊庆来寻找华罗庚时，华罗庚则患了一场伤寒病。全家四处求医，悉心照料，才让他摆脱病魔，却落下了一条腿行动不便的后遗症。

熊庆来十分重视有真才实学的人才，马上写信，约华罗庚来清华面谈。1931年8月，熊庆来热情接待了满脸病容的华罗庚。交谈中，熊庆来更赞赏华罗庚的才华和潜力，遂决定破格录用华罗庚到清华数学系工作。

华罗庚来到清华，被聘为数学系办公室助理员，兼管系图书室，允许他听相关课程。

这些，充分反映熊庆来破格使用人才的先进思想，也反映了清华大学坚持学术独立，不受条条框框束缚、重视有真才实学人才的优良学风。

华罗庚在清华勤奋进修，开始学习英、法、德语，逐步熟练地掌握了多门外语，每年都在外国学术刊物上发表多篇数学论文。

1936年至1938年，由清华大学推荐，华罗庚作为访问学者，赴英国剑桥大学深造。在英的两年间，华罗庚潜心研究数学，发表了10多篇数论方面的论文，成为"他在数学上，有最深刻贡献的时候"。

因华罗庚在数学上的突出成就，1938年，在西南联大，被破格聘为正教授。当时，他年仅28岁。

新中国成立后，华罗庚致力于数学为生产实践服务，大力推广"统筹法""优选法"，让数学在国计民生和重大建设项目中，发挥重大作用。

1985年6月12日下午，华罗庚在日本东京大学理学部5号馆103室做"理论、应用与普及"的学术讲演，包括日本数学理事长小松彦三郎在内的日本数学界名流、权威都出席旁听。1小时又10分钟的精彩学术讲演，赢得全场热烈的掌声。听众向他献花时，华罗庚教授却因突发心脏病，倒在座椅上。一代数学精英，就这样告别了人间。

一个仅有初中学历的人，靠着自己的勤奋和智慧，走上了清华大学的讲坛，成了世界数学界的明星，他的出现与成长，与几位伯乐式的人物的提携分不开，他们是：金坛中学的韩大受、王维克；清华大学的熊庆来。没有伯乐，就没有千里马，世间不可无伯乐。

这样的事例在启功、沈从文的身上，亦可清楚地看到。

启功，满族。姓爱新觉罗，字元白，1912年生于北京。在他降世之时，家庭已败落，生活困顿，没有在学校接受系统教育，但他勤奋，颇具文才，对文史书画有浓厚之兴趣。北京师范大学校长陈垣教授，发现了启功的才华，破格使用，让他一步步走上大学讲坛。启功称史学家陈垣为"大恩师"。

后来，启功成了大名人。他不仅是北京师大的名教授，还曾任中国

书法家协会主席、全国文物鉴定委员会主任委员。

启功始终不会忘记陈垣先生对他的提携和扶持。多次声称：没有陈垣，就没有启功的今天。

沈从文，1902 年生于湘西凤凰。1918 年 6 月高小毕业，因家境贫寒，加之其母认为他不易管教，让他辍学，加入一支土著部队，这使他结束正规学习。后来，他在当地一家报馆当校对，开始如饥似渴地吸取新知。

1920 年，在新文化运动思潮冲激下，沈从文来到北京，打算一边读书，一边实现作家之梦。生活虽艰苦，写作的欲望却十分强烈。1924 年，首次发表文章。短短的四五年间，发表作品达 150 篇，文体涉及小说、散文、诗歌乃至短剧。20 世纪 30 年代先后创作《边城》等经典名著，成为中国文坛重要的作家之一。

1949 年北京解放后，沈从文停止文学创作，转向文物研究。他编写的《中国古代服饰研究》，填补了中国文物研究中的一项空白。

沈从文喜爱徐志摩的散文，通过交往，结为挚友。

1929 年，沈从文已是一位知名作家了，但光靠稿费仍难以维持生活。徐志摩见此状况，很想推荐沈从文到大学任教。恰好，此时胡适在上海中国公学任校长。徐之摩立即给胡适写信，力主沈从文到中国公学任教。沈从文本人亦致函胡适，表明意愿。这一年 8 月，胡适破格决定沈从文为中国公学国文系讲师，主讲大学一年级的"新文学研究""小说习作"。胡适破格接纳沈从文，一方面是徐志摩的力荐，另一方面是想进行大胆的尝试，让中国公学增加一些新鲜空气。应该说，沈从文进入高等学府，是不拘一格降人才的体现。徐志摩和胡适是慧眼识真才的伯乐。

对于学历和文凭，华罗庚有一番精到的谈话："重视人才绝不等于重视文凭，而是重视才能，即重视研究问题、解决问题的实际能力，文凭只能作参考。"他还谈道："我 28 岁任西南联大教授，38 岁成为美国的教授。但我没有博士头衔，是我国学部委员中，唯一没有博士头衔的。爱迪生、法拉第也都不是博士。所以，不能只重文凭。我们的教育一定要讲求实效，使学生真正具有真才实学，做到博学多能。"华罗庚主张"要培养大批有真才实学的人"。做伯乐，就是要打破那些非科学的框框和套套，大力扶植和培育民间那些有真才实学的好苗子。

人生感悟

庞涓的教训

古人云："忌人之成，乐人之败，何损于人，何益于己。徒自坏心术耳。"嫉妒，是一种极为狭隘的阴暗心理。这种心理，忌恨于别人的成功，欢庆于他人的失利，其实，既无损于他人，又对自己丝毫不能带来什么好处。

我国长期处于农耕社会，小农经济和要求绝对平均主义的思想，容易滋生极为自私与狭隘的意识。嫉妒心理就是在这样的社会条件下产生的。鲁迅先生曾悲愤地指出："我觉得中国有时是极爱平等的国度。有什么稍稍显得特出，就有人拿出长刀来削平它。"这种憎恶特出，用刀砍平特出者，就是嫉妒心理的典型反映。著名漫画家方成，曾画了一幅题为《武大郎开店》的漫画。说的是武大郎开了一爿商店，要招收伙计。因自身矮小，规定入店的伙计，一定不可超过自己的身高。这幅画，画得十分诙谐，寓意十分深刻，鲜明地讽刺了那些忌恨超过自己的人。在改革开放的进程中，一些人靠智慧和劳动，首先富了起来。然而，也有某些人患了"红眼病"，见不得富裕之人，经常给先富者扣上"为富不仁"的帽子，否认了他人在诚实劳动中，付出的大量汗水和心血。

我国历史上有一个名为《马陵道》的故事。如今，京剧舞台上，还上演着这一历史往事。

这则故事发生在战国时代。魏国大将庞涓嫉妒同窗孙膑的才能，不惜采用卑劣手段，将孙膑骗到魏国，又诬陷孙膑私通齐国，使他被处膑刑，即割断了膝盖骨，不能直立行走。庞涓自以为得计，让强大的对手变成了残疾人，从此会埋没人间。谁知，事态并不像他谋划的那样如意。

孙膑逃到了齐国，潜心钻研军事，战技更加高强，受到了齐王的赏识和重用。在一次齐魏交战中，孙膑指挥的齐兵，将庞涓率领的魏兵引入一个叫马陵道的深谷中。孙膑带领齐兵，居高临下，乱箭将庞涓射死。嫉妒同窗的才能，欲置同窗于死地。到头来，却使自己死于乱箭之中。庞涓身败名裂，在历史上留下了千古骂名。

在嫉妒的妖风中，首先受害的不是别人，而是嫉妒者自身。因为嫉妒者把自己宝贵的时间、精力，全都耗费在嫉恨他人而陷于无穷无尽的烦恼之中；把自己的聪明、才智全都耗费在贬抑他人、诽谤他人的动作中。嫉妒心作祟，把朋友当路人，把同志当敌人，使自己变成茕茕孑立的孤家寡人。所以，自古以来，那些嫉妒他人的人，往往总是落后于被他嫉妒的人，并且还会自食苦果。

如今，社会主义核心价值观在神州兴行，见先进就学，见后进就帮，已蔚然成风。大家互帮互学，团结奋进，共同谱写中华复兴的光辉篇章。

人生感悟

天道酬勤

中华有一个成语，叫"天道酬勤"。意思是说天公对勤快的人特别垂青，会让他功成名就，生活美好。事实正是如此，在成功的人士中，没有哪一位不是十分勤勉的人。

热爱劳动，尊重劳动，积极投身劳动，是中华民族倡导的传统美德。

习近平总书记在北京民族小学考察时，勉励学生："少年辛苦终身事，莫向光阴惰寸功。"他引用唐代诗人杜荀鹤《题弟侄书堂》一诗中的内容，要求孩子立下终身辛劳的志向，切莫因"寸功"而懈怠。投身劳动，就应当经受艰苦，只有不畏辛劳的人，才能创造人间的辉煌。

许多有识之士、成功之士，都把勤奋作为人生的座右铭。我国近代史上，功绩卓著的晚清名臣曾国藩，就是一位大力提倡"立勤"的人。他认为：勤是生动之气，惰是衰退之气。一个人如果贪图安逸，说明此人没有远大理想，或没有为实现理想而努力的意志。有了勤，不仅可以戒除懒惰，还可以衍生其他美德，比如敬、谦、廉、恕等。他指出："天下古今之庸人，皆以一'惰'字致败。"他把懒惰视为人生之大敌。在给诸弟的信中写道："惟兄弟俱懒，我以有事而懒，六弟无事而亦懒，是我不甚满意处。若三人俱勤，则气象更兴旺矣。"曾国藩亲自手书《居官三箴》，作为对自身和儿孙的严格要求，当中，为"勤"字写了四句注脚："手眼俱到，心力交瘁，困知勉行，夜以继日。"这四句，

成了曾国藩一生勤勉行事的真实写照。

勤不仅可以创造辉煌，还可以勤补拙，笨鸟先飞，从不利走上顺利。清末中兴大臣曾国藩就是一个典型的例证。

曾国藩从乡村野夫到朝廷命官，最后成为彪炳史册的名仕，并不是他天资特别聪慧。曾氏在给子女的信中，谈到自己年幼时，在同辈中属于"愚陋之至"的人。流传的一则故事，也证实了这种情况。

据说，曾国藩小时候，记性甚差。一篇文章反复吟诵，还难以背出。

一天夜晚，幼小的曾国藩在大厅的一角，认真地诵读范仲淹《岳阳楼记》。小偷溜入曾府，爬上了大梁，静候小国藩读完书，入室就寝，实施盗窃。可是，曾氏一直读到东方发白，还不能将《岳阳楼记》顺畅背出。小偷急得从梁上跳下来，狠狠地对小国藩说："读了这么长时间，还不会背，真是蠢笨如牛。"

人生感悟

虽然曾国藩年幼时，智力逊于一般，但他勤奋不懈，经过一番刻苦磨炼，终成一代名臣。他的事迹告诉我们：不必埋怨自己智力不如人。勤能补拙，经过一番辛勤付出，照样会有锦绣前程。

现代国画大师齐白石，年轻时只是湖南农村中一名小木匠。他酷爱绘画，虚心学习，每日作画不辍，终成艺术大师。年轻时，白石到大户人家做木工，遇上业主有家藏名画，他就白天做木工，晚上观摩历代名作，不断提高自身的艺术眼光和表现技巧。后来，享誉画坛，亦坚持每日操练。他把每天清晨作画，称为"日课"。即使遇上身体不适，不能挥毫，待来日康复，仍补上未作之"日课"。齐白石勤勉有加，奋发进取，才能使绘画日臻完美，创作出许多艺术精品。

勤勉的对立面是懒惰。西方人士伯顿，把懒惰视为"一种毒药"，认为懒惰既毒害人的肉体，也毒害人的心灵。无论是对个人，还是对民族，懒惰都是一种堕落的、具有毁灭性的东西。

愿我们每个人，都摆脱懒惰的困扰，成为朝气蓬勃、勤于行动的人，在中华民族伟大复兴的进军中，作出积极的贡献。

养成读书的好习惯

    享誉全球的剧作家莎士比亚，把书籍称作"全世界的营养品"。读一本好书，如同畅饮一碗"心灵鸡汤"，让人十分受益。

    之所以倡导读书，是因为读书是超越自我的重要手段。人来自动物，又区别于动物。人类区别于动物的理性、思维、情感，都源于阅读。人的动物性，时常逼迫着人，与趋善的本性逆向而行，为了克服自身的动物性，以及由此派生出来的恶性，人必须实现对自身的超越。阅读正是我们在超越这一艰难阶段足可依赖的良伴。阅读帮我们立人、立德，变得聪明和高尚。

    之所以倡导读书，是因为阅读是崇奉理性的培育过程。阅读可以激发你对理性的无限向往和不懈追求，它可以极大地拓展人的视野，提升人的思想格局，让人不断地丰富起来，充实起来。阅读对人类的最大启示在于：让我们知道了，最有价值的知识，就是对自己的无知。懂得无知，才会懂得敬畏。有敬畏的人生，才是幸福的人生。因为敬畏来自对功利的摈弃，来自对动物性的远离，来自对内心纯静的观照。这些，如果没有长期的阅读，是不可能达到的。

    之所以倡导阅读，是因为阅读是快乐的源泉。哲学家叔本华谈道："愉快且喜悦的人，是幸福的。"愉快是人生最美丽的境遇。阅读不仅让人明德、获知，还给人带来无尽的欢愉。我国古代有一个公认的成才途径："修身、齐家、治国、平天下。"这四大环节，全由阅读来贯穿。离开阅读，四个环节中，哪个环节要奏效，几无可能。四大环节的完成，也会给人带来和谐愉悦的人生。阅读使人习惯于独立自处，使心智处于成熟，从而享受怡然自乐的生活。

提倡读书，就是要多读有益的好书。读经典名著，这是读书生涯中，应首先考虑的。什么是"经典"。史学家刘知几指出："自圣贤述作，是曰经典。"经典应具有内涵的丰富性、实质的创造性、时空的跨越性、无限的可读性。经典是成熟的果实，它一定是出现在文明成熟的时候，一定是成熟心智的产物。经典会给人以常读常新的感觉，正如当代意大利作家卡尔维诺所言：经典就是每次重读，都像初读那样，带来发现的书。人类文明在一定程度上，是由各个时期的经典构成。阅读经典可以开拓我们的思路，提高我们的见识，增加我们的学养。

不同类型的书籍，可以给人提供不同的帮助。正如培根所言："读史使人明智，读诗使人灵秀，数学使人周密，科学使人深刻，伦理之学使人庄重，逻辑修辞使人善辩，凡有所学，皆成性格。"不同学科的书籍，从不同侧面，让人得到帮助。书籍就是一位不收学费的好老师。从书本中不断汲取营养，正是不断向上成长的需要。

掌握有效的读书方法，是提高读书成效必须注意的。大体有以下五个方面：

第一，要有计划地读。读书有功利性与非功利性两种。这两种各有好处，不可偏废。在打基础时，读书应有一个规划，体现读书的目的性，以免什么都读，结果收效甚微。

第二，要系统地读。按知识体系来读，由浅入深，由近及远，由表及里，循序渐进。

第三，要带着问题读。在思考中阅读书籍，阅读中伴随着创造性的思考活动，将读与思有机结合起来。这是一种最有效率的读书方式。

第四，有比较地读。"比较"，是提高阅读效能的最好方法。鲁迅在《致黎颜民》中指出："只看一个人的著作，结果是不大好的，你就得不到多方面的优点。必须如蜜蜂一样，采过许多花，这才能酿出蜜来。"

注意阅读广泛性，不要停留在一点上。还应了解不同的人，对同一问题的不同看法。从比较中，得出较为合理的结论。

第五，有效率地读。梁启超读书照"鸟瞰""解剖""会通"三顺序读三遍。冯友兰把"精其选""知其意""明其理"，奉为读书经验。读书决不是随便翻翻，应讲究效果，读而有益，读有所获，真正弄懂书中的深意。

古代许多名士，在读书上是下过苦功的。唐代著名书法家颜真卿写有《劝学》一诗："三更灯火五更鸡，正是男儿读书时。黑发不知勤学早，白首方悔读书迟。"忠告儿孙，在年轻黑发之际，理应发奋攻读，不要到满头白发，再悔恨不已。

如今，社会发展到数字时代。各种大容量存储设备和检索功能器的使用，使得我们用于阅读纸质书本的时间大为减少。是不是阅读书籍就显得不那么重要了呢？其实不然。专家指出："不能将机器整合过的知识当作自己的知识。""凭借那些不是通过阅读而获得的知识和记忆所进行的思考，始终是浅薄的。"因此，数字时代更需阅读。

读书，首先需识字。在社会存在大量文盲的状况下，实现全民阅读是十分困难的。新中国成立后，文盲被大力扫除。这样，提倡人人读书，人人养成读书好习惯，已完全可能。让我们都养成读书的好习惯，为振兴中华而认真读书。

世上最怕"认真"二字

"认真"，这是为人办事极度负责的表现。若办事不认真，工作不负责，往往会铸成大错，甚至会造成人间悲剧。奥斯汀的一个镇区，完全被洪水淹没，丧失了许多生命和巨额财产。这一切源于堤岸工程建筑中的敷衍了事和偷工减料，没有履行原订合同中的要求。苏联切尔诺贝利核电站，发生大爆炸，也是由于日常管理中的失职，致使近万人死于事故，造成数十亿美元的巨大损失，其后患还会影响人类一百年。

事无大小，每做一事，总要竭尽心力，求其完美，这是成功者的标记。

著名法语翻译家傅雷，是一个一辈子认真工作的人。他从1929年开始，从事法国名著的翻译工作，一生中翻译世界文学名著达三十部，其中巴尔扎克的长篇小说有十四部。因他翻译巴尔扎克作品贡献特出，被法国巴尔扎克研究会吸收为会员。

傅雷属我国一流的翻译大师，他翻译的作品，被称为"傅译"，视为译作的经典。他对自己从事的翻译工作，要求极高、极严。他认为"理想的译文，仿佛是原作者的中文写作"。译者"要以艺术修养为根本：无敏感之心灵，无热烈之风情，无适当之鉴赏能力，无相当之社会经验，无充分之常识（即所谓杂学），势难彻底理解原作，即或理解，亦难能深切领悟"。傅雷声称："鄙人对自己译文从未满意……传神云云，谈何容易。""文字总难一劳永逸，完美无疵。当时自认为满意者，事后仍发现不妥。"他在动手翻译前，总要把原著读上四五遍，弄懂弄通，领会其神韵、风格，才动手开译。翻译中遇到不清楚之处，从不猜测应付，往往写信向法国友人求教。直至弄明白了，才写上稿纸。翻译对话时，尽力做到口语化。为了使语言丰富生动，他还向老舍、赵树理学习，认为老舍的北京口语、赵树理的农民语言，精彩生动，值得学习。

傅雷数十年如一日，沉潜于伏案灯下，效力于法文翻译，正由于他对待翻译工作一直坚持细致认真，追求精益求精，从不草率马虎，才使其译作达到了一流的水准，至今仍为人们阅读的典范。

我国另一位女翻译家杨绛，也是一位对翻译工作十分较真的人。她的亲妹妹杨必翻译的萨克雷的《名利场》，已达到相当的水准，是一部深受读者欢迎的文学译著。可是杨绛仍不满足。她在八十多岁之际，仍通览全书，对此书一一"点烦"。再次对这部译著进行文字上的修饰，挤掉不必要的水分，让语言更加干净，让文字表达更加精确。一个八十多岁的老人，对译著仍然如此认真，委实令人敬佩。

认真是一种品格，也是一种态度。只有认真，才能把事做好，才能使自己从事的事业达到一流的水平。只有认真，才能获得别人的信赖，在社会上赢得良好的口碑。

英国作家狄更斯，在没有充分准备的情况下，是不愿意在公众面前宣读自己的作品的。未曾当众宣布之前，他要在家中，每天对选定的文字诵读一遍。大约经过六个月，他才会在公众宣读自己的新作。正是这种认真的态度，使他的作品保持着高质量，赢得广泛的赞誉。

企业家事业的成功，往往依靠办事的执着和认真。

鲁冠球，被誉为"浙商教父"。他出生于农家，是一个"从田野走向世界的中国农民的儿子"。一生克勤克俭，在生养他的土地上，以4000元微薄资金起家，将诞生于草莽之中的万向集团，一手打造成一个横跨十几个行业、公司，遍布全球多个国家，营收破千亿，盈利越百亿的庞大产业王国。2016年胡润富豪榜上，其家庭以550亿元，排名汽车富豪之榜首。阿里巴巴董事局主席马云称赞鲁冠球"骨子里就有那种与生俱来的企业家精神"。

鲁冠球的成功，源于办事的顶真。他立志："一天做一件实事，一月做一件新事，一年做一件大事，一生做一件有意义的事。"他是这样想的，也是这样做的，因此，被人们称作"企业界的愚公"。

无数事实证明：世上最怕"认真"二字。做任何工作，都必须抱着认真的态度。不认真，会导致失败；办事认真，不仅事业有成，还会得到别人的信赖和首肯。

人生感悟

不可藐视草根

草根者，生活于社会底层的百姓也。他们身居基层，融于芸芸众生之中，似极为普通，极为寻常之小草，往往为某些"大人"所藐视。然而，伟大出于平凡，许多不同凡响的拔尖人才，都是草根中走出来的。

被誉为苏联无产阶级文学奠基人的高尔基，从小生活贫困，在一所轮船上当勤杂工，却酷爱读书，埋头写作。他撰述的多部长篇小说，生动而真实地反映了当时的社会生活，受到了读者的欢迎，成了世界知名的作家。

和高尔基的经历有某些相似，在江城芜湖，也有一位从轮船工人走出来的作家，他叫王兴国。

王兴国童年丧父，生活颇为艰辛，只读过三年小学。为了生计，17岁便来到长江边，在一艘江轮上当司炉。干的虽是繁重的体力劳动，却从未放弃学习，一边手挥大锹，一边如饥似渴地读书。1953年，他的处女作《海员之歌》发表。党和人民政府发现这位青年工人的文学才华，让他在1954年参加首届安徽省文代会，使他成为我省第一位工人作家。

王兴国是文学创作的多面手，小说、诗歌、散文均有涉猎，并写出了一些感情奔放、行文质朴、充满生活气息的作品，为中国作家协会会员。曾任芜湖市文化局副局长、市文联副主席、市作协主席。

从草根中走出来的俊彦，亦能创造令人赞赏的成果。足见，藐视草根人物，实在是一种天大的无知。

当今，不少当红歌星，亦是从平凡的民间脱颖而出，逐渐在社会上获得广泛声誉。

郭兰英，20世纪四五十年代，就已成了家喻户晓的歌唱家。她嗓子甜美，音调婉转，极富抒情。她所演唱的《翻身道情》《南泥湾》《绣金匾》《我的祖国》等，传遍大江南北，深受听众喜爱。

郭兰英原为山西晋剧的一位戏曲演员，因嗓音条件极好，又善于演唱民歌，从而走上了歌曲演唱之路，并成为家喻户晓的歌唱家。

李谷一，如今仍活跃在音乐舞台上。她音色明亮，善于掌握多种演唱技巧，声情并茂。她所演唱的《绒花》《妹妹找哥泪花流》《难忘今宵》等，脍炙人口，为广大听众所推崇。

李谷一同样来自地方戏曲演员。她原是湖南花鼓戏演员。

这些来自草根的著名歌唱家，用她们的事例，说明来自民间的草根人才，非同凡响，绝不可小看她们。

在学术史上，还可查阅到一些颇有建树的大学问家，也来自底层，他们并没有上过几年学，更遑论名牌学府，完全是自学成才，靠自身的不懈努力，创造出奇迹。

钱穆，生于1895年，卒于1990年。1911年，在南京钟英中学读五年级，时局动荡，学校关门，钱穆没有毕业，辍学归家，从此再也没有进校读书的机会。他一边教书，一边读书钻研。从小学，教到中学、大学，学术专著一部一部地出版。先后在燕京、北大、清华等名校任教。晚年只身赴香港，创立新亚书院。他是公认的史学家、杰出的国学大师。

钱穆生命的最后时光，尤值得称道，他撰完《师友杂忆》后，遭遇双目失明的痛苦，从84岁至92岁共8年时光，撰成《晚学盲言》70万字的繁重任务。他把生命与治学紧紧地融合在一起，是立足于中国文化而对世界文化有杰出贡献的大学问家。科班出身的季羡林自然不会以钱穆只是"中学生"而不看重其学问，他高度评价钱穆的学术成就，指出：钱穆"对国学研究做出了极其重要的贡献"。

另一位仅上过小学的学术界奇人金克木，也是一位出身草根、学贯中西的大师级的人物。

金克木，1912年生，卒于2000年，饱学各个领域。掌握了英语、法语、德语、世界语、梵语等。对儒学、佛学、道学均有长期研究。还擅长将各种学问融通在一起，汪洋恣肆，蔚为大观。

金克木被称为"学术界的老顽童"，喜欢用探秘的方式，索解人间的各种置疑。他曾表白："我有个毛病是好猜谜……宇宙、社会、人生都是些大谜语，其中有日出不穷的大小案件；如果没有猜谜和破案的兴趣，缺乏好奇心，那就一切索然无味了"。（《书读完了》）

青年学者钱文忠在一篇文章中，记叙了他与金克木的第一次会见：我第一次见金先生，是在大学一年级的第二学期，奉一位同学转达金先生命我前去的口谕，到朗润湖畔的第十三公寓的。当时，我不知天高地厚，居然在东语系的一个杂志上写了一篇洋洋洒洒的近万言的论印度六派哲学的文章。不知怎的，金先生居然看到了，在没有一本书的客厅也兼书房的房间里（这在北大是颇为奇怪的），甫一落座，还没容我以后辈之礼请安问好，金先生就对着我这个初次见面，还不到二十岁的学生，就我的烂文章，滔滔不绝地一个人讲了两个多小时，其间绝对没有一句客套鼓励，全是"这不对""搞错了""不是这样的""不能这么说"。也不管我听得懂不懂，教训中不时夹着英语、法语、德语，自然少不了中气十足的梵语。

从钱文忠这一番生动的描述中，我们看到了金克木这位满腹学问的长者，对后学的无比关爱，也看到了这位学问家对学术研究的执着和认真。然而，这位驰骋学海、颇有造就的大师级的人物，竟是仅上过小学的。

金克木可称作低学历的文化大师。"低学历"和"文化大师"之间，存在着巨大反差。这当中必然会有许多动人的传奇故事，这故事足以说明草莽中存在盖世英雄，平凡中有不少闪光人物。

概括上述实例，雄辩地告诉我们：绝不可有眼不识泰山，绝不可藐视草根。

坚持就是胜利

人生硕果的获得，往往就在那不懈的坚持之中。世间没有笔直的路，只有通过弯曲小路的颠簸，才能抵达光辉的顶点。

世上没有常胜将军，只有在失败中善于总结教训的人，才能掌握精湛的战术，从而成为不可战胜的人。被誉为"一位非常有名的战争哲学和战争史的作家"克劳塞维茨认为：物质力量只不过是"木质的刀柄"，而精神力量才是"闪光的刀锋"。精神上的不屈不挠、屡挫屡奋，才是克敌制胜的巨大力量。历史上一些颇有才华的将领，却败在才智平平的对手手下，主要是缺乏坚持到底的毅力，动摇了必胜的决心。许多才华相近的学者，最后成就悬殊，也往往决定于夺取胜利的基本条件——毅力大小的不同。

对外界事物的认识，不可能一次完成。人们总是不断地从无知走向有知，认识产生错误，在所难免，失败不可完全避免，从积极意义上来考量，失败是对一个人人格的严峻考验。在一个人除了自己生命以外，一切全都丧失的情况下，就看他内在力量到底有多少，还有没有勇气继续奋斗下去，他所拥有的勇气会不会全丧失。如果，自认失败，没有能力继续坚持下去，他所拥有的一切，就会全部丧失。只有愈挫愈勇，勇往直前，不忘初心，继续前行的人，才会从失败走上胜利，最终实现人生的梦想。所以，可以这样说：失败是走上更高地位的开始。

胜不骄，败不馁，总是以平常之心，一步一个脚印地走下去，一定会赢得令人欢欣鼓舞的结果。这当中完全依靠人的强大的毅力。

毅力，一种坚强持久的意志力，不达目标决不罢休的坚韧的战斗力。一棵软弱的小草，凭借顽强的生命力，可以掀翻石块，冲破瓦砾，不屈不挠地向上生长，其力量十分惊人。人的毅力，是一种自觉的精神力量，比处于自然状态的生命力更坚毅、更强大。它可以冲破各种阻力，迎接各种挑战，创造出人间的奇迹。

俗话说："行百里者，半九十。"一百里路，已走完了九十里，剩下仅十里路，如果不再坚持走下去，那就没有到达终点，就叫做半途而废。1886年，一位名叫哈里逊的人，在南非找到一座金矿，仅在表层挖掘一番，没有下决心继续挖下去，以为没有开采价值，就以50美元，将此矿转售他人。谁知，这是一座储藏量十分丰富的金矿。直至今日，仍为举世闻名的大金矿。

人生感悟

台上十分钟，台下十年功。艺术表演时间虽不长，日常的训练却要付出多年的辛劳和大量的汗水。一位雄踞舞台半个多世纪的外国舞蹈家，在总结一生舞蹈艺术经验时指出："舞蹈女神是最刻薄的女神，膜拜在她裙下的信徒们，必须在她的供坛上呈献上几千斤汗水和几亿个脑细胞，痛其筋骨，苦其心志，她才肯点化一下关于形体动态美的秘诀。"这就是舞蹈家一举成名的基石。

毅力，在人生征途上，可以自我磨炼，自行培养。越王勾践为了报仇雪恨，坚持卧薪尝胆，以此昭示部下，督促自己完成既定目标。法国思想家克劳德·昂利·圣西门，出生贵族家庭，生活优裕，但他少怀大志，不沉湎于悠闲生活。十五岁时，吩咐仆人每日凌晨用这样的话语唤醒他："克劳德先生，起来吧；伟大的事业在等待着您。"由于自身的奋发努力，他写出大量有价值的著作，形成了完整的空想社会主义思想体系，成为科学社会主义思想的来源之一。

养成强大的毅力，应时时自警、自励，不让自己成功时盲目陶醉，失败时意志消沉。当年，法国青年波拉德发表了关于发现新元素溴的论文。德国化学家李比希读后，内心久久不能平静。原来，他也做过同样的试验，得到同样的元素，因未继续深入研究，就将其当作氯化碘装入瓶中，失去了一次新发现的机会。李比希记住这一深刻教训，永远保存这个瓶子，留作"失败的纪念"，时时警醒自己。他以此为训，认真做好其他各项科研项目，终于取得了一系列可喜的成就，成为农业化学的奠基人。

　　坚韧不拔，笑对人生，是一个人坚毅地活下去的崇高品格。一位名叫张颖的人，在口述文章中，讲到一位德国老太太的感人故事。这位老人，从集中营里逃出来，颠沛流离半个世纪，辗转来到澳洲。她的大腿的一侧，从胯部到膝间，划了一条一尺多长的口子，缝了三十多针。平时，她完全靠那只高脚凳帮忙，动作十分艰难，神色却十分镇定。张颖深有感触地说：每当我遇上人生的一道坎时，就会想起那么耄耋之年的老太太身上的十三处刀痕；想起她拄着高脚凳站在我病床边，对我说："笑起来！"这位老太太，尽管生活中遭了大难，成了残疾人，却依然坚韧地笑对生活，体现了顽强的生命力。她"坚持下去"的决定和毅力，值得人们沉思和效法。

坚持就是胜利

幽默是智慧的体现

人们讨厌枯燥、单调的生活，希望生活丰富多彩、生动活泼。这样，幽默就成了生活中的调味品，它使生活生动而富于风趣，充满着智慧的乐趣。

幽默是一种特性，一种引发喜悦，以愉快的方式娱人的特性。幽默是一种才华，是人类在困境中创造出来的机智文明的表达方式。幽默是一种知识，一种人格魅力。一切才智过人的人，都具有幽默的才能。

世界知名作家巴尔扎克，一生写了多部小说，命名为《人间喜剧》。一天深夜，他正在睡觉，小偷溜进了他的房间，正在书桌里寻找金钱。巴尔扎克被惊醒了，他并未大喊大叫，而是悄悄地起来，点亮了灯，微笑着对小偷说："亲爱的，别翻了。大白天，我在书桌里都找不到钱，现在在黑暗中，你就更不可能找到了。"结果，那个小偷只得乖乖地离开。

幽默是智慧的体现，是良好修养的产物。在人与人的交往中，幽默充满了魅力的交往技巧，让人感到有气量，能很好相处，成为吸引对方的黏合剂。

有一次，代尔将军到某地视察，在安排的酒宴上，一位年轻的士兵向他敬酒。一时激动，竟将酒洒到了坐着的将军的头上，满座大惊失色。谁知，将军并未大发雷霆，而是慈祥地站起来，拍拍士兵的肩膀，幽默地说："小伙子，大概见到我头上缺少美发，想用这种办法帮我治疗秃顶吧！"说得满堂哄然大笑，紧张的气氛顿时得到缓解。将军的幽默和大度，让在场的官兵都大为感动。

英国作家狄更斯，在江边钓鱼。一个陌生人走到跟前，问他："怎么，你在钓鱼吗？"狄更斯不假思索地回答："是啊，今天真倒霉，钓了半天，一条鱼也未钓到。可是，昨天我在这里却钓到15条鱼。""是吗？"陌生人又说："你知道我是谁吗？我是此处专门负责处罚钓鱼人的人。违者理应接受处罚。"见此情景，狄更斯不慌不忙地回答："你知道我是谁吗？"接着狄更斯告诉陌生人："先生，你不能罚我款。因为我是一个作家，虚构故事是我的职业。"就这样，罚款者对狄更斯实在无可奈何，只有悻悻地走了。

在绘画门类中，漫画是极富幽默感的艺术，它善于捕捉生活中的弊端加以抨击，让人在笑后受到教育。方成是《人民日报》首席美术编辑，也是一位出色的漫画家。他笔下的《新潮小贩》，揭露社会上一味贪大求洋的陋习。一位卖冰棍的小商贩，居然打起"美迪冰棍儿贸易中心"的横幅，真叫人啼笑皆非。方成还利用古诗作画，寄寓对时弊的针砭。《白居易诗意》则是其中的代表。白诗云："每到驿站先下马，循墙绕柱觅君诗。"方成据此诗意，画一古人绕柱觅诗，柱上题满了"×××到此一游"。显然，此画对旅游中的不文明行为，作了辛辣的讽刺。方成还画了一幅《春睡图》，画中一位贪污者，扒在钱袋上，对着《反腐败条例》，惶惶而难以入睡。画的上端，题有打油诗一首："纸上长文一条条，越看越想睡不着，良心全喂狗吃了，换来金宝受煎熬。"诗文并茂，用幽默的笔法，对党的反腐败斗争做了深刻的反映。

幽默是智者心灵的生动体现。我们生活中增添一些幽默，将使我们的生活变得更为有趣、更为精彩。让我们都来掌握一些幽默待人、幽默处世的本领，做一个幽默风趣的人。

赞"不拘一格降人才"

社会的和谐、繁荣、发展，靠人去完成。只要有了人，什么样的人间奇迹，都可以创造出来。历史上，一切贤明的君主，都十分重视人的作用，重视人才的聚集。曹操曾提出"唯才是举"的方针。唐太宗李世民创立科举制度，以此收拢天下人才。

人不可生而知之，唯靠后天学而知之。设立育人的学堂，大力培育各类人才，便成为当政者一项重要的政务。对招收的学生是求全责备，还是扬长避短，加以培育，这是办学中一个值得探讨的问题。在学生中，存在一些偏科的学生，特别是一些文科成绩极为优秀的学生，数学成绩却很差。

被誉为清华文学院"三才子"的钱锺书、吴晗，分属两个系。钱锺书在外文系，吴晗在历史系。他们在考入清华时，数学成绩都少得惊人。据说，钱锺书报考清华，国文、英语均得满分100分。数学为0分。后来钱锺书夫人杨绛证实，数学仅得15分。由于文科成绩十分优秀，清华还是破格录取了他。两年后，吴晗报考大学，先报考北大，文史、英语都得满分，数学却得0分，未被录取。不得已，再考清华，文科成绩特别优秀，数学仍为0分，被破格录取。这次破格录取，让一位文科高才生有了深造的机会，这是"不拘一格降人才"的体现。这样的做法，为人才的成长提供了条件。事实证明，这是一种理应肯定的做法。

杰出的人文学者、中国东方学奠基人季羡林也有类似的情况。季羡林毕业于文科高中，几乎没有碰过数学，对数学考题自然是一窍不通。他在《我和外国文学》中，透露清华入学考试，数学不到10分。有人曾询问他，到底考了几分，他笑着回答："4分。"天才多有偏科状况，所以有人说："所谓天才，就是偏才。"如坚持必须文理样样合格，就会扼杀天才的诞生与成长。

学校是培养人才的要地，大批人才都从学校培养出来，但世上之事，绝非出自一个模式。有受家学影响，从而成为一代大师的；亦有自学成才，通过自身探索，从而学有所成的。

当代著名学者梁漱溟，被称为"中国最后的一位大儒"。他学术业绩的取得，一方面来自家庭文化的影响另一方面来自本人勤奋耕耘，多方涉猎。其实，他的学历，仅为中学，从未跨入高等学府的大门。后来，被聘进入北京大学任教。1917年24岁时，在北大哲学系主讲印度哲学。

梁漱溟，生于国家多事之秋，他的生命自然带有浓厚的时代色彩。

祖籍广西桂林，出生于北京安福胡同一个官宦家庭。梁氏祖先为元代显赫之望族。到了明代，梁氏六世祖梁铭，因典兵建功，被封为保定伯，《明史》有传。七世祖梁宝因平定苗族起义有功，晋爵为保定侯，《明史》附传。到了清代，第十八世祖梁兆鹏，为清乾隆年间，广东永安县令。曾祖父梁宝书，道光甲午年举人，庚子年进士，历任直隶定兴、正定、清苑知县。祖父梁承光，少负才气，年十八而举顺天乡试，任内阁中书，委署侍读，借补山西永宁州知州，在任候补知府。其父梁济，通晓书史，学养颇厚，仕途不畅，只任教职，先于刑部顾康民家，课其子女。后被顾氏推荐为慈幼堂塾司事。1891年，任李仲的僚幕。后又在其父生前好友、朝中大臣孙莱山处任记室。梁济同当时有抱负之士一样，心存天下，忧心多事之秋的国计民生。

梁漱溟生于北京这一政治、经济、文化中心的大城市，家庭经济比较殷实，从小受到良好教育，不仅学了中华传统文化，也读了新学的

《地球韵言》。七岁，进入中西小学堂学习。这所学校为新派人物创办的北京第一所"洋学堂"。办学宗旨，为培养中西皆通晓的人才，采用的课本有《英文初阶》《英文进阶》等。

梁漱溟上小学时，经常阅读课外报刊，如《启蒙画报》《京话日报》《中华报》等，从中吸取大量新知，在求知和生活体验中，梁氏逐渐形成其务实的人生信念，他把"对最大多数人有最大好处"作为制订思想、言论与行为的标准。把功利、实效，视为唯一值得追求的真价值。

梁漱溟上的中学为顺天中学堂，是当时北京最早创办的较有影响的新式学校之一。后来，成为社会名流的张申府、汤用彤都曾与梁氏同学于该校。经五年半的学习，梁漱溟结束了顺天中学堂的学业。次年，梁漱溟进入同盟会主办的《民国报》，任编辑和外勤记者。在社会实践中，他直接感受到了现实的严峻与理想落空后的痛苦，导致他醉心研究佛教典籍。1916年，他将读佛书的收获，写成《究元决疑论》，共一万三千余言，发表于同年《东方杂志》第五、六、七期。此文获蔡元培赏识，得以步入北大讲坛。此前，梁氏读佛典心得，有发表于《正谊》杂志的《谈佛》，发表于《甲寅》杂志的《佛理》。这两篇，可视为写作《究元决疑论》的前奏。

然而，佛学思想亦难以解决现实中国之痼疾。梁氏虽未完全放弃其出世之立场，却对东方传统文化发生了兴趣。1918年10月4日，他在《北京大学日刊》，刊登一则广告，申明："今愿一、二年，为研究东方学者发其端。"于是，又读起早些年曾学过的四书五经。

通过对儒家有关著作的再次研读，梁漱溟发现，儒家对生活的理解与佛学判然有别。既然追求寂灭的佛教不能为人们提供普遍生存的蓝图，那么儒学的不出世、又不主张功利的一套理论，或许可以作为人类的精神托付。这样，梁漱溟就从生命实践的角度介入儒家思想，探求儒学的新意义。梁氏将孔学的生活视为"直觉"的生活。"直觉"是人自然具有的能力，不学而能，不虑而知，随感而应，是人类最妥帖、最适当的生活。梁漱溟还认为：要领略儒家生活之美善，必须靠不事修养的"直觉"。

梁漱溟长期从事的对人生价值的研究，引起了人们普遍的关注。1921年，他将在山东所作的讲演整理出版，书名为《东西方文化及其哲学》，这是梁氏多年苦思及读佛家经典、四书五经乃至西洋学术著作的一个成果汇集问世即引起强烈社会反响。该书销量骤增，九年中竟再版八次。梁漱溟的第一位传记作者美国人艾凯在他的《最后的儒家》中，惊呼：一本学术著作能吸引如此众多的读者，还是史无前例的。当时，"中国当代大人物"的民意测验中，梁漱溟的名字与著名的"基督大将军"冯玉祥，并列第十名。

梁漱溟声称，他曾在人类心理学上用过功夫。他认为，人类心理就是两面：一面理智，是可以分析的；一面情感，是不可分析的。他要从人类心理来讲明人类社会。

1975年7月，梁漱溟以83岁高龄，完成了他平生一直想要写的《人心与人生》一书，了却了毕生心愿。他在致学生的信中写道："盖我要写的书都写出了，此生负担的历史使命大致完成，我因可去矣。"

1984年，92岁高龄的梁老，被聘为中国文化书院院务委员会主席。他还在后来主办的"中国文化讲习班"上，做公开讲演，阐明孔子儒家文化一定会复兴。

1988年6月23日，梁漱溟先生在京仙逝，享年96岁。

梁漱溟在当代中国，是一位特立独行的杰出人物。他仅有中等学历，却登上了北京大学的讲坛。著作等身，拥有巨大的社会影响。他是一位奇才，他的出现，有力地证实了"不拘一格降人才"十分必要。

性格决定命运

世界上没有两片相同的树叶。人的性格也多种多样。胆量的大小、毅力的强弱、内向与外向、傲慢与谦虚、活泼与深沉、热情与孤僻、果断与优柔、细致与粗犷等等，凡此种种，都呈现出各自不同的性格。

俄罗斯作家屠格涅夫指出："性格即命运。"不同的性格，导致不同的人生态度，不同的处世方式，也会产生截然不同的人生结局。因此，有人认为：人生的悲剧，归根到底是性格的悲剧。《三国演义》中的关羽，过五关斩六将，骁勇无敌，但性格刚愎傲慢，最终败走麦城而身亡。莎士比亚名剧《哈姆雷特》中的王子哈姆雷特，决心为父王雪冤报仇。但他性格迟疑，不相信自己的力量，思前虑后，犹疑再三，当断不断，结果错失良机，造成终生遗恨。俄国作家果戈理长篇小说《死魂灵》中的庄园主泼留希金，家里财物堆积得腐烂发霉，却每天上街拾破烂，过关乞丐般的生活。正是贪婪、吝啬的性格，使他失去正常人的理智。青年诗人顾城，写过不少脍炙人口的好诗。到了澳洲后，远离亲朋，性格变得十分孤僻，心理也极为畸形，杀妻，自戕，造成家破人亡的大悲剧。由此可见，克服不良性格的滋生，让优良性格逐步形成，是人生中一件不可忽视的大事。

性格不是一成不变的，在生活历程中，在人的成长过程中，人可以克服自身不良的性格，培养从善有益的性格。譬如，一个原来性格较为孤僻的人，记住"多一位朋友，就会多一条路"的格言，注意多与别人

人生感悟

交往，多关注别人的优点和长处，逐渐地就会变得开朗起来，就会改变自身孤僻的性格。又如，一个缺乏主见、遇事优柔寡断的人，记住"充分相信自己""三思而行，再思可矣"的名言，经过认真思考，就勇敢地做出自己的判断。经过一段时间的实践磨炼，也会让自己成为一个勇于决断、富于自信的人。

著名科学家居里夫人曾回忆说："我并非生来就是一个性格温和的人，许多像我一样敏感的人，甚至受了一言半语的呵责，便会过分地懊恼。"她认为自己受了丈夫居里温和性格的影响，从中学会了对事的容忍。她从日常生活琐事中，如种花、栽树、朗诵诗篇、眺望星辰等，培养自身沉静的性格，养成胜不骄、败不馁的好气度。我国近代史上民族英雄林则徐，为了改掉自己遇事急躁、容易发怒的脾气，曾在书房的醒目处，挂起自己书写的"制怒"的条幅，以此自醒自戒，养成富有涵养的良好情操。

良好的性格，须在日常生活中、从事的工作中，有意识地去培养，不断磨砺而成。有了良好的性格，有利于团结他人，战胜困难，成就事业。

"性格决定命运"。良好的性格，就是有益的情商。它可以帮助你交上好运，获取光明的前景。

性格决定命运

浅谈人的主体性

　　马克思主义强调人的社会本质是一切社会关系的总和，他在一定的社会关系中生活，离不开一定的社会群体。但社会上的每一个人又是独立存在的个体，他用自己的一双眼睛观察世界，用自己的头脑思考问题。因此，在一定的共性中，存在千差万别的个性。有位哲人说过，世界上没有两片完全相同的树叶。何况更为复杂的人呢？定是千变万化，各不相同。俗话说：人一上百，五颜六色。这就是说，作为万物之灵的人是极其复杂多样的，他们中有的冷静沉着，有的热情奔放；有的直截了当，有的迂回含蓄；有的善于揣摩，有的长于推理；有的好于交往，有的乐于独处……总之，由于各人的身体素质、家庭状况、社会背景、所受教育互不相同，形成了各自不同的个性、气质、理想和追求。事实表明，每一个人都是相对独立的社会存在物，他认识世界，思考问题，都会从"我"这一个体出发，不可避免地带有其自身的特征。存在决定意识，个体存在的客观现实，决定了人必然具有主体性的特征。

　　主体性的充分发挥与人的强烈的自尊心与自信力密不可分。一个缺乏自尊心和自信力的人，无论如何是很难让主体性开出绚丽的花朵的。人的自尊心与自信力来自对自己力量的确认，他不气馁、不犹豫、不退缩，永远保持着一种积极、奋发、乐观、进取的心态。二战时期，纳粹德国某集中营的一位幸存者维克托·弗朗克尔曾这样说："在任何特定的环境中，人们还有一种最后的自由，就是选择自己的态度。"不同的态度，不同的选择，会有截然不同的结果。事实表明，在这世界上没有任何人能改变你，只有你能自己改变自己。没有人能打败你，只有你能自己打败自己。俄国思想家车尔尼雪夫斯基说得好："假如一个人尽想着'我办不到'，那他果然就会办不到。"

马克思主义强调历史是人民群众创造的，但并不抹煞杰出人物在历史转变时刻所起的作用。改革开放的总设计师邓小平提出的"发展就是硬道理""贫穷不是社会主义"等重大论断，对我们突破"左"的思想的束缚，进入改革开放的新时代，起了伟大的导航作用。如今在"以人为本"的社会里，把人作为发展经济、推动社会全面进步的出发点和落脚点。一个卓越的人物，可以推动事业的飞速发展；一个能人可以改变某一地区、某一企业的落后面貌。"江山代有才人出，各领风骚数百年"。这里的"才人"指不拘一格的人才，他们的出现是国家与民族的幸事。

个体与群体是对立的统一。群体应有良好的氛围和有效的机制，有利于人才的脱颖而出和健康成长。个体应当溶于集体之中，遵守群体的共同规则，尊重群体的共同意志。

著名漫画家方成曾画过一幅题为《武大郎开店》的漫画，说的是店主武大郎身材矮小，由此该店招聘的伙计，身高也绝不能超过自己。这虽是一则幽默的漫画，却刺中了时弊。我国长期的封建社会，形成了狭隘、自私的落后意识，使得妒贤嫉能还有较广泛的市场。对此，鲁迅先生曾悲愤地说："我觉得中国有时是极爱平等的国家。有什么稍稍显得突出，就有人拿了长刀来削平它。"那种自己难以出头，也坚决不让别人出头的思想，时有表现。战国时代就有这样一个事例。魏国大将庞涓对其同窗孙膑的才能，十分嫉妒，不惜采用卑劣的手段，把孙膑骗到魏国，又诬陷其私通齐国，使得孙膑惨遭酷刑，被割断膝盖骨。庞涓自以为得计，却事与愿违。孙膑逃到齐国，受到齐王的重用。在一次与魏军的交战中，孙膑用计引庞涓上钩，乱箭将庞涓射死于马陵道。古人云："忌人之成，乐人之败，何损于人，何益于己。徒自坏心术耳。"庞涓的下场，不正说明了这一道理吗？

　　我们十分看重人的主体意识，尊重人的独创作用，并不是把生活在群体中的人，视为可以独往独来的唯意志者。人在社会中既要充分发挥自己的主观能动作用，又要注意协调好与他人的关系、与环境的关系。只有协调好与他人的关系、与环境的关系，才能更好地发挥个体的积极作用。德国哲学家弗罗姆认为："人类的休戚相关是个体拓展的必要前提。"显然，个体要得到拓展，决不可忽视人类的这种休戚相关的社会群体。离开社会的支持，孤军作战，就会事倍功半，难以获得圆满的结果。我为人人，人人为我。只有人人都报效于社会，这个社会才会充满生机与活力。当代著名作家陈祖芬用诗一般的语言，写下了一段富有哲理的话："你爱蓝天，蓝天就为你享有；你爱鲜花，花儿就向你展现千姿百态；你呼唤生活，生活就向你微笑；你为世人增添光明，太阳就为你高照。"一个对社会、对群体作出贡献的人，社会和群体同样会给他以丰厚的回报。

人生感悟

谦受益，满招损

"谦受益，满招损"。这是前辈教诲我们的一句至理名言。做人一定奉行谦卑为怀的原则，待人处事一定要诚诚恳恳，兢兢业业，一点一滴，踏实地去做，绝不可趾高气扬，目空一切，自以为得计，终会坠入身败名裂的可悲下场。

"骄兵必败"，"低垂的谷穗果实多"。一个谦虚的人，以礼待人，就会获得别人的理解和支持，从而在社会上立住脚跟，干出一番事业。一个谦虚的人，从不满足自己，总是孜孜不倦地学习、进取，使自己不断臻于充实和完善，就会使自己成为一个让人景仰的人。

北京人民艺术剧院著名表演艺术家于是之，是观众十分喜爱的大明星。他在《龙须沟》中扮演的程疯子，在《茶馆》中扮演的王掌柜，栩栩如生，丝丝入扣，成为我国话剧艺术人物塑造的不朽经典。这位驰名大江南北的表演艺术家，虽演技出众，享有盛誉，却始终能正确估计自己，谦逊面对大众。

于是之虽然是一位当红的戏剧明星，却从不炫耀自己。他有一句口头禅："我只是一个演员。"他在名片上仅写着："演员于是之。"至于职务、职称、虚的实的各类头衔，一律从免。出版文集时，一再叮嘱编辑，把书名定为"演员于是之"，切莫在名字前面加上什么，包括"著名演员""表演艺术家"之类。

于是之喜爱书法，且有一定造诣，笔下的行书洒脱、俊秀，让人爱慕。有位同行对他说："于大师，你为密云水库题的'碧绿'两字，挺飘逸。能赐我一张墨宝吗？"于是之谦虚地回答："我写的字缺少金石味，小时练过赵之谦的隶书，只是流而非源，麻烦你帮我找一本方笔的汉碑，好从头学起。"正由于于是之虚怀若谷，从不满足，孜孜以求，才不断获得长进，成为一位德艺双馨的艺术家。

幼时，每当获得一点新知，内心就十分欣喜，总想显示一番。此时，家母就会告诫我："儿啊，半瓶水好晃荡。学多了，就会懂得知识无边，不会再自我得意了。"随着年龄的增长、阅历的丰富，逐渐认识了母亲所说的"半瓶水晃荡"的道理。人生有限，学海无涯，知晓一点皮毛，就自以为了不得，真是渺小极了。

俄国大文学家列夫·托尔斯泰曾深刻比喻说：如果把人看成一个分数，其分母是自身的实际价值，分子则是对自己的评价。自己对自己的评价愈高，分值就会愈小。由此看来，一个人若谦虚自处，正是提升自身价值的灵丹妙药。

"虚怀若谷"，是古人对襟怀开阔、积极进取的有为之士的形象刻画。谦虚不仅是一种美德，也是一个人头脑清醒的最佳表现。世间万象林林总总，人对其认识和把握，是难以穷尽的。因此，"知"总是相对的，"未知"则是经常发生的。如若知之甚少，就自以为什么都懂，似乎完全把控了世界，这就背离了事实，定会闹出笑话。唯有谦逊自处，时时看到自身的不是，虚心学习，永不止步，才会不断获取新知，时时取得新的突破。

古代圣贤曾向我们指出："天不言自高，地不言自厚，桃李无言，下自成蹊"。人自身的价值，是一个客观存在，无须对外宣扬，无须自我粉饰。这样看来，谦虚处世，正是一种既朴实又聪明的人生准则。

自信是成功的保证

有人向诺贝尔奖获得者丁肇中提出一个问题，问他一个好的科学家必须具备什么条件。丁肇中回答：重要的条件之一，必须有自信心。

科学上的进步，是靠少数人的成果得来的。少数人要打破多数人信守的陈规，摧毁多数人信奉的旧观念，绝非易事。首先，应有足够的信心和勇气。要做到这一点，就必须有足够的自信。

自信，是强者的心理特征。"寄语立身者，勿学软弱苗"。只有胸怀必胜的决心，以坚忍不拔的意志奋勇前进的人，才能完成既定的目标。那些社会的中流砥柱、时代的弄潮儿、改革的推进者，都是具有强烈自信心的人。他们把坚定的信心，化为摧枯拉朽、百折不回的行动，靠的就是高度自信。

强者自信，弱者自疑。一事当前，就疑虑重重，怀疑自己这也不行，那也不是，自己就打败了自己，还谈得上什么"最后胜利"？世界上对自己丧失信心的人不少。美国心理学家彼得认为：世界上大约有一半人具有自虐倾向。这些人总觉得自己浑身都是缺点，事事与愿相违，缺乏自信心，甘心让别人压在自己的头上。这位心理学家指出：避免形成这种不良性格的有效方法，是学会赞美自身，恢复对自己的自信。

人们曾经用一种诱导方法，让孩子求学时形成自信乐观的心理状态。有一个班级，很多学生丧失自信，没有进取的动力。班主任让专家挑选了30名，称之为最有发展前途的学生，组成"荣誉班"。这些学生顿时产生了强烈的自信心，严于律己，踏实学习。结果，其中的绝大多数都有惊人的进步。后来，都学有所长，自立于社会。数年后，才知道原来是班主任原先的设计，30名学生是随机抽取的，原先所说"最有发展前途"之预测，也是善良的谎言。这一例证表明：自信心效应，是多么明显；树立自信心，对孩子的成长是多么重要。

自信绝不是自大，它与妄自尊大有本质的区别。自信是对自我的正确认识、正确估价，实事求是地认识自身的优势，肯定自身的作用。自大，则是自我的一种盲目的夸张，并不能正确反映实际价值。

自信也绝不是自满，自满的人心胸狭窄，容不了新事物、新信息、新知识。自信是坚信自己可以达到某一宏大目标，为之不懈追求，为之不断积累，永无休止，永不满足。所以，自信是一种优秀的心理品质，而自满则是必须克服的心理弊端。

增强自信，首先应增强民族自信心。我国有五千年文明史，是世界文明古国之一。燧人氏钻木取火，有巢氏结巢架屋，四大发明的光辉历史，都走在世界前面。我们应继承民族文化的优秀传统，创造社会主义新文化。

自信的品格，体现对真理的执着追求，不随波逐流，不人云亦云，不为世风流俗所左右，不被外界的纷扰所支配。有这样一则故事：一位老人和孙子骑着毛驴去赶集。半路上，有人议论："看！大小两人骑在驴上，真不知爱惜牲口。"听到此话，老人立即下来，让孙子一人骑着毛驴。走着走着，又有人议论："这孩子真不懂事，自己骑着驴，让老人走路。"孩子只得下了毛驴，让老人骑上。不一会儿，又有人说："这孩子还小呢！老人光顾自己舒服，不照顾孩子。"于是，两人都不骑了，让驴子空着走。又有人议论："这两人真笨，有驴子不去骑。"哪一种做法，都招来非议，让人无所适从。一个没有主见的人，就这样任舆论摆布，最终一事无成。自信的人，是有主见的人，他会按自己的既定方针坚定地走下去，不为闲言碎语所左右，不达目标，决不罢休。

俄国杰出的思想家车尔尼雪夫斯基指出："假如一个人尽想着'我

办不到',那他果然就会办不到。"只有满怀自信的人,披荆斩棘,立志进取,定会取得最后的成功。

培养群体意识

人类社会是一个组织有序、互相关联的社会。在这个社会中，人人为我，我为人人，是一个和谐的群体。如今，人类社会已发展到了信息化的时代，许多产品的生产和制作，单靠一人难以完成，必须经过多项工序，借助多方面劳作，方能奏效。专家认为：当今时代，那种孤军作战、一柱擎天的状况，已不复存在。只有依靠群智群胆、群策群力，才能开辟出一片新的天地。美国学者爱默生说过一句富有哲理的名言："每一滴水都具有水的全部特性，但是绝不会有风暴。"一滴水无法兴起风暴，千万滴水才有可能掀起壮观的风暴。

据美国女科学家朱克曼的统计，在诺贝尔奖设立的第一个25年，合作研究获奖的人数占41%；第二个25年，占66%；第三个25年，上升至79%。在诺贝尔奖获得者中，属于合作获奖的人数，不断上升，证明科学研究领域内，群体合作的人数，不断增多，科学家的群体合作不断加强。

在科技领域内，由于缺乏群体意识，致使科研延缓的例子也有不少。如美国著名的火箭专家罗伯特·戈达德，早在1926年就研制出世界上第一枚液体燃料推进火箭。他不愿与其他科学家合作。结果，比戈达德动手迟11年的德国火箭研究所，集体研制成功了有实用价值的V-2火箭。而此时，戈达德仍处在实验室阶段的单干中。"众人拾柴火焰高"，事实雄辩地证明现代科技多是由团队完成，再也不是少数人寂寞地探索了。

"将自己看成一朵花，把别人看成豆腐渣。"只看重自己，从不满意别人的人，这种孤傲的性格，同样难以与他人合作。

著名相声表演艺术家马季，曾与他的几位徒弟，合演了《五官争功》，幽默风趣，且让听众深受教育。脸上五官，有一天争论谁的功劳最大：嘴巴说，没有我，人便会饿死；眼睛说，没有我，人将会陷于黑暗；手说，没有我，人哪能吃上东西呢？……争来争去，最后得出一个结论：它们都在各自的那一部分，发挥着各自的作用，但谁也离不开谁。只有相互合作，同心协力，才能共同维护人体的健康，满足人体的需要。这也充分说明了群体作用的重要。

在群体社会中，与他人相处，必须有一颗怀抱四海、胸纳百川的心。能善待别人的优点，容忍别人的缺点。如若对生活中那些细微枝末节的小事，都用大原则去衡量，就会令别人在你面前如坐针毡，从而对你敬而远之。要有"笑看青竹胜我高"的气度，对别人点滴的收获，持诚挚的欢迎态度，才能与人善处。

同气相求，同声相应。人与人之间的交往应当是平等的、互惠的。著名诗人臧克家有一位小字辈的诗友田晓菲，两人年龄相差六十岁。小田童年开始写诗，少年时代就出了诗集。臧克家对小田并没有摆出大诗人的架势，而是真诚相处，互相切磋，形成了一对忘年交。

在群体中，要学会尊重别人。虚心倾听别人的意见，即使是反面的意见。善于同反对过自己的人共事。唐太宗是一位封建帝王，拥有至高无上的权力。魏徵对唐太宗一些不合理的做法，常触犯龙颜，在群臣面前据理直谏，让唐太宗下不了台。对此，唐太宗内心十分恼火。但他毕竟是一位颇有作为的君主，经反复思忖，觉得魏徵之所以这样做，还是为了唐朝社稷的稳固。于是，消除内心的反感，转而鼓励魏徵多进良言，表示听先生一席话，如清泉洗耳一般。唐太宗和魏徵的故事，彪炳青史，一直教育着后人。

法国著名作家巴尔扎克说过一段意味深长的话："精神生活同肉体

生活一样，有呼也有吸：灵魂要靠吸收另一颗灵魂的情感来充实自己，然后以更丰富的情感送回给人家。人与人之间要没有这点美妙的关系，心就没有了生机；它缺空气，它就受难、枯萎。"一颗枯萎的灵魂，一颗缺少生机的心，是无法参与生机勃勃的社会创造的。

由此可见，只有投身群体之中，吸取他人养分，既造就自己，又成全他人，才会拥有一个幸福美好的未来。

人生感悟

善于识破伪装

事物的现象和本质，有其一致的一面。所以，有时观察其表面，就可了解其本质。然而世事并不那么简单。某些情况下，事物的现象和本质并不都一致，表象呈现其虚假的一面，有人不加辨析，就把假象当成本质，结果吃了大亏。

伪装可以骗取信赖，让对方陷于失败之渊。所以，聪明人往往巧妙地运用伪装术。

"兵不厌诈"。军事上往往运用计谋，大获成功。三国戏中有一出名剧，叫《空城计》，智慧之星诸葛亮，因城中兵马不多，难以抵御司马懿的大军，就装作胸有成竹的样子，大开城门，自己还在城上若无其事地弹琴。司马懿以为蜀兵另有埋伏，令兵退出。就这样，诸葛亮以"空城计"的假象，吓退了司马氏的兵马，让蜀兵巧度了一劫。

在政治斗争中，伪装也是史书中常见的一种取胜的艺术。春秋时，吴国君主夫差英勇善战，战胜了越国，让越国国君勾践沦为阶下囚。勾践一心想复国救越，却在吴王面前装出百依百顺之忠诚状，并将美女西施献给吴王，让吴王陷于淫乐，不理朝政。这样，吴国走上衰败，终被勾践所灭。

这种伪装术，如果用在做人上，让自己成为一个言行不一的伪君子，那就会坑害自己，终会被别人识破，亦会为众人所唾弃。

如今，市场经济大发展，有些人擅长吹嘘，喜爱以假象蒙骗他人。

明明只有十多米的店堂，却名曰："鑫鑫火锅城"。明明是一家普通的商店，既无洋人参股，亦无名牌洋货，却自称"五洲国际商行"。凡此种种，真可收入《新笑林广记》。

恩格斯在《反杜林论》中曾谈道：市场上，那些吹吹打打竭力推销自己产品的人，多半是一些劣质产品的推销商。对于这样一群劣质产品的推销商，真得小心提防，切莫上当受骗。

官场上，也有一些双重人格、善于伪装的劣质官员。他们中，有的伪造学历、伪造经历，骗取组织信任；有的口头上高喊"五湖四海"，暗地组织"私家军"；有的讲台上大谈"为人民服务"，私底下卖官买官，大搞权钱交易。这些善于伪装的小人，运用巧妙的欺骗术，爬上了高位，最终还是被识破，受到党纪国法的严惩。

立身处世，一是决不做善于伪装的双面人，坚持清清白白地做人，认认真真地办事；二是遇事多问一个"为什么"，提高自身思辨力，学会识破伪装，不让伪装蒙蔽自己的双眼。

人生感悟

挫折为人生之良药

　　"世上没有百战百胜的将军"，"智者千虑必有一失"。在指挥作战的过程中，就是聪明过人的将军，亦会有失算的时候。只不过，他会总结教训，更有效地指挥作战，从而获得较高的获胜概率。

　　"一帆风顺"，只是人的美好祝愿。人的一生，会遭遇各种坎坷和挫折，不可能一帆风顺。理智的人遇到挫折，不会垂头丧气，会愈挫愈勇，以顽强的毅力，坚韧不拔的意志，去迎接困难，一步一个脚印地向前推进。从这个意义上看，挫折并不可怕，挫折可视为人生良药。不少人如果没有遇上逆境，将不会发现自己真正的强项；如果不遇上生命的巨大打击，将不会知道怎样焕发自己内部贮藏的力量。因此，有人认为："失败，是走上更高地位的开始。"

　　有一位名叫穆斯塔法·穆拉德·阿德-达巴格的阿拉伯人。他独自编撰了一本名为《我们的国家巴勒斯坦》的百科全书，参阅了数千位阿拉伯学者的书稿。由于时局变化，他被迫离开故乡，所乘小船遇上了大风暴，水手们为使小船脱险，竟将他精心撰就的珍贵手稿，抛进了大海，使他数十年的心血结晶，付之东流。然而，这位阿拉伯学者并不气馁，咬咬牙又重新搜集和整理相关资料。经过十七年的艰苦努力，这部书的第一卷终于问世。《美国百科全书》是由6300位专家共同完成的，而这位阿拉伯学者，在极其困难的环境下，在命运的无情打击下，独自一人完成这一巨著。他的这种不为挫折而止步的精神，令世人十分敬佩。

曾国藩，我国近代史上一位引人注目的人物。在治学上，他是理学家、文学家、书法家；在为官中，他是政治家、军事家。在满人当政的清廷中，他身为汉人，官至一品，曾任两江总督、直隶总督，集军政于一身；获武英殿大学士的荣典，以文人身份被封为一等毅勇侯。然而，曾国藩在兴建湘军之初，以及尔后与太平军的征战中，绝非一帆风顺。有一段时间，战事失利，损失惨重。

太平天国起义发生之时，曾国藩因母去世守孝在家，接到咸丰圣旨，要他操办地方团练，他决心难以下定。一方面是对地方政府办事能力，深表怀疑；另一方面是自己是一介书生，带兵打战非其所长，能否取胜，尚难断定。因此，迟迟难下决心。老友郭嵩焘来到白杨坪，为曾母吊唁。与曾氏彻夜深谈，认为如曾氏不振臂一呼，中国的文化道统将难以传承。郭嵩焘的凿凿言辞，让曾国藩痛下决心，投身于战争的尘烟之中。

人生感悟

对于一个常年伏案书桌的文人，带兵打战绝非易事。曾国藩率湘军与太平军开打的第一战，就让曾氏吃了很大苦头。他率湘军先是在岳阳战役中失利，只得带领将士转回长沙。此时太平军乘胜占领岳州、湘阴、宁乡、湘潭，形成对长沙的夹击之势。曾国藩率主力，进击湘潭，以图打破包围，恢复湖南。主力出发后，曾氏突发奇想，决定以水师进入附近的靖港，试图以多胜少，攻克靖港。战斗打响，太平军岸上以猛烈炮火轰击湘军，湘军大船行动迟缓，多遭炮击。曾国藩面临全军大败，气得脸呈灰色，打算投水自尽，幸亏手下众人，阻止了主帅的轻生，助其上岸脱险。此时传来消息，陆路湘军塔齐布部以少胜多，全歼了驻守湘潭的太平军。尔后，在征战江西两年多时光，湘军的战事亦十分不顺，遭受多次失利，爱将罗泽南战死，部队给养十分匮乏。但曾国藩意志坚毅，全力挺住，靠一种决不放弃的精神支撑着湘军，终于迎来了转机。

曾国藩坦然面对逆境，他曾说过：在逆境中，如果一味顺从，就会成为逆境的奴隶，也就不能改变自己的逆境，更谈不到有所作为了。遇上逆境，要有补救，不可坐以待毙。

正是转化逆境，拼搏向上，锤炼了曾国藩，让他在特定时期，铸造辉煌，成了历史上著名人物。

从曾国藩的身上，让我们看到了：挫折确实是人生的一剂良药。

身居下层而不坠其志

古人云："有志不在年高，无志空活百岁。"确立志向，使人生有一追逐之目标，才会让人活得有价值，活得有意义，不致虚度岁月。

我居于市东左岸，社区北门有一条街，街边有一"国友水果店"。因常到此店买水果，认识了在店里打工的小唐。

他是砀山人，二十多岁，为人诚恳率直，热情大方。多次接触中，得知他出身贫寒，出生八个月，母亲便病故。两年前，慈父一病不起，离他而逝，给他的打击，极为沉重。仅有一姐，现已出嫁，育有一女一男，家务繁重，无暇给他更多的关照。

他十六岁，便外出打工，零下四十摄氏度的严寒，他曾在山东桥梁工地劳动；赤日炎炎的夏日，他曾在苏沪工地上，从事钢筋结扎……人生最大的苦楚，他经受过。正因为经受过重重苦，他才十分珍惜今日的生活甜。

如今，在江城芜湖，从事水果店里的工作，比起过去，不知轻松了多少倍。尽管收入较丰，生活也十分平静。最近，他还是辞去了芜湖的工作，到上海松江区一家包装公司从事新的职业。他说：水果店工作，没有多少技术，一般人都能干。他要在年轻之时，学一些技术，将来好立身于社会。

不满足于现状，希望身有一技，将来会生活得更好，这是二十多岁的小唐，对未来的执着追求。他虽是一位从农村到城市的打工仔，但他

不愿苟苟且且、庸庸碌碌地生活。他有自己的志向，十分令人赞赏。

　　小唐是一位历经艰辛而不坠其志的年轻人，确是十分难得。

　　我们对这种精神，十分景仰。

　　我们对这种精神，给予点赞。

艺文赏析

《典论·论文》，称文章为『经国之大业，不朽之盛事』。在我看来，文章作为精神之产品，可供人反复鉴赏，仔细品味，颐养身心。本辑廿余篇短文，属对佳作之评述，可供读者茶余饭后一读。

一字千金

"一字千金"这一成语，生动地说明了文字修炼所下的工夫，已经达到了一字难易的程度。

这一典故出身《史记·吕不韦列传》。吕不韦拜秦相时，广罗人才，使之"人人著所闻，集论以为八览、六论、十二纪，二十余万言，以为备天地万物古今之事，号曰《吕氏春秋》。布咸阳市门，悬千金其上，延诸侯游士宾客有能增损一字者予千金。"这则故事被梁朝诗评论家钟嵘概括为"一字千金"，用以称道文辞高妙，用字精微。

"文章千古事，得失寸心知。"古人颇为重视文字的推敲，着力捕捉那些最精当、最富于表现力的文辞。曹雪芹创作《红楼梦》，"披阅十载，增删五次"，终于耸立了一座现实主义的丰碑。曹雪芹曾深有感触地写道："字字看来皆是血，十年辛苦不寻常。"唐代杰出的诗圣杜甫也是一位锤炼文章的好手，他给自己提出了很高的写作要求："为人性僻耽佳句，语不惊人死不休"。杜诗用字讲究，工力极深，如《春夜喜雨》对入夜春雨的描绘，透剔逼真，叫人难以忘怀。诗中"随风潜入夜，润物细无声"两句，用语平易自然，却又出神入化地把春雨悄然而降，在不动声色中滋润着大地，这样一幅感人的图画描绘出来了。"潜"字用得极为精妙，倘若换成"飘"或"降"均不能扣住题旨，且不能将夜中春雨的特色呈现给读者。现代散文名家朱自清，其作品清新感人，状物写景仅寥寥数笔，就令读者如身临其境，这不仅得力于谋篇的高超，更得力于遣词的精当。如《荷塘月色》中："月光如流水一般，静静地泄在这一片叶子和花上。薄薄的青雾浮起在荷塘里"一段，写月光不用"照"，而用"泄"，写青雾不用"笼罩"，而用"浮起"，遣词颇具艺术匠心，把月下荷塘的景色完全写活了。又如《绿》中，作者对梅雨潭上的梅雨亭作了极为生动的刻画："这个亭踞在突出的一角的岩石上，上下都是空空儿的，仿佛一只苍鹰展着翼翅浮在天宇一般。"不写梅雨亭"建"在岩石之上，而用一"踞"字，让梅雨亭虎虎而有生气的雄姿，凸现于读者面前。将亭喻为展翅之雄鹰，取得了化静为动的效果。文中还用了一个"浮"字，将梅雨潭薄雾缭绕，令人神往的朦胧美，完全呈现出来。

"积字成句，积句成章"。文章是由文字组成的，离开文字的锤炼，就不可能写好文章。

当然，锤炼文字决不可离开文章主旨的要求，决不可离开中心思想的表达。倘若离开主题的需要，一味地追求"文字奇巧"，将会弄巧成拙，适得其反。这并不是写文章的正确途径。

留有余地

创作为了赢得众多的欣赏者，为了在众多欣赏者中间激起强烈的共鸣。如果作家、艺术家的作品不能获得群众的喜爱，"和者益寡"，那就是艺术创作的失败。

好的艺术作品，之所以惹人喜爱，原因是多方面的，其中一个不可忽视的因素，就是创作者对欣赏者要有足够的估计，不要把广大读者都视为低能儿，什么都必须说清楚，都应该讲明白。这样，把艺术空间塞得满满的，不让欣赏者有一丝一毫的思索和回味的余地，欣赏者必然望而却步。列宁在研究费尔巴哈《宗教本质讲演录》一书时，曾摘录过这样一段话："顺便说说，俏皮的写作手法还在于：它预计到读者也有智慧，它不把一切都说出来……"十七世纪法国古典主义文艺评论家布瓦洛在《诗的艺术》也谈道："凡是说得过多的都无味而可嫌。""谁不知道适可而止就永远不会写作。"这些言论都颇有见地。艺术实践是创作者和欣赏者共同完成的，人们在欣赏过程中，绝不是简单地用他的眼睛读作品、看画，用他的耳朵听音乐，更重要的，是用他的头脑来思考。思而得之，饶有兴味，不可磨灭。

社会生活纷纭复杂，艺术现象千姿百态。生活中有无言无语足以表达心迹的时刻，艺术中也有"此时无声胜有声"的境界。

鲁迅小说《故乡》中，"我"与闰土重逢的场面，是令人惊绝的。小说中对闰土做了这样的刻画：

他站住了，脸上现出欢喜和凄凉的神情，动着嘴唇，却没有作声。

作品中的"我"和闰土是少年时代的好友，一别二十余年，故友相逢，该有多少话语需要倾吐。然而，闰土动着嘴唇，没有说出话来。苦难的生活，已将闰土折磨成"木偶人"，使得他满肚苦水，却无法吐出。当一个人痛苦到无法说出自己的痛苦的时候，这是何等痛苦。

又如，苏轼的《江城子·乙卯正月二十日夜记梦》，亦是一首感人至深的悼亡词：

> 十年生死两茫茫，不思量，自难忘。千里孤坟，无处话凄凉。纵使相逢应不识，尘满面，鬓如霜。 夜来幽梦忽还乡。小轩窗，正梳妆。相顾无言，惟有泪千行。料得年年断肠处，明月夜，短松冈。

诗人思念逝去的爱妻，情感真挚而深沉。虽死别已达十年，但思念之心时时萦怀心头，始终排解不开。日有所思，夜有所梦。梦中夫妻相见之情景："相顾无言，惟有泪千行。"虽为"无言"，却饱含了多少丰富复杂的情感。这里的沉默，是睿智的沉默，做到了"含不尽之意于言外"，胜过了字面上的千言万语。

这种以少胜多给欣赏者留下广阔思路的艺术技巧，在许多优秀文艺作品中，都可找到实例。

《红楼梦》第九十八回，有关黛玉之死有这样一段文字：

> 猛听黛玉直叫道："宝玉！宝玉！你好……"说到"好"字便浑身冷汗，不作声了。

林黛玉在《红楼梦》中，是作者着力塑造的艺术形象。然而，在她生命的最后时刻，竟一句话也没让她说完，就让她离开了这冷酷的世界。这样的情节安排，实在是催人泪下。黛玉临终时，仅说了"宝玉！

宝玉！你好……"六个字，这六个字却给读者留下了巨大的思索空间。是"宝玉！宝玉！你好狠心呢！"还是"宝玉！宝玉！你好叫我思念呢！"作者没有将现成的答案硬塞给读者，而是让读者根据人物之间的关系去想象，去琢磨，去寻求。像林黛玉这种用整个生命去冲击数千年传统压力的性格，这样一个震撼亿万读者心灵的形象，是无法用有限的文字加以表现的，作者选取了一种极高明的手法，留下艺术空间，让读者在想象中完成对人物的体验，从而也成为艺术创造的主体。

中国传统绘画，忌讳满纸涂抹，令观者美感窒息，讲究"减笔法"，主张"以虚代实"。现代国画家李可染强调："空白、含蓄，是中国艺术的一门很大学问。"明代山水画家倪云林推崇"白多于黑"的章法。他笔下的山水，近景是平坡绿树，中景是大片空白，远景是一抹云山，上端又是大片空白。欣赏他的作品时，在审美经验的补充下，空白处成了淼淼的湖水，淡淡的天宇，构成了清空旷远的艺术境界。国画大师黄宾虹说得好："看画不但要看画之实处，并且要看画之空白处。"因为空白并非就是空白，它是"虚中有实""无中有有"，让人回味无穷。

版画家赵延年的木刻集《鲁迅传》中，有一幅题为《回乡》的作品，画面展现：鲁迅先生乘船回到阔别多年的故乡，当船靠近故乡尚未靠岸时，鲁迅就屹立船头，注视着绍兴的大石桥，桥上是清朝官吏开道而过。画面上出现的是鲁迅先生的背影，但从人物昂首的形态，一手屈起，一手下垂的轮廓，可以领会鲁迅对故乡的深情眷恋。然而，故乡却又在封建统治下呻吟。面对如此黑暗的现实，鲁迅又多么愤懑。尽管人们没有从画面中看到鲁迅的面部，但透过画家精巧的艺术构思，以及相应的联想，就可能体察到鲁迅当时的心境，认识到鲁迅的高尚情操和伟大抱负。这样的背影处理，比正面刻画更耐人思索，更富于韵味。

严羽在《沧浪诗话》中，要求"语忌直，意忌浅，脉忌露，味忌短"。诗如此，一切艺术创作均如此。

我们应当力求扩大艺术的容量，开拓欣赏者的思路，激发欣赏者的趣味，让艺术作品收到"以一当十"的最佳效果。

留有余地

"四两拨千斤"

——谈细节描写

文学作品在情节的开展中，往往要借助细节来刻画人物性格，表现作品主题。细节绝不是细枝末节，它在作品中占有重要的地位。正如王朝闻同志所指出："没有细节，没有具体描写，就没有形象。"因此，有人把文学作品中成功的细节描写比作杠杆下面的一块石头，借助于它，可以用很小的力量，撬起沉重的物体。"四两拨千斤"，细节的艺术力量不可忽视。

细节描写常常用来揭示典型性格。作品中人物的个性、气质、心理等，往往通过一个简单的细节，就可以得到生动的展现。《儒林外史》中，对严监生之死的具体描写，就是一个例证：

> 严监生的病，一日重似一日，再不回头。诸亲六眷都来问候。五个侄子穿梭的过来陪郎中弄药。到中秋以后，医家都不下药了。把管庄的家人都从乡里叫了上来。病重得一连三天不能说话。晚间挤了一屋人，桌上点着一盏灯。严监生喉咙里痰响得一进一出，一声不倒一声的，总不得断气，还把手从被单里拿出来，伸着两个指头。大侄子上前问道："二叔，你莫不是还有两个亲人不曾见面？"他就把头摇了两三摇。二侄子走上前来问道："二叔，莫不是还有两笔银子在那里，不曾吩咐明白？"他把两眼睁得溜圆，把头又狠

狠的摇了几摇，越发指得紧了。奶奶抱着哥子插口道："老爷想是因两位舅爷不在跟前，故此记念？"他听了这话，把眼闭着摇头，那手只是指着不动。赵氏慌忙揩揩眼泪……分开众人，走上前道："爷，只有我能知道你的心事，你是为那灯盏里点的是两茎灯草，不放心，恐费了油。我如今挑掉一茎就是了。"说罢，忙走去挑掉一茎。众人看严监生时，点一点头，把手垂下，登时就没了气。

严监生看到油灯里点了两根灯草，临终前伸着两个指头，就是不断气。众人询问缘由，都不得要领，直到其妻赵氏挑掉了一根灯草，他才把手垂下，登时没了气。这是一个构思巧妙的细节，将严监生爱财如命、至死不改的守财奴的性格，刻画得入木三分。

鲁迅小说《离婚》，写爱姑为了婚事，不得不去见七大人。有这样一段描写：

> 客厅里有许多东西，她不及细看；还有许多客，只见红青缎子马褂发闪。在这些中间第一眼就看见一个人，这一定是七大人了。虽然也是团头团脑，却比慰老爷们魁梧得多；大的圆脸上长着两条细眼和漆黑的细胡须；头顶是秃的，可是那脑壳和脸都很红润，油光光地发亮。爱姑很觉得稀奇，但也立刻自己解释明白了：那一定是擦着猪油的。
>
> "这就是'屁塞'，就是古人大殓的时候塞在屁股眼里的。"七大人正拿着一条烂石似的东西，说着，又在自己的鼻子旁擦了两擦，接着道："可惜是'新坑'。倒也可以买得，至迟是汉。你看，这一点是'水银浸'……"
>
> "水银浸"周围即刻聚集了几个头，一个自然是慰老爷；还有几位少爷，因为被威光压得像瘪臭虫了……

小说刻画的七大人，表面上道貌岸然，神气十足，实质上是一具封建僵尸。作者在勾画他团头团脑的外貌的同时，特地描述他玩赏"屁塞"的情景。"屁塞"为古人入殓时，塞在屁股里的东西，七大人都爱不释手，还在"鼻子旁擦了两擦"。其所作所为，实在可笑。作者用这一典型细节描写，深刻提示了这具封建僵尸的空虚与腐败的本质。

读过鲁迅小说《故乡》，一定不会忘记杨二嫂的形象。作品中记叙了杨二嫂和"我"的一番谈话：

> "阿呀呀，你放了道台了，还说不阔？你现在有三房姨太太，出门便是八抬的大轿，还说不阔？吓，什么都瞒不过我。"
>
> ……………
>
> "阿呀阿呀，真是愈有钱，便愈是一毫不肯放松，愈是一毫不肯放松，便愈有钱……"圆规一面愤愤的回转身，一面絮絮的说，慢慢向外走，顺便将我母亲的一副手套塞在裤腰里，出去了。

艺文赏析

作者对杨二嫂一边絮絮地说，一边顺便将一副手套塞在裤腰的细节，写得极为传神，不但让我们嗅到了杨二嫂身上庸俗浅薄的小市民气味，也反映昔日的"豆腐西施"生活质量急剧下降，公然干出了"顺手牵羊"的丑事。鲜明地揭示了旧中国农村经济的日趋破产，有力地突出了作品的主题。

细节描写有时还是作品的点睛之笔，它对作品思想的升华，有直接的作用。

峻青小说《党员登记表》，写年轻的共产党员黄淑英为了保全党组织而英勇献身的故事。由于叛徒出卖，黄淑英和妈妈一起被捕，她料定自己会被敌人杀害，恳求妈妈一定要活下去，把党员登记表交给组织，把党内出了叛徒告诉上级。她把这重要的一切都安排妥帖，就平静地入睡了：

> 夜已经很深了。
>
> 月亮渐渐地转到了西厢的屋顶，女儿躺在妈妈怀里，已经发出了轻微的鼾声。她睡了，她睡得那样的甜蜜、坦然。冷冷的月光从

小窗口射进来，照在这个少女的脸上，这脸虽然布满了血污和伤痕，却掩盖不住她那青春的美丽，正如敌人的一切淫威和毒刑都压服不住她的顽强的意志一样。黄老妈妈轻轻地轻轻地给女儿捋开覆在额上的乱发，于是她那一动不动的眼光，就久久地停留在女儿的美丽而庄严的脸上……

小说对黄淑英入睡后的一段细节描写，看似平常，却有深意。一个十九岁的姑娘，在敌人魔掌下，在毒刑拷打之后，竟然睡得如此甜蜜、坦然，充分表现了对敌人的蔑视，对死亡的藐视。有力揭示了一个年轻的女共产党员将生死置之度外的豪迈气魄和崇高精神。

细节描写又可以成为贯穿作品情节的线索，使作品首尾关联，浑然一体。莫泊桑短篇小说《项链》，写玛蒂尔德为了参加教育部长宴请的一次夜会，借了一挂精美的钻石项链，不慎丢失，由于赔偿项链，弄得贫困潦倒。小说通过项链的借、丢、赔的过程，批判了资产阶级的虚荣心，揭露了资本主义社会人与人之间尔虞我诈的关系。项链不过是一件首饰，但在小说中成了贯穿全文的线索，并且小中见大，揭示了资本主义社会的本质。

鲁迅小说《药》，通过人血馒头，把革命者夏瑜的牺牲，华老栓为儿治痨病，两条线索连接在一起，有力地揭示了辛亥革命的不彻底性。人血馒头只是一个细节，却将作品中明、暗两线巧妙地贯通起来，使作品结构严谨，且有深刻的社会意义。

细节必须有机地组织在情节之中，才有艺术生命。细节好比是树叶，情节好比是树枝、树干。树叶必须长在树枝、树干上，才有旺盛的生命力。离开了树枝和树干，树叶就会枯萎。因此，我们在肯定细节的艺术作用的同时，必须防止滥用细节、堆砌细节的做法。契诃夫在指出一位青年作者的写作弊病时谈道："您把细节堆成了一座大山，那座大山遮蔽了太阳。"大量地堆砌细节，使得作品的主旨不能很好地表达，这只能是创作的失败。屠格涅夫说得好："谁要把所有的细节都表达出来，准要摔跟头。必须抓住那些具有特色的细节。"抓住有特色的细节，紧密地为主题服务，这是细节描写必须注意的。

文艺来源于生活，细节的选取和提炼同样离不开现实生活。只有对生活注意观察，勤于思考，才会为作品找到精彩而隽永的细节。赵树理《小二黑结婚》中，对三仙姑有一段生动的描写：

> 三仙姑却和大家不同，虽然已经四十五岁，却偏爱当个老来俏，小鞋上仍要绣花，裤腿上仍要镶边，顶门上的头发脱光了，用黑手帕盖起来，只可惜官粉涂不平脸上的皱纹，看起来好像驴粪蛋上下了霜。

作者对三仙姑，做了一番具体刻画，其中"官粉涂不平脸上的皱纹，看起来好像驴粪蛋上下了霜"，写得格外逼真、有趣。这一生动的细节，坐在房子里苦思冥想，是决然写不出来的，它是作者长期农村生活的收获。由此可见，在日常生活中注意观察、体验一切人和事，是搞好细节描写重要的一环。

心有灵犀一点通

——谈艺术欣赏与生活体验

作家写一篇小说，画家画出一幅图画，音乐家谱出一首歌曲，剧作家创作出一出戏剧，总想让自己的作品获得众多欣赏者的好评，能在广大读者和观众中激起强烈反响。从这个意义上说，创作是为了欣赏。创作就是为了替广大欣赏者提供丰富、生动、具有深刻社会意义的审美对象。德国古典主义评论家莱辛在《拉奥孔》中写道："在古希腊人看来，美是造形艺术的最高法律。"其实，美也是一切艺术的最高法律。艺术应该给人带来审美的愉悦，倘若连美都谈不上，那还称得上什么艺术呢？

艺术是社会生活的能动反映，人们要获得艺术作品的美感，首先应了解艺术作品所呈现的生活图景，如若对艺术作品所反映的生活内容毫无体验，那就不会产生美感。文苑流传这样一则故事：有一次，苏轼去拜见王安石，王不在家，苏轼在王的书房看到一纸题为《残菊》的诗稿，上面写着"黄昏风雨打园林，残菊飘零满地金"。笑了一笑说："百花尽落，独菊枝上枯耳。"于是执笔续上两句："秋英不比春花落，为报诗人仔细吟。"写罢便走了。王返家后，看到苏轼的续诗，很不以为然。后来，苏轼被贬为黄州团练副使。在黄州，见到了"残菊飘零满地金"的景象，主动向王安石认错。这是宋蔡绦的《西清诗话》中的一则诗话，故事可靠性如何，且不管它。从中让我们看到了艺术欣赏和生活体验的密切关系。体验是欣赏的前提，欣赏者对艺术作品反映的社会生活，缺乏实际体验，那就会大大影响欣赏效果。古诗云："心有灵犀一点通"。沟通创作者和欣赏者的灵犀，就是大致相同、相近或类似的生活体验。鲁迅先生指出："北极的遏斯吉摩人和非洲腹地的黑人，我以为是不会懂得'林黛玉型'的，健全而合理的好社会中人，也将不能懂得，他们大约要比我们听讲始皇焚书、黄巢杀人更其隔膜。"没有相同或相似的生活体验，在欣赏中要求得理解，是十分困难的。如今，某些读者把林姑娘看作是"爱哭鼻子的女人""小心眼的人"。因为，他们对林黛玉所处的典型环境一无所知，也就不懂得"林黛玉型"的美学意义。

艺文赏析

俄国革命民主主义文艺批判家别林斯基指出："对于我们，只是欣赏还不够——我们还想求知，没有智识，我们就谈不到欣赏。"一般说来，生活阅历愈丰富，对社会认识愈深刻，对文艺作品的欣赏效果就愈好。郭沫若曾谈到这方面的体会："作品的内含本有深浅的不同，读者的感受性也有丰啬的差别。……同是一部《离骚》，在童稚时我们不曾感到什么，然到目前我们能称道屈原是我国文学史上第一个有天才的作者。"郭沫若所说的"感受性"，就是对文艺作品的欣赏能力。这种能力与一个人的生活体验、教养程度有密切关系。童稚时代，缺乏必要的文化素养、历史知识、生活体验，不能理解《离骚》。随着年龄的增长、阅历的加深、知识的丰富，逐渐懂得了《离骚》的意义，自然会"称道屈原是我国文学史上第一个有天才的作者"。这方面的例子还有很多。例如，鲁迅年轻时读向秀的《思旧赋》，很奇怪作品为什么只有寥寥的几行，刚开头又煞了尾。到了左联时期，鲁迅目睹国民党反动派的法西斯暴行，革命作家惨遭杀戮，人民没有权利悼念死难作者，他自己写起文章来也不能畅所欲言，类似的生活体验，使他明白了向秀《思旧赋》之所以仅有寥寥几行的原因。这清楚地告诉我们，对文艺作品的理解和把握，不能不和他欣赏者的生活体验相关。永忠是清皇室的后代，在朝廷内部勾心斗角的纷争中，长期失意，对世态炎凉有深切的感受。他在阅读《红楼梦》时，很自然勾起对自己身世的回顾，因而产生强烈的共鸣，深有感触地写道："传神文笔足千秋，不是情人不泪流。可恨同时不相识，几回掩卷哭曹侯。"共同的遭际使永忠非常赞赏《红楼梦》，成了这部小说的知音。

艺术欣赏来自欣赏者的生活体验，欣赏者往往依据自己在生活中的所见所闻、所思所感来领会作品中的内容，往往会"仁者见仁，智者见智"，各不相同。有人认为：有一千个《哈姆雷特》的读者，在他们心中就会有一千个哈姆雷特。这种看法，很有道理。

艺术作品绝不是自然形态生活的简单复写，它是艺术家的主观世界和客观生活相结合的产物。不了解艺术表现的这一特点，一味强调生活的真实，就会造成艺术欣赏中的偏颇。唐代诗人李贺在《雁门太守行》中，有这样两句诗："黑云压城城欲摧，甲光向日金鳞开。"宋代王安石对此提出责难，嘲笑作者："此儿误矣！方黑云压城时，岂有向日之甲光也？"用现代术语，是指责李贺违背了生活真实。明代杨升庵引用前人"东龙白日西龙雨"的诗句反驳王安石，结合自己亲自体验为李贺诗辩护："予在滇，值安凤之变，居围城中，见日晕两重，黑云如蛟在其侧。始信贺之善状物也。"其实，即使现实生活中未曾出现诗之描述的情景，这样的艺术处理，也完全合情合理。"黑云压城城欲摧"，是刻画临城时肃杀、紧张的战斗气氛。"甲光向日金鳞开"，是表现将士英姿飒爽、同仇敌忾的英雄气概。这两句诗，通过大胆的艺术渲染，表现了边疆将士奋勇抗敌、誓死保国的崇高精神，以及严阵以待，决不后退的壮烈场面。如若片面地强调生活真实，不考虑艺术表现的特点，那就会"头中气"十足了。

宋代沈括在《梦溪笔谈》中，有一段阐述："书画之妙，当以神会，难可以形器求也。……如彦远画评言，王维画物，多不问四时，如画花往往以桃杏芙蓉莲花同画一景。余家所藏摩诘《卧雪图》有雪中芭蕉……此难可与俗人论也。"桃杏芙蓉莲花不在一个季节开放，王维却"不问四时"，将这些花画在一起；冬季芭蕉已经枯萎，王维却画雪中芭蕉。这里反映的不是"纯自然",而是"人化的自然";不是一般的"生活真实",而是艺术家笔下的"艺术真实"。列宁曾深刻地阐明:"艺术并不要求把它的作品当做现实。"艺术之所以是艺术,因为它本身有其独特的规律。不了解艺术独特的规律,不了解艺术表现生活的特点,在艺术欣赏过程中要做到"心有灵犀一点通",那也是十分困难的。

艺文赏析

淡极始知花更艳

——试论相反相成的艺术表现手法

花是美的，但要描绘一朵美丽的鲜花，不一定要重彩浓抹，有时只需淡淡数笔，同样能唤起人们的美感。中国水墨画，只用黑白双色却能反映描绘对象丰富的质感和神韵。郑板桥笔下的兰竹，就是这样一类的艺术佳作。由此可见，在艺术表现手法上，浓和淡是相互对立的两方面，在对立中能求得统一，可以收到相反相成的效果。人们所说的"淡极始知花更艳"，正道出了此中的哲理。李白《静夜思》："床前明月光，疑是地上霜。举头望明月，低头思故乡。"给我们展现的是一副色调淡雅、意境深邃的思乡图。虽然诗人没有浓笔挥洒，却在淡淡的勾勒中，给读者以极深的感染，收到了浓笔也未必奏效的艺术效果。梅尧臣曾写道："作诗无古今，唯造平淡难"。(《诗邵不疑学士诗卷》)此中体会，极有道理。

孙犁在其作品中，常常以淡雅的笔触，描绘富有诗意的生活。如《荷花淀》，对妇女月下编席的描写，就十分动人：

月亮升起来，院子里凉爽得很，干净得很。白天破好的苇眉子潮润润的，正好编席。女人坐在小院当中，手指上缠绞着柔滑修长的苇眉子。苇眉子又薄又细，在她怀里跳跃着。

不久在她的身子下面，就编成了一大片，她像坐在一片洁白的雪地上，也像坐在一片洁白的云彩上。她有时望望淀里，淀里也是一片银白世界。水面笼起一层薄薄透明的雾，风吹过来，带来新鲜的荷叶荷花香。

作者以淡描的手法，把白洋淀妇女月下编席的情景，写得何等清新、何等优美，它充分体现了孙犁"清水出芙蓉"式的艺术风格。这种淡而有味的艺术技巧，比起那种浓而乏味的拙劣手法，不知高明多少倍。当然，"淡"与"浓"只是具体表现手段问题，关键在于"有味"还是"乏味"。"浓"与"淡"，如若运用得当，就能各显其妙，让人赏心悦目。

相反相成的艺术表现手法，通过强烈的艺术对比，造成读者感情上的波澜跌宕，从而在读者内心留下难以磨灭的印痕。用这种方法表现人物情感时，写悲时，可用喜来衬托；写喜时，可用悲来渲染。人的情感是丰富复杂的。泪本是悲的表现，但有时是喜悦的泪，有时是悲喜交集的泪。"醒忆别伊时，满衫清泪滋"。（李淑一《菩萨蛮》）其中的"泪"是悲伤的泪。"忽报人间曾伏虎，泪飞顿作倾盆雨。"（毛泽东《菩萨蛮·答李淑一》）。这里的泪，是激动的"泪"、喜悦的"泪"。杜甫《羌村三首·其一》，写诗人动乱中返回家园，家人团聚时，出现了"妻孥怪我在，惊定还拭泪"。这里的"怪"，是奇怪之意。在动乱中诗人突然归来，确实未料想得到。这里的"拭泪"，逼真地反映了一种悲喜交集的复杂情感。

优秀的作家往往不把悲剧的结局处理为哭哭啼啼，而是采用反衬法，用强烈的艺术对比，震撼读者心灵。在《红楼梦》中，最多愁善感、伤心落泪的人物是林黛玉。她从傻大姐口中得知宝玉和宝钗成亲，心灵上受到致命的一击。此时，读者估计黛玉会呼天抢地大哭一场。然而，这个平时以泪洗面的姑娘，此时非但没哭，却对紫鹃"笑道：'我那里就能够死呢！'"这里的"笑"，给读者以强烈刺激，使读者在极为凄惨与悲愤的撞击下，内心极度痛苦。曹禺《雷雨》全剧接近收场时，周冲触电而死，繁漪没有用嚎啕大哭来表示内心的哀痛，而是发出了可怕的笑声。这"笑"比"哭"更刺激观众，让观众体验到剧中人物难言的苦楚。安徒生《卖火柴的小女孩》，描写一个小姑娘除夕之夜被冻死的惨景："……在一个寒冷的清晨，这个小姑娘都坐在一个墙角里，她的双颊通红，嘴唇发出微笑，她已经死了——在旧年的除夕冻死了。"寒冷的除夕之夜，卖火柴的小姑娘，被活活冻死，这是一出触目惊心的悲剧，读之催人泪下，但作者并没有描写小姑娘被冻死时面部痛苦表情，却写她"嘴唇发出微笑"。这种表现方法非同一般，它告诉读者：离开人间，反倒是小姑娘痛苦的解脱。这正是对吃人社会的有力控诉。这些，告诉我们：相反相成的艺术表现手法，对刻画人物、深化主题，有积极作用。

采取相反相成的表现手法，来描写景物，可使景物生气勃勃，饶有趣味。以动衬静，这是古典诗词常用的方法。"蝉噪林逾静，鸟鸣山更幽。"（王籍《入若邪溪》）深山幽谷，戛然一声蝉唱，悠然几声鸟鸣，更能把环境的寂静出神入化地烘托出来。这种以"动"为"静"，"动"中求"静"的艺术表现手法，具有强烈的艺术感染力。

不仅在诗词中，小说中也有这样的例子，如鲁迅的《明天》结尾一段：

> 单四嫂子早睡着了，老拱们也走了，咸亨也关上门了。这时的鲁镇，便完全落在寂静里。只有那暗夜为想变成明天，却仍在这寂静里奔波；另有几条狗，也躲在暗地里呜呜的叫。

写夜里鲁镇的寂静，同时又写狗呜呜地叫声，不仅切合生活真实，还通过狗的叫声，更衬托出夜的寂静。

在景物描写上，还运用以动衬静法，化静为动，赋景物以生命。毛主席诗词中："赤橙黄绿青蓝紫，谁持彩练当空舞？"把天上的虹，写成当空飘舞的彩练，使静态变为动态，显得极为神奇可爱。"山舞银蛇，原驰蜡象，欲与天公试比高。"群山起舞，高原奔驰，静态景物变为了

淡极始知花更艳

动态，呈现出一幅壮美的图画。古典诗词中，也有这样的例证，杜甫《咏怀古迹·其三》："千山万壑赴荆门"。一个"赴"字把静态的"千山万壑"写成了动态，尽显江流之湍急。王维《江汉临泛》："群邑浮前浦，波澜动远空。"江流之波澜与远空相接，群邑仿佛浮于水面。这一"浮"字，使静止的群邑变成了动态，行文活脱，构思奇巧，十分动人。

用相反相成的手法安排作品情节，可恰当处理作品的节奏，做到张弛有致，引人入胜。这样，作品中既有剑拔弩张、一触即发的紧张场面；又有风和日丽、舒缓平静的松弛时刻。达到张中有弛，弛中有张，错落推进，扣人心弦。罗贯中在《三国演义》中，将"宴长江曹操赋诗"一节，安插在献连环计和火烧赤壁两座峰峦之间。在情节的发展上，既有饮酒赋诗悠然自得的时刻，又有刀光剑影的紧张片段，有张有弛，跌宕多姿，颇有艺术魅力。姚雪垠《李自成》，十分注意情节张弛的合理安排。作品中，既有马跳深涧的脱险场面，杀声震天的鏖战场面，又有两情依依的话别场面，鼓乐齐鸣的喜庆场面。这样，作品才不会单调平淡，而是波澜起伏，摇曳多姿，就能激起读者浓厚的阅读兴趣。

用相反相成的手法处理作品的结构，就是根据主题需要，恰当安排作品的疏密度，做到繁简精当。该繁之处，则工笔细描；该简之处，则一笔带过。有时密密匝匝，密不容针；有时稀稀疏疏，疏能过马。北朝乐府《木兰辞》，对疏密处理，十分讲究。其中木兰十年军旅生活，可写内容甚多，作品仅用"万里赴戎机，关山度若飞。朔气传金柝，寒光照铁衣。将军百战死，壮士十年归。"六句加以简写。虽简短的六句，却反映了战地生活的极度困苦，战争极为残酷，突出了木兰骁勇善战的英雄气概。而对木兰胜利归来，举家欢迎的热烈场面，却作了较细致的详写："爷娘闻女来，出郭相扶将；阿姊闻妹来，当户理红妆；小弟闻姊来，磨刀霍霍向猪羊。"诗中对爷娘、阿姊、小弟得知木兰凯归故里，内心无比欢欣，一一作了具体刻画，展现出一片热烈欢快的气氛，这实际上是对木兰替父参军、保卫家国的英雄行为的热情赞颂。

茹志鹃《百合花》，是一篇深为读者喜爱的优秀短篇小说。作品对小通讯员的牺牲，没有花费很多笔墨，只是通过担架员口述，揭示了小通讯员舍己救人的崇高品质。作品中对小通讯员肩上撕破的那小块布，却作了多次渲染。第一次，写"那媳妇一面哭着，一面赶忙找针拿线，要给他缝上。通讯员却高低不肯，挟了被子就走。"体现了老百姓对子弟兵的关心和爱护，以及小通讯员纯洁、憨厚、忸怩的性格。第二次，部队文工团员的"我"，同小通讯员分手时，"他已走远了，但还见他肩上撕挂下来的布片，在风里一飘一飘。我真后悔没给他缝上再走。现在，至少他要裸露一晚上的肩膀了。"进一步写"我"对小通讯员的好感，使得小通讯员在读者心中的印象更为深刻了。最后一次，小通讯员躺在担架上，他已经牺牲了。"新媳妇却像什么也没看见，什么也没听到，依然拿着针，细细地、密密地缝着那个破洞。"这感人的场面，再次揭示了人民群众对子弟兵的深沉的爱。肩上撕破了一块小布，本属区区小事，作者抓住这一细节，反复着墨，有力地烘托了主题。

相反相成的表现手法，用在作品标题的拟定上，亦能起到画龙点睛的极佳效果。作品标题的拟定，一方面要求集中醒目，能摄取作品的灵魂；另一方面要求委婉含蓄，能激起人们的阅读兴趣。有些标题利用相反相成的原理，把互为矛盾的双方组合在一起，迫使读者带着强烈的好奇心，去读完全篇。

《无神论者做弥撒》，是巴尔扎克的短篇小说。一看作品标题，读者定会奇怪，做弥撒是基督教的一种宗教仪式，无神论者不信教，为什么会做弥撒呢？看完小说，就会恍然大悟。小说的主要人物布尔雅是德普兰的大恩人。德普兰在巴黎上大学时，十分贫困。布尔雅干的是挑水夫，终日劳累，收入甚微，却将节俭下来的钱，全部支援德普兰。后来，德普兰念完大学，成了一名出色的医生。布尔雅孑然一身，对生活没有奢望，只是在生前曾胆怯地对德普兰说过：做弥撒可以让死者得到安息。布尔雅死后，德普兰一直记住布尔雅的话。他虽是外科医生，并不相信上帝，但每年总有四次，亲自到教堂参加做弥撒，为布尔雅祈

淡极始知花更艳

105

祷："我的上帝，如果有一个地方你专门让一生完美无缺的人死后进去的，就请你想到善良的布尔雅吧！"无神论者做弥撒，表面上看似乎十分矛盾，看完全文，顿时迎刃而解。作家以精巧的艺术构思，深情地讴歌了善良的人性之美。又如电影《保密局的枪声》。保密局是一个防范极为严密的机构，一般说来不会发生枪声。竟然从保密局传来了枪声，说明情况复杂，并且极其惊险。影片将保密局和枪声放在一起，造成很大的悬念，让广大观众迫切弄个明白。再如，电影《苦恼人的笑》，笑，本来是人们高兴时才发生的。苦恼人怎么会笑呢？肯定并非一般的笑，其中必有动人的故事。由此，必然会勾起观众欣赏影片的强烈兴趣。

人们常说："欲要甜，加点盐。"世上万事万物都在对立中求得统一。表面上看，尖锐对立的两事物，若从内涵上去分析，它们都往往是互为补充、完全一致的。一个空旷的房间，大挂钟走动的"嘀哒"声，非但不使人感到嘈杂，反而觉得比没有任何声音更寂静。失散多年的亲友，一旦重逢，本是一件让人特别欣喜之事，但彼此不用"笑"来表达心迹，而是用"哭"来倾诉衷情。这些，说明生活存在诸多相反相成的事例。这种艺术手法运用到创作中，就会使作品委婉曲折，跌宕多姿，富有艺术感染力。因此，从对立统一的规律出发，对相反相成的表现手法加以分析研究，对提高创作的艺术水平，是大有帮助的。

"知人论世"与"顾及全篇"

——谈文学作品的分析

文艺批判的主要对象是文艺作品，正确地分析和评论文艺作品，是文艺批判应解决的重要问题。

如何正确分析和评论文学作品呢？首先应解决一个"知"的问题。倘若连作品反映的内容都弄不清楚，那就根本无法对作品作出科学的评价。因此，正确理解作品是正确评价作品的前提。要理解作品，就必须了解作品产生的社会背景和历史条件，作者的身世和遭际，也就是做到鲁迅先生所要求的"知人论事"。文学作品是一定社会生活的艺术再现，是现实生活在作家头脑中的能动反映。所以，它和作家的生平、思想不可分割，和特定时代、环境紧密相关。只有做到"知人论事"，才能正确把握作品。反之，对于作品的评论，就会近乎说梦。

鲁迅先生对果戈理及其作品的分析，就是知人论事的一个极好的例子。20世纪30年代，耿济之在《译文》终刊号上，发表了一篇题为《后记》的文章，认为果戈理一生"恭维官场""谄媚政府"，理由是他"不讽刺大官"，鲁迅感到这样的评论"昧于'论世'，而未能'知人'"。他在致一位青年作家的信中，特意指出这种偏颇：

> 耿济之的那篇后记写得很糟，您被他所误了。G（指果戈理
> ——转引者）决非革命家，那是的确的，不过一想到那时代，就知

道并不足奇，而且那时的检查制度又多么严厉，不能说什么（他略略涉及君权，便被禁止，这一篇，我译附在《死魂灵》后面，现在看起来，是毫没有什么的）。至于耿说他谄媚政府，却纯据中国思想立论，外国的批评家都不这样说，中国的论客，论事论人，向来是极苛酷的，但G确不讥刺大官，这是一则那时禁令严，二则人们都有一种迷信，以为高位者一定道德学问也好。我记得我幼小时候，社会上还大抵相信进士翰林状元宰相一定是好人，其实并不是因为去谄媚。

鲁迅根据"知人论世"的要求，对果戈理所谓"谄媚政府"问题，作了令人信服的分析，他强调在评论作家和作品时，一定"想到那时代"，绝不能凭主观臆想来立论。

对于古典作品，由于距离当今时代相当久远，更应弄清历史的真相。若不弄清作品所反映的时代内容，凭想当然来阐述，定会谬说顿生，误导他人。有一本《新编唐诗三百首》，书中收有《醉题广州使院》一诗：

> 数年百姓受饥荒，太守贪残似虎狼。
> 今日海隅鱼米贱，太须惭愧石榴黄。

有人曾以为，这是一首人民性很强的好诗，从字面上看，不是鞭笞了"贪残"的"太守"吗？不是同情"饥荒"的"百姓"吗？其实，情况并不如此简单，只要查阅相关史料，就可真相大白。

此诗作者郑愚，是一位残酷镇压农民起义的刽子手，出身豪门。中和初年（881），乘黄巢起义离开广州北上征伐之机，混入广州，当上刺史，因镇压农民起义有功，被召拜尚书右仆射。《醉题广州使院》便是他在广州任职时所作。诗中恶毒攻击的"贪残"的"太守"不是别人，正是农民起义领袖黄巢，诗中美化的"海隅"不是别处，正是郑愚统治下的广州。尽管作者给自己披上了同情百姓的伪装，只要我们坚持"知人论世"，联系特定历史背景作分析，这首诗的真实情况，便十分清楚。

一篇文学作品常由多种因素构成，尤其是多卷的长篇，内容就更为丰富复杂。分析作品必须从整体出发，抓住其主要思想倾向，决不能断章取义，以偏概全。鲁迅先生对那种抓住一点、不计其余的"摘句"式的分析方法，十分反感，曾指出："……最能引读者入于迷途的，是'摘句'。它往往是衣裳上撕下来的一块绣花，经摘取者一吹嘘或附会，说是怎样超然物外，与尘浊无干，读者没有见过全体，便也被他弄得迷离惝恍。"他主张"倘要论文，最好是顾及全篇"。例如《红楼梦》，既有揭露和批判封建社会的富有积极意义的内容，也流露了消极的宿命论观点。综观全书，前者是作品的主要倾向。因此，我们对《红楼梦》，应给以充分肯定。过去，有些学者以偏概全，把支流当主流，得出"《红楼梦》的主要观念是色空"。这显然是错误的。贾宝玉是《红楼梦》中着力刻画的主要人物，他反对热衷功名的仕途经济，把时文八股看作"是后人饵名钓禄之阶"；他无视男尊女卑的封建宗法制度，大胆地爱自己之所爱。他是一个叛逆者的典型。但小说第七十八回中，却有宝玉撰写《姽婳词》的一段文字，为镇压农民起义的恒王以及恒王姬姜林四娘涂脂抹粉。这充分暴露了作者的阶级局限性，也说明贾宝玉虽为封建营垒中的逆子贰臣，却没有完全摆脱封建阶级的思想影响。尽管如此，我们在分析贾宝玉这一艺术形象时，应该抓住主流，充分肯定其叛逆性，肯定这一艺术典型的进步意义。

对于长篇作品，必须顾及全篇，抓住主流，才能得到公允的结论。即便一首不长的诗，也不能背离其主要思想，寻章摘句地去理解，那样会歪曲作品原意，导致荒谬的诠释。

例如，鲁迅的《七律·自嘲》：

> 运交华盖欲何求，未敢翻身已碰头。
> 破帽遮颜过闹市，漏船载酒泛中流。
> 横眉冷对千夫指，俯首甘为孺子牛。

躲进小楼成一统，管它冬夏与春秋。

这首诗题为"自嘲"，却不是一般的解嘲之作。作者以激愤的反语，辛辣的讽刺，对国民党反动派的法西斯暴政，进行了猛烈的抨击，充分体现了鲁迅顽强的战斗精神。诗的五、六两句，是全诗的"诗眼"，作品主要思想倾向的集中体现。有人离开作品的主导思想，孤立地就一句诗理解一句诗，把"破帽遮颜过闹市"，解释为"将破帽拉得低低的，遮住了脸，在闹市匆匆走过"。将"漏船载酒泛中流"，解释为"租了一只破船，带着酒，一边泛舟，一边喝酒。"这样，鲁迅成了一位消极的避难者，他的"横眉冷对千夫指，俯首甘为孺子牛"的坚贞不屈的战斗精神，就完全消失了。这是对原诗基本精神的严重背离和歪曲。

鲁迅先生十分重视对作家和作品的科学分析，他指出："我总以为倘要论文，最好是顾及全篇，并且顾及作者的全人。""倘有取舍，即非全人，再加以抑扬，更离真实。"他以陶渊明为例，指出一些论客所佩服的是陶诗中"采菊东篱下，悠然见南山"之类。因而，把陶渊明视为"浑身""肃穆"的诗人。其实，陶诗中也有"精卫衔微木，将以填沧海，刑天舞干戚，猛志固常在"之类的"金刚怒目式"的内容。同时，陶诗中也有"愿在丝而为履，附素足以周旋，悲行止之有节，空委弃于床前"之类的反映爱情的内容。作家是一个多方面的统一体，如果抓住一点，妄下结论，无疑是对作者的浩劫和凌迟。

唐代诗仙李白，"飘逸"是其作品的主要艺术风格。他在《古风（十九）》中写道：

西上莲花山，迢迢见明星。
素手把芙蓉，虚步蹑太清。

诗人在理想的天国闲游，这是何等的超脱和潇洒！如果，我们据此就认为李白仅仅是一位浪漫主义的艺术大师，根本不关注现实的一切，那就大错而特错了。就在同一诗作中，李白还悲愤地写道：

俯视洛阳川，茫茫走胡兵。

流血涂野草，豺狼尽冠缨。

事实表明，李白对脚下的社会现实，未曾忘怀，而且表现了强烈的干预态度。

他的另一诗作《丁督护歌》，完全用写实的手法，刻画了征夫服徭役的痛苦："万人凿盘石，无由达江浒"；"一唱都护歌，心摧泪如雨"。诗人对被迫出征的劳动人民，表现了深切的同情，为他们谱写了一曲辛酸的悲歌。

综上所述，顾及全篇和顾及全人，是分析作家和作品必须注意的问题。唯有系统地占有资料，并抓住其整体和主要思想倾向，摒弃一丝一毫的简单轻率和主观臆测，才会得出颠扑不破的科学结论。

"知人论世"与"顾及全篇"

文质相彰

——谈文学作品内容和形式相统一

内容与形式相统一的问题，是文艺理论中的一个基本问题，弄清这一问题，对揭示文艺内在性质与特征具有重要意义。

世上一切事物，都有它的内容与形式，都是内容与形式的辩证统一。事物的内容，构成事物内在诸要素的总和，它体现了事物的本质属性。事物的形式，指事物的组织、结构和表现形态，它是事物存在的具体方式。

文学是社会生活的反映。因此，反映在文学作品中的社会生活，就成了文学作品的内容。但是，社会生活还不是文学作品的全部内容。因为文学作品所反映的社会生活，还包含有作家的思想印记。文学作品的内容，应是主客观双重因素的统一。这样看来，文学作品的内容应该是作家站在一定立场上，根据一定的社会观点和美学理想，描绘出的生活现象，以及他对生活现象的解释和评价。文学作品的内容的要素是：主题、题材、人物、景物、情节。

文学作品的内容，总是要通过一定的形式来表现的。文学作品的形式，是指文学作品中艺术形象的表现形式。具体说来，是作品中的人物、事件、景物交织而成的人生图画。例如鲁迅的《祝福》，描述了劳动妇女祥林嫂悲惨的一生，揭露了封建社会中的政权、族权、神权三条绳索对妇女的摧残，揭露了封建宗法制度和封建礼教吃人的本质。作家为了表现这一切，塑造了祥林嫂、鲁四、卫老婆子、柳妈等人物形象，描写了他们之间的相互关系，以及他们活动的环境，并把这一切组成了一幅完整的生活图画。这幅图画须借助一定的物质材料来表现，而表现生活图画的手段，则是艺术的形式。文学作品形式的要素是：语言、结构。语言是思想的外壳，它与思维同时产生、同时发展，只有当它展示一定生活内容时，才具有艺术的性质，才可成为作品形式的要素。诗歌作品中，韵律也是形式的要素之一。

在文学作品的内容和形式两者中，内容占主导地位，艺术形式从属于思想内容，服务于思想内容。"无论诗歌与长行，俱以意为主。意犹帅也；无帅之兵，谓之乌合。"（王夫之《姜斋诗话》）这里所说的"意"，指作品的内容。写文章首先要立意，根据内容选取恰当的艺术形式。我国古代文艺批评家刘勰，把文章的情意（即内容），比作"经"，把文章的辞采（即形式），比作"纬"，指出："经正而后纬成，理定而后辞畅。"（《文心雕龙·情采》）这说明文学作品的内容居于重要地位，若离开内容的要求，一味追求文字的华丽、情节的奇诡、布局的精巧，那是毫不可取的。离开了健康而充裕的内容，形式只不过是一个华彩的空壳。正如黑格尔所言："每一种形式都和所要体现的那种普遍的意蕴密切吻合，这种最高度的生气就是伟大艺术家的标志。"（《美学》第三章）文学史上，那些令读者赞赏的经典作品，正是深刻的社会内容和精湛的艺术形式的"密切吻合"。

内容决定形式，内容的变化会引起形式相应的变化。但这并不意味着形式只是被动地接受内容的支配。形式本身有它相对的独立性。一种内容可以由一种形式表达，也可以由几种形式表达。同是描写雷锋的题材，贺敬之写了长诗《雷锋之歌》，还有报告文学《雷锋的故事》、话剧《雷锋》。形式有它相对的稳定性，尽管时代变化了，内容不一样了，形式却保持其基本格式。例如"词"这一文学体裁，自古至今，仍然保留其基本要求。

形式服务于内容，它对内容能产生积极的影响。鲁迅曾批评忽视艺术形式的倾向，认为徒有大言壮语，没有精工上达的技巧，是不足取的。好比一个战士，纵然行进方向不差，却毫无战术，他的战斗目的仍然很难达到。而"现在许多青年艺术家，往往忽略了这一点，所以他的作品，表现不出所要表达的内容来，正如作文的人，因为不能修辞，于是也就不能达意。"（转引自《鲁迅论美术》第183页）足见，形式也不是一个无关紧要的问题。曹雪芹创作《红楼梦》，在"悼红轩中披阅十载，增删五次"。列夫·托尔斯泰则将文稿改了九十多遍，这说明他们在追求完美的艺术形式上，付出了大量心血。

关于文学作品内容和形式有机统一的道理，在我国古代文论中，有不少精辟的阐述。刘勰对此作过生动的比喻，他写道："夫水性虚而沦漪结，木体实而花萼振，文附质也。虎豹无文，则鞟同犬羊，犀兕有皮，而色资丹漆，质待文也。"（《文心雕龙·情采》）刘勰所讲的"质"，指作品的内容；"文"，指作品的形式。"文附质"，"质待文"，则指内容与形式的相辅相成，和谐一致，有机地统一在一起。

分析文学作品，要把作品讲活、讲透，也必须从作品的内容与形式的统一上，加以合理剖析。杜甫的《春夜喜雨》，是一首刻画春雨、抒写内心喜悦的名作。春天，是耕耘、播种的季节，特别需要雨水的滋润，故有"春雨贵似油"的说法。在人们热切期盼中，春雨降临了；诗人起始的两句，不禁脱口而出："好雨知时节，当春乃发生。"诗人赋予春雨以人的情感，好像它懂得人们的心理，顺乎季节的需求，当人急需时，竟自动地来到。这种"知时节"的甘霖，真是农家的喜雨。诗人不去写"梧桐更兼细雨"的秋雨，而去写与农作物生长密切相关的春雨，足见他在颠沛流离的生活中，体察了民情，抒发了百姓的共同心声。三、四句中"潜"与"润"两个动词，用得十分精当，把随风飘洒、润物无声的夜中春雨的特点，十分传神地勾画出来。五、六句刻画雨中田野和江船的夜景，用"云俱黑"与"火独明"构成强烈的艺术对比，形成别具一格的春雨野景图。末尾，诗人不满足于眼前景色的描绘，驰骋想象，预料次日锦官（即成都）城中，一定春花盛开，美不胜收。盛开的鲜花，经一夜春雨的洗礼，定会显露出饱满而沉甸的样子。全诗结构严谨，开端点题，次写耳听，再写眼见，结尾写推想，有虚有实，层次分明。诗人关心农事，热爱生活，以舒畅的心情歌唱了应时而降、滋润万物的春雨，处处渲染了一个"喜"字。诗人斟词酌句，运用了拟人手法，表达了真挚而健康的思想感情。由于正确地处理了"文"与"质"的关系，达到了内容与形式的调度统一，使作品"文质相彰"，成为一个完美的艺术体，给读者带来了审美的愉悦。

文质相彰

平凡之处见精神

——略谈文学题材的开掘

社会生活给文学提供了取之不尽、用之不竭的大量描写素材，供作家去选取，去反映。文学作品中，那些重大政治斗争和历史事件的内容，称之为重大题材。这种题材如描写得当，感人肺腑，当然很有意义。如小说《暴风骤雨》、话剧《西安事变》、诗歌《一月的哀思》等，就属于这一类。但是，题材的范围应是广泛的，正如生活范围非常广泛一样。因此，除了重大题材，还有一般题材。一般题材，取之日常生活，写的虽是凡人小事，却事小含义深。作者寓大于小，由小及大，通过对题材的开掘，揭示了富有社会意义的主题，让读者留下深刻印象。

宋代张俞的一首五言绝句《蚕妇》，选取是封建社会司空见惯的生活现象，但诗人抓住了社会生活本质，揭示了劳动人民受剥削的不合理。全诗如下：

> 昨日入城市，归来泪满巾。
>
> 遍身罗绮者，不是养蚕人。

诗中写蚕妇入城后的切身感受，既朴实又深刻，特别是通过养蚕人和罗绮者的鲜明对比，抒发了对不劳而获的剥削阶级的强烈愤恨。作者从一个普通的养蚕妇写起，反映的虽是日常生活中的一个侧面，看起来似觉平常，然而却对整个封建社会进行了有力的鞭挞和抨击，笔简意长，因而载入诗册，一直流传至今。

题材的开掘和处理，与作家世界观的性质和思想深度密切相关。作家有什么样的思想，就会写出什么样的作品。五四时期，鲁迅和胡适都写过有关人力车夫的作品。鲁迅在《一件小事》中，着力刻画了人力车夫正直无私的高尚品格。作者以这件小事和当时的所谓国家大事作对比，指出："唯有这件小事却还时时记起"，"教我惭愧，催我自新，并且增长了我的勇气和希望。"鲁迅先生清楚地认识到，劳动人民是国家的未来和希望，表示虚心学习劳动人民的优秀品格。而胡适在写的有关人力车夫的一首诗中，只是把劳动人民当作怜悯的对象，抒发了一番悲天悯人的情感。两者立意不同，角度不同，作品的思想意义也截然不同。

描写自然景物的作品，由于作者寓情于景的情不一样，对题材的处理也不一样。古往今来，咏梅的诗作颇多。"墙角数枝梅，凌寒独自开。"（王安石《梅花》）写出了梅花不畏严寒，独自盛开的坚贞品格。"闻道梅花坼晓风，雪堆遍满四山中。"（陆游《梅花绝句》）写出了梅花纯洁自爱、毫无媚态的高尚情操。毛泽东《卜算子·咏梅》，比上述咏梅诗更高一筹。他在词的结尾写道："俏也不争春，只把春来报。待到山花烂漫时，她在丛中笑。"不仅歌颂了梅花坚韧不屈的战斗品格，而且赞颂了梅花谦逊自处的崇高精神。这首词，表面上是咏梅，实际上是展现共产主义战士的坦荡胸襟和远大抱负。由此可见，不同作家即使选择同一题材，立场不同，格调不同，作品也会呈现不同的倾向和风采。

生活的内容十分广泛，题材也十分广泛。在题材上，不应给作家有什么限制。但这并不意味着，什么路边新闻，什么身旁琐事，无论健康与否，都可写入作品。正如鲁迅所要求的"选材要严，开掘要深"。作家根据自己的生活体验，对收集的生活素材做相应的调整和加工，是完全必要的。屠格涅夫的短篇小说《木木》，依据其家中一位农奴的真实故事写成，但他家中的农奴最后并未出走。小说中的盖拉新却离开了贵族家庭，回到了自己的乡村。这样的处理，反映了农奴一定程度的反抗性，比生活中的真实更深刻。果戈理的短篇小说《外套》，也是根据生活曾发生的故事写成。生活中那个小职员丢掉的是一支心爱的猎枪，小说中小职员丢掉的却是外套。这样的改变，使作品更有深刻的社会意义。外套是生活中的必需品，外套的丢失，给小职员造成很大的困难，使他一病不起，索然离开人世。改编的故事，反映了沙皇统治下，小职员生活的极度困顿，较深刻地揭示了社会生活的真实。

来自日常生活中的一般题材，经作家的开掘，通过平凡揭示不凡，通过习以为常的生活素材揭示人人关切的社会问题。有关班主任这样一类题材，一般总是写老师如何关心学生，爱护学生，做辛勤的园丁。刘心武却不落俗套，把小说的重点放在接收一个"小流氓"时，在学生和教师中引起的一场思想斗争。在这场斗争中，重点写两个人物，一是"小流氓"宋宝琦，一是思想僵化的学生干部谢慧敏。通过宋宝琦和谢慧敏两个典型学生的描写，深刻揭示了"四人帮"对青年学生心灵上的残害。作品发出了沉痛的呼声："救救被'四人帮'坑害的孩子。"这样，小说不是一般地表彰班主任的辛勤工作，而是抓住了时代的脉搏，提出了人人关心的重大社会问题。因此，刘心武的《班主任》在《人民文学》上一经发表，便轰动了社会，成为人们争相阅读的佳作。

文学是人学。叙事性文学作品，离不开对具体人物的塑造。作家要深入开掘题材，离不开对人物典型性格的刻画，对人物内心奥妙的揭示。鲁迅在短篇小说《肥皂》中，对伪道学夫子四铭作了极为深刻的描述。四铭是一个口是心非的伪君子。他在街头看到一位行乞的小姑娘，一方面假惺惺地表示替她作孝女传，一方面自己用肥皂洗手时，又下意识地想到，假若买一块香皂，将这位行乞的少女从头到脚洗个干净，不是一位漂亮的少女吗？将四铭想的和说的加以对比，可以清楚地看到，他作孝女传是假，追求色情是真。鲁迅如同一位高级画师，把四铭这个道貌岸然、一肚子男盗女娼的伪道学夫子的典型，勾画得淋漓尽致。

"平凡之处见精神"。"平凡"与"伟大"相比较而存在，同时在一定条件下又互相转化。在文艺创作中，亦是如此。那些取之日常生活的平凡题材，一经高明作家加以处理便可点铁成金，成为不朽的杰作，关键在于作家对题材的开掘。莫泊桑的《项链》、契诃夫的《凡卡》、鲁迅的《故乡》、茅盾的《春蚕》等，都是成功的例证。因此，我们在提倡写重大题材的同时，也主张题材多样化，让丰富多彩的社会生活，能在作品中得到多方面的反映，让万紫千红的文艺之花开得更加绚丽夺目。

平凡之处见精神

杜诗中的反接法

古人主张作诗贵曲忌直，贵藏忌露，常采用相反相成的反接于法，曲径通幽，造成非同一般的艺术趣味。唐代诗圣杜甫在其作品中，成功地运用了这种手法，给人以咀嚼的余地。如《述怀》一诗：

> 自寄一封书，今已十月后。
> 反畏消息来，寸心亦何有。

书信发出，已十月之久，盼望复信的迫切心情可以想见，但诗人不写"切盼消息来"，却用了"反畏消息来"。因久未接信，恐有不测，所以对书信的到来，心里一直惴惴不安。如其传来欠安之讯，倒不如没有消息。诗人巧妙地用反接法细腻地再现了极其矛盾的心理，把他对家人的刻骨思念，既真挚又深沉地表达出来。

又如《闻官军收河南河北》，诗的开头，是这样描述的：

> 剑外忽传收蓟北，初闻涕泪满衣裳。

官军收复了河南河北，喜讯传到了杜甫客居的四川，使得他心情无比激动，因为可以结束颠沛流离的生活，返回自己的故乡了。对这种喜出望外的欢快心情，诗人用"涕泪满衣裳"加以描绘，显然也采用了反接法。通常用泪来写悲，"感时花溅泪"（杜诗《春望》）就是一例。这里，写的是喜悦的泪，就是人们常说的"乐极生悲"，即高兴得掉下热泪。

再如《羌村三首》其一，结句是这样写的：

> 夜阑更秉烛，相对如梦寐。

公元759年8月，诗人在战乱中，由凤翔赶回鄜州城外的羌村，看望家室。此诗，写初到家中的情景。亲人团聚是件值得庆幸的喜事，但诗中并没有展现相见时的愉悦，却用"相对如梦寐"作具体刻画。家人独坐，茫然相对，把眼前发生的一切，似乎看成梦幻之中。这种写法既真实又感人，比一般地渲染"相见欢"不知要高明多少倍。它深刻揭示了动荡的年代，在人们心灵中布下的浓厚之阴影。

《对雪》一诗，也是运用反接法十分成功的作品，其内容如下：

> 战哭多新鬼，愁吟独老翁。
> 乱云低薄暮，急雪舞回风。
> 瓢弃尊无绿，炉存火似红。
> 数州消息断，愁坐正书空。

诗人困意居长安，生活极度潦倒。尽管急雪飘舞，天气严寒，却喝不到一口酒。盛酒的葫芦早已扔掉，樽里亦是空空如也。没有柴火取暖，剩下只是一个空炉。然而，诗中偏偏不说炉中无火，反用"炉存火似红"来刻画。诗中的"火似红"，一个"似"字，点明了诗人由于对温暖的渴求而产生幻象。明明是冷不可耐，却仿佛是炉中燃起了熊熊的炭火，照得眼前一片通红。这种无中生有、以幻作真的反接手法，极深刻地揭示了诗人此时此地内心的奥秘，比之"空炉冷如冰"之类的着实描写，在刻画苦寒难熬的体验上，有不可比拟的深度。

法国古典主义文艺评论家布瓦洛在《诗艺》中谈道："一枝笔太均匀，通篇都一平如水，尽管是晶光耀眼，毕竟要令人瞌睡。""文如观山不喜平"。一平如水的文学作品，是抓不住读者的。唯有灵巧多变的文笔，才能给读者带来新鲜感，才能让读者在委婉回环的艺术表现中，品尝作者富于蕴藉的韵味。相反相成的反接法，正是形成文艺作品波澜起伏、饱含深意的一种有效手法。研究杜诗中的这种表现方法，对提高文艺作品的艺术表现力，是大有裨益的。

艺文赏析

诗味辨析
——学习唐诗札记之一

唐代是我国诗歌发展的黄金时代，诗人灿若星汉，诗作流派纷呈。李白和杜甫，这两位盛唐时代的大诗人，分别代表了浪漫主义和现实主义两大流派，而围绕他们更有无数的诗人，如同满天星斗围绕着月亮一样。这些诗人，今天留下姓名的达两千三百余人，他们的作品收在《全唐诗》中，就达四万八千九百余首。唐诗流传至今，并没有丧失其艺术魅力，不少诗作如陈年老酒，仍然散发出浓郁的芳香。本文拟对若干唐诗进行一些简要辨析，看看唐诗的诗味体现在哪里，这种诗味又是如何取得的。

凡称得上诗的诗，都必须具有诗味。一首诗如果干巴巴的，其味如蜡，读之索然无味，就会失去读者，没有艺术的生命力。因此，我们把诗歌这种必须具备的欣赏趣味，称作诗味。唐诗之所以脍炙人口，代代相传，被誉为"千古之绝唱"，与其本身所具有的诗味，是分不开的。下面将从三个方面，谈谈构成唐诗诗味的相关情况。

一、唐诗的意境美

意境指的是诗人的主观情意与客观物境相交融而形成的艺术世界。有没有一个主客观相统一的艺术世界，对诗有没有独特的诗味影响极大。

意境的形成，需要诗人善于用自己的心灵去感受他所描绘的客观环境，并能生动地将客观环境展现于读者眼前。李白有两首写庐山香炉峰瀑布的诗，意境都很美，很有韵味。

一首这样写道：

> 日照香炉生紫烟，遥看瀑布挂前川。
>
> 飞流直下三千尺，疑是银河落九天。

诗人用单纯的语言、生动的形象，将飞流直下的瀑布描绘得既真切又生动，用银河比喻飞溅而下的瀑布，十分独特、新颖，进一步使客观景物美化了。

另一首也是写庐山香炉峰瀑布，角度不同，同样收到了气象万千的艺术效果。

> 西登香炉峰，南见瀑布水。
>
> 挂流三百丈，喷壑数十里。
>
> 欻如飞电来，隐若白虹起。
>
> 初惊河汉落，半洒云天里。
>
> 仰视势转雄，壮哉造化功。
>
> （下略）

前一首，为远处眺望，写出了阳光灿烂，满山烟霞，飞瀑直下的壮观。后一首，为登峰近看，对水流的急速有了更深的领会。诗中用"如飞电""若白虹"，对高空飞悬的瀑布作了十分熨帖的刻画。

当然，意境的构成缺少不了诗人主观情思的抒发。无情不成诗，诗歌是一种以抒情见长的文学样式。

下面以薛维翰《闺怨》一诗为例，看看诗中抒发的深沉的感情：

> 美人怨何深，含情倚金阁。
>
> 不嚬复不语，红泪双双落。

闺怨是唐诗中常见的一种抒写内容。这首诗中，没有写闺中人的怨语，而是将笔墨用在刻画对象的神情上，通过"不嗔复不语，红泪双双落"的神态刻画，让读者体察到其怨良深，从字里行间也反映了诗人对满怀闺怨少妇的无限同情。

抒发离别的情思，在唐诗也颇多见，但因作者的气质、遭际、心理、追求各不相同，抒发的情思亦大相径庭。请看下面两首流传较广的唐诗：

渭城朝雨浥轻尘，客舍青青柳色新。

劝君更尽一杯酒，西出阳关无故人。

王维《送元二使安西》，是一首写与友人离别的名作。诗中以景与情作反衬，突出离别时悲凉的心情，又以"西出阳关无故人"点出悲凉之缘由，读之教人黯然伤神。此诗经乐工采制入乐，名为《渭城曲》。入乐时，每句三叠，故又名《阳关三叠》。

同是写离别，高适的《别董大》，却是另外一种情调，不是悲悲切切，而是流露出一种大丈夫的豪气：

十里黄云白日熏，北风吹雁雪纷纷。

莫愁前路无知己，天下谁人不识君。

刘永济先生在《唐人绝句精华》中，对此诗作了这样的评述："送别诗不作离别可怜之词，而有谁不识君之壮语，知董大必豪士而未达者。"诗中景与情也互为反衬，从中展现的是诗人高适与其好友董大十分豁达的胸襟。

情景交融是形成诗歌意境的重要因素，情缘景出，借景抒情，这种表现手法，在唐诗中会找到众多实例。如李白《渌水曲》：

渌水明秋月，南湖采白蘋。

荷花娇欲语，愁杀荡舟人。

此诗造意清新，言荷花之容态，是令采蘋女生妒。明写娇娇欲语之荷花，实为刻画采蘋女之爱美之心和对美之追求。短短四句，让人在情景交融的意境中，得到了美的享受。

又如戴叔伦《题三闾大夫庙》。这是一首怀古诗，笔墨简朴，忧愤深广。全诗如下：

> 沅湘流不尽，屈子怨何深。
>
> 日暮秋风起，萧萧枫树林。

屈原仕于楚怀王，官至三闾大夫，忧国忧民，反遭迫害，乃至投江身亡。后人怀其德，建三闾大夫庙。诗人谒屈子庙，同情其遭际，敬重其为人，深感其幽愤颇深，如同奔流不息之沅湘二江。屈原《招魂》云："湛湛江水兮上有枫，目极千里兮伤春心，魂兮归来哀江南。"戴叔伦诗末两句，暗用《招魂》语，使人读之恍惚中有如见屈原之感。全诗仅为四句共二十字，而吊古之意良深。

二、唐诗的蕴藉美

艺术最忌浅露。作为精美艺术的诗歌应当富于蕴藉，做到话不直说，言有尽而意无穷，给读者留下丰富的艺术空间，让读者去驰骋想像。读好诗，宛若口嚼橄榄，愈嚼愈有味。唐诗中，不少富于蕴藉的佳作，经反复吟诵，诗味仍十分醇厚。

陈去疾《西上辞母坟》，文字质白，情感浓烈，是一首感人的悼母诗：

> 高盖山头日影微，黄昏独立宿禽稀。
>
> 林间滴酒空垂泪，不见叮咛嘱早归。

后代诗评家指出："读此诗末句，使人恻然。此等语乃从人子心腑中流出者。"诗中点出生母在世时对游子的反复叮嘱，突出了真挚的母爱，更说明了儿子失去慈母的万分悲痛。诗中"日影微""宿禽稀"的景物描写，是完全和诗中主人公的悲凉心情相吻合的。

唐代诗歌中，有不少用曲笔写闺怨的感人之作，耿沣《拜新月》就是一首用笔少含意多的好诗：

> 开帘见新月，便即下阶拜。
>
> 细语人不闻，北风吹裙带。

这首五绝，写法不落俗套。诗中没有直接写闺妇思夫的语言，只写了闺妇下阶拜月的举止，而这一举止正好表明了闺妇对团圆的热切渴望。闺妇之细语虽不为人闻，但闺妇之心迹却通过诗句的生动刻画，让人强烈感受到了。

王昌龄《闺怨》，也是写闺中少妇春愁的名篇，行文跌宕，婉转中见真情：

> 闺中少妇不曾愁，春日凝妆上翠楼。
>
> 忽见陌头杨柳色，悔教夫婿觅封侯。

少妇兴致勃勃，凝妆上楼，忽见田野杨柳吐绿，春光明媚，顿时孤寂之感涌上心头，悔不该让其夫追求功名，以致失去家室之乐。

崔国辅《古意》，也是一首写思妇闺怨的短诗。诗中着力描述闺中少妇，在一个飞霜似雪的深秋夜晚，独自弹箜篌排遣忧思，反映其极度苦闷的心理状态，全诗如下：

> 净扫黄金阶，飞霜皎如雪。
>
> 上帘弹箜篌，不忍见秋月。

诗的末句："不忍见秋月"，寄寓了深深的忧怨。月是团圆的象征，月圆而人分离，正是"不忍见秋月"的原委。殷璠《河岳英灵集》称此诗"委婉清楚，深宣讽味，乐府数章，古人不及也。"显然，这首《古

诗味辨析

意》，在唐诗中当为超群之作。

唐诗中有不少咏物写景的作品，落笔巧妙，诗趣盎然，颇耐玩味。如钱起《戏鸥》：

> 乍依菱蔓聚，尽向芦花灭。
> 更喜好风来，数片翻晴雪。

诗中突出描写鸥鸟洁白的羽毛，"尽向芦花灭"，"数片翻晴雪"，刻画得何其传神，教人连连称妙。

又如雍裕之《芦花》，也是从白处着笔，写得不同凡响：

> 夹岸复连沙，枝枝摇浪花。
> 月明浑似雪，无处认渔家。

诗人用"月明浑似雪""枝枝摇浪花"，刻画芦花，不仅写出了芦花的静态美，而且还写出了芦花的动态美，读来饶有诗味，经得起反复吟诵。

三、唐诗的韵律美

诗歌的韵律美，指由诗歌的音乐性引起的审美愉悦。

唐代诗歌不仅继承了汉魏民歌、乐府的传统，大大发展了歌行体的样式，而且扩展了五言、七言形式的运用，创造了风格特别、优美整齐的近体诗。近体诗的产生，形成了包括绝句和律诗等样式的新体诗，它把我国古典诗歌的音节和谐、文字精炼的艺术特色，推到了一个前所未有的高度，为古代抒情诗找到了一个典型的表现形式。

诗歌的内在节奏，是构成诗歌韵律美的重要因素，诗的节奏主要靠诗句中语言的重复和变化来实现。唐代近体诗的节奏主要通过诗句中语言的平仄交错和相互协调，产生萦回激荡的优美旋律，给人以悦耳之乐感。下面以王之涣《登鹳雀楼》一诗为例，从中可以看出其平仄变化的规律性：

白日依山尽，平仄平平仄，
黄河入海流。平平仄仄平。
欲穷千里目，仄平平仄仄，
更上一层楼。仄仄仄平平。

唐代近体诗节奏的形成，还依靠每句词语之间必要的停顿来实现，这就是诗中的顿数。一般说来，五言诗均由三顿组成。还以《登鹳雀楼》一诗为例：

白日——依山——尽，
黄河——入海——流。
欲穷——千里——目，
更上——一层——楼。

七言诗通常每句由四顿组成，从储光羲《从军行》一诗为例：

烽火——城西——百尺——楼，
黄昏——独上——海风——秋。
更吹——羌笛——关山——月，
无那——金闺——万里——愁。

朱光潜先生在《诗论》中指出："韵的最大功用在于把涣散的声音联络贯串起来，成为一个完整的曲调。"唐代近体诗十分讲究押韵，一般为双句押韵。也有首句押韵。以孟浩然《春晓》一诗为例：

春眠不觉晓，
处处闻啼鸟。
夜来风雨声，
花落知多少。

《春晓》中，首句末尾的"晓"，次句末尾的"鸟"，四句末尾的"少"，韵母均为"ǎo"。由于韵母相同，读起来顺口流畅，音调和谐，浑然一体，具有优美的音乐性。唐诗之所以流传久远，与其悦耳的音乐美，有密切关系。唐诗讲究韵律，注重音乐性，这也是形成醇厚诗味的一个重要因素。

艺文赏析

诗情鉴赏

——学习唐诗札记之二

"文章不是无情物"，文学作品均为有感而发，当然离不开一个"情"字。诗歌作为文学中的一个重要门类，其本质特征也以抒情见长。诗歌之所以具有这种强烈的抒情性，大致有两个原因：其一是，诗歌总是在诗人被客观事物深深地打动而感情不得不发的时候，才能写得出来。正如当代著名诗人艾青所指出："写诗要在情绪饱满的时候才能动手，无论是快乐或痛苦，都要在这种或那种情绪浸透你的心胸的时候。"（《诗与感情》）。其二是，诗歌常常采用直抒胸臆的方法来反映生活，这样必然会带上浓厚的感情色彩。正如郭沫若所认为："诗的本职专在抒情。""诗的文字便是情绪自身的表现。"（《论诗三札》）。

关于诗与情两者之间，这种密不可分的关系，古人早有体验，并作过精彩的阐述，下面略摘几段，以作印证：

诗"发乎性情"，"情动于中而形于言"。（《毛诗序》）。

"诗缘情"。（陆机：《文赋》）。

"吐纳英华，莫非性情"。"情动而辞发"。（刘勰：《文心雕龙》）。

"诗者：根情，苗言，华声，实义"。（白居易：《与元九书》）。

"性情者，诗文之枢纽也。"（周亮工：《尺牍新抄》）。

唐诗，作为中国诗歌发展史上矗立的一座丰碑，它紧靠读者心灵，抒发深沉而浓烈的情感，留下了不少值得今天人们可以借鉴的经验。

"五四"以来，许多优秀的新诗人，在回忆自己成长过程时，都肯定了唐诗对他们的熏陶和影响。郭沫若在记述其童年生活的自传体小说《少年时代·我的童年》一书中写道："我们家塾的规矩，白日是读经，晚来是读诗。""关于读诗上有点奇怪的现象，比较易懂的《千家诗》给予我的铭感很浅，反而是比较高大的唐诗却给了我莫大的兴会。"他还介绍了母亲教他朗读唐诗的情景，其中有一首是：

> 淡淡长江水，悠悠远客情。
>
> 落花相与恨，到地一无声。

这首唐诗，一直铭刻在郭老的头脑中，"始终能够记忆的。"此诗题为《南行别弟》，作者韦承庆。大量唐诗中，这首短诗不太出名，但短短四句浸透了诗人的真情，这种离别的悲痛是无声的，也是极为深沉的。这正是郭老一直铭记此诗的缘故。

唐诗是我国诗歌发展成熟期的产物，其抒情范围比起前期诗歌大大拓宽了，根据本人平日所读之唐诗，将其分为六类，下面分别加以陈述。

一、对美好山河的赞颂

人，生活于一定的环境，对所处环境的确认与赞美，实质上也是对人自身的确认与赞美。唐诗中有不少出色的山水诗、田园诗，这些山水、田园诗，描写了人与环境的和谐关系，读了教人心旷神怡。不少纪事诗中，也不乏精彩的写景之谜，这里以王维、孟浩然的两首诗为例，分别略加说明。

王维是唐代很有才气的一位诗人，又善丹青，对自然美有极敏锐的感受力和细微的观察力，且能在情景交融中加以艺术表现，所以人们称其作品"画中有诗，诗中有画"。下面请看他的短诗《鸟鸣涧》：

> 人闲桂花落，夜静春山空。

月出惊山鸟，时鸣春涧中。

这是王维《云溪杂题五首》中的一首，写一时情景与诗人兴致相会合，显得异常寂静与超脱。诗中有月、有鸟、有涧、有花，构成一幅清新幽雅的春山图，读之清心愉悦。

孟浩然系唐代第一个创作山水诗的诗人，他的旅游诗描摹真切，田园诗富于生活情趣。下面以《过故人庄》为例，稍作分析，即可见其特色：

故人具鸡黍，邀我至田家。

绿树村边合，青山郭外斜。

开筵面场圃，把酒话桑麻。

待到重阳日，还来就菊花。

诗中不仅写自然环境，而且写人文环境，文字质朴，富于表现力。"绿树村边合，青山郭外斜"，寥寥两笔，将山村风光描绘得极其优美动人。"开筵""把酒"的场景描写，以及"还来就菊花"的邀请，都体现了田家对来客的一片盛情。

二、对动荡时局的忧虑

唐代经历安史之乱，国力大衰，时局动荡，引起不少诗人的忧虑，即使在盛唐之时，也有一些诗人看出了内在潜伏的危机。诗人关注社会，写出了忧时的名篇。

杜甫是以"诗史"著称的忧患派诗人，他的著名诗句"朱门酒肉臭，路有冻死骨"（《自京赴奉先县咏怀五百字》），就是对动荡时局的深刻揭露。他的"三吏""三别"，就是对动荡时局的如实描绘。这种忧患意识，即使在《登高》一诗中，也成了诗的主调：

风急天高猿啸哀，渚清沙白鸟飞回。

无边落木萧萧下，不尽长江滚滚来。

万里悲秋常作客，百年多病独登台。

艰难苦恨繁霜鬓，潦倒新停浊酒杯。

诗中展现的是：风急猿哀的悲秋，潦倒苦恨的生活，孤身多病的诗人。这一切，不仅是诗人自身的灾难，也是走向衰落的李唐王朝的缩影。诗人借景抒情，寄寓了对现实的愤懑不平。

白居易也是唐代著名的写实主义大诗人，他主张诗歌创作应做到"但伤民病痛，不识时忌讳"（《伤唐衢二首》之二）。他的《秦中吟》《新乐府》均以社会问题为内容，针砭时弊，干预生活。这里以《采地黄》为例，看看白居易对当时社会的深刻揭露：

麦死春不雨，禾损秋早霜。

岁晏无口食，田中采地黄。

采之将何用，持以易饩粮。

凌晨荷锄去，薄暮不盈筐。

携来朱门家，卖与白面郎。

与君啖肥马，可使照地光。

愿易马残粟，救此苦饥肠。

此诗以明白如话的语言，描写了麦死禾损、民不聊生的悲惨现实，对采地黄给富人喂马的贫苦人家，表示了极大的同情。诗的结尾，发出了"愿易马残粟，救此苦饥肠！"正是对极不合理的社会现实的抨击。像《采地黄》这样直面现实的作品，是具有深刻的社会意义的。

三、对忠贞爱情的讴歌

男女之间纯洁、忠贞的爱情，是人类的一种美德，古往今来许多文学作品，都以爱情描写为内容。在擅长抒情的唐诗中，必然会有不少赞美忠贞爱情的诗作。

民间故事《望夫石》，在唐代就广为流传，写思妇对丈夫忠贞不渝的爱情，丈夫远出未归，妻子天天在山头眺望，久而久之，竟化作一尊望夫石。唐代诗人刘禹锡、王建分别以这则故事为题，吟诵了这种纯真的爱情。刘禹锡的《望夫石》是这样写的：

> 终日望夫夫不归，化作孤石苦相思。
>
> 望来已是几千载，只似当时初望时。

望夫而成石，当然只是一种传说，不足信。但这种朝朝日日盼夫归的忠贞的爱情，确是人类的一种崇高的感情，这种感情是真实而感人的。

王建的《望夫石》，似乎写得更为深沉。全诗如下：

> 望夫处，江悠悠。化为石，不回头。
>
> 山头日日风复雨，行人归来石应语。

作者以诗人之想象，深化了诗的内容。诗中说，假如有一天丈夫真的归来了，这块望夫石也会得到生命的复活，她会向丈夫倾诉心酸的离情。在诗人笔下，人和石头竟互为相通，而起沟通作用的，正是人的纯真而丰富的感情。

四、对诚挚友情的缅怀

在人类的相互交往中，引为知己的挚友之间，会形成一种互为依赖、互为理解、互为支持的诚挚友情，这种感情注入诗歌之中，同样也具有感人的艺术魅力。唐诗中，亦有不少这方面的动人篇章。

李白《闻王昌龄左迁龙标遥有此寄》，是他得知王昌龄遭贬，被发配到龙标任尉官时，写下的对友人诚挚的问候。龙标，今湖南沅陵县境内，唐代为荒僻之地。王昌龄被贬至荒僻的南蛮，内心必然十分惆怅，李白诗中对他表示深切同情：

杨花落尽子规啼，闻道龙标过五溪。

我寄愁心与明月，随风直到夜郎西。

尽管山高路远，李白无法来到王昌龄的贬谪地，与友人面对面地作一番知心的长谈，但诗人一颗愁心交给了明月，默默地祝愿友人在艰难之时，能得到心灵的慰藉。短短四句，对挚友的一片深情洋溢于字里行间。

李益是唐大历年间诗人，有人把他列为"大历十大才子"之内。其诗《竹窗闻风寄苗发司空曙》，抒发他对"大历十才子"中另外两才子苗发、司空曙的怀念。请看他的这首怀友诗：

微风惊暮坐，临牖思悠哉。

开门复动竹，疑是故人来。

时滴枝上露，稍沾阶下苔。

何当一入幌，为拂绿琴埃。

思友心切，由于对好友的思念，竟把竹子晃动误认故友前来。当然，只是一番空欢喜，诗人发出了感叹：哪一天好友能前来相聚，大家在一起弹琴论诗呢！诗中记叙的虽是一时的情绪波澜，却揭示了与友人的深厚情谊。

五、对历史事件的评述

诗史上有以历史题材为内容的咏史诗，其特点是借评述历史，抒发诗人自身的思想感情。唐诗中亦有不少这种类型的作品。

杜甫初到成都，专门拜访了诸葛亮庙，写下了《蜀相》这一咏史名篇，内容如下：

丞相祠堂何处寻，锦官城外柏森森。

映阶碧草自春色，隔叶黄鹂空好音。

三顾频繁天下计，两朝开济老臣心。

出师未捷身先死，长使英雄泪满襟。

诗中有对历史兴衰的喟叹，有对刘蜀名相历史功绩的推崇，也有对诸葛亮未完成平定中原的心愿而遽然逝世的惋惜，情景交融，耐人寻味，是一首咏史的七律佳作。

杜牧是唐代写绝句的高手。他的咏史诗，或再现历史事件中某些场景，或以咏叹的语调融入较多的史论成分。均不同凡响，令人深思。下面是《赤壁》一诗：

折戟沉沙铁未销，自将磨洗认前朝。

东风不与周郎便，铜雀春深锁二乔。

这是一首三国时期赤壁之战的咏史诗。作者提出：东吴的胜利，只是东风为他们提供了方便，倘若不是如此，孙权和周瑜的夫人，也会成为曹操的阶下囚，被关入铜雀台中。诗人针对史实，向读者阐明了一个发人深思的论断，任何人都不应为一时的胜利所陶醉，否则将会导致失败的历史结局。

六、对自身襟袍的抒发

"诗言志"，借诗来抒发作者自己的襟怀，这在我们读诗时，经常可以见到的。唐诗也有这方面的佳作。

骆宾王为"初唐四杰"之一，他的五言律诗精工谐亮，颇见功力。《在狱咏蝉》是一首托物咏怀的名篇，也是骆宾王的代表作。全诗如下：

西陆蝉声唱，南冠客思侵。

那堪玄鬓影，来对白头吟。

露重飞难进，风多响易沉。

无人信高洁，谁为表予心。

诗表面在咏蝉，实际上是作者对自己遭际和襟怀的抒发。"露重飞难进，风多响易沉"，正是对所处的险恶环境的写照。古人认为蝉"饮露而不食"，因而把蝉作为高洁的象征。骆宾王在狱中咏蝉，意在表白自己心地高洁，却不被人理解。

李贺是唐代别开生面、自成一家的诗人，他的作品往往以新颖诡异的语言，创造幽奇神秘的意境。《马诗》为李贺的代表作，共二十三首，采用托物咏志手法，通过对骏马的刻画，抒发了诗人的思想和情操。这里选其中的两首，略加分析：

> 龙脊贴连钱，银蹄白踏烟。
>
> 无人织锦韂，谁为铸金鞭。

艺文赏析

诗中的"龙脊""银蹄"均为对良马的具体刻画。马虽好，却无识马者为其"织锦韂""铸金鞭"，这是作者对自身徒有抱负而无处报效，发出的感慨。

> 大漠沙如雪，燕山月似钩。
>
> 何当金络脑，快走踏清秋。

"大漠""燕山"本为马的故乡，虽是"沙如雪""月如钩"的自然环境，马却可以摆脱羁绊，在辽阔大地上驰骋。诗中借骏马对"快走踏清秋"生活的向往，寄寓了诗人对自由豪放生活的热和追求。

综观上述内容，本文从六大方面介绍了唐诗在抒情上的基本内容。事实上，肯定不止这些，尚可列举出其他方面。由此，足见唐诗在情感抒发上，已呈多元化的趋势。抒情方式，亦不断丰富，既有直剖心迹的单刀直入式，也有迂回委婉的曲径通幽式。唐诗，在我国诗歌发展史上，是值得学习借鉴的一份宝贵的文化遗产。

《原诗》的艺术辩证思想

　　叶燮（1637—1703），字星期，浙江嘉兴人，晚年定居江苏吴江横山，世称横山先生。叶燮是明末清初的一位著名学者，也是我国文学批评史上一位重要的理论家。他的《原诗》，在我国诗歌理论发展史上是一部不可多得的重要著作。他的同时代人林云铭，高度评价了《原诗》的理论价值："直抉古今来作诗本领，而痛扫后世各持所见以论诗流弊。娓娓雄辩，靡不高踞绝顶，颠扑不破。"（《原诗叙》）著名文学家孔尚任曾题诗赞扬叶燮在诗歌理论上的求索精神："未解深心扶古雅，若为刻论吓时贤。"（《叶星期过访示〈已畦〉诸集》）当今学者也充分肯定了《原诗》在我国诗歌理论发展史上的突出地位。如郭绍虞先生曾指出："横山论诗所以能'创辟其识，综贯成一家言'者，即在于用文学史家的眼光与方法以批评文学，所以能不立门户，不囿于一家之说，而却能穷流溯源独探风雅之本，以成为一家之言。"（《中国文学批评史》第430页）朱东润先生曾写道："其说以不蹈袭前人，能自立言为主，深源予正变盛衰之所以然，清人之言诗者，未之能先也。"（《中国文学批评史大纲》第274页）《原诗》在我国古代文艺理论宝库中，是一份重要的遗产，可供我们总结借鉴的内容极为丰富。"辩证法是人类的全部认识所固有的"（《列宁全集》第36卷第369页）。辩证法既是事物存在发展的基本规律，也是反映客观事物和人的思想感情的文艺创作的基本规律。叶燮的《原诗》在理论上有一个十分重要的特色，那就是许多地方很注意结合诗歌创作的具体情况，进行切实、深入的辩证分析，闪烁出朴素的辩证法思想的光辉。

作为精神产品的诗歌，是客观世界在诗人心灵世界中激起的反响，因此分析诗歌不可忽视主客观两个方面的因素。叶燮在《原诗》中，对构成诗作的主客观两大方面的因素作了深入的探讨和辩证分析。他指出：

> 曰理、曰事、曰情，此三言者足以穷尽万有之变态。凡形形色色，音声状貌，举不能越乎此。此举在物者而为言，而无一物之或能去此者也。曰才、曰胆、曰识、曰力，此四言者所以穷尽此心之神明。凡形形色色，音声状貌，无不待于此而为之发宣昭著。此举在我者而为言，而无一不如此心以出之者也。以在我之四，衡在物之三，合而为作者之文章。

在他看来，创作正是客观的"物"——"理""事""情"与主观的"心"——"才""胆""识""力"，两者的有机结合。叶燮对创作中的主客观因素，阐述得这样系统而明确，这在中国文学批评史上是不多见的。

客观的"理""事""情"指是什么呢？叶燮作了具体说明：

> 自开辟以来，天地之大，古今之变，万汇之颐，日星河岳，赋物象形，兵刑礼乐，饮食男女，于以发为文章，形为诗赋，其道万千，余得以三语蔽之：曰理、曰事、曰情，不出乎此而已。

叶燮认为，他提出的"理""事""情"，包孕了"天地之大，古今之变"的一切，其中既有"日星河岳"的自然形态的内容，也有"兵刑礼乐"的社会形态的内容。在"理""事""情"三者之中，叶燮特别强调"理"的作用，他认为创作必"先揆乎其理"。什么是"理"？"譬之一木一草，其能发生者，理也。"这就是说"理"存在于事物本身和它的整个发展过程中，用现代哲学术语来说，就是指客观事物的本质及其内在规律。叶燮要求诗歌创作应"专征之自然之理"，要求诗人不应满足于自然主义式的表面勾画，而要揭示事物内在本质的东西，这就要求诗人对生活应具有敏锐的观察力。什么是"事"？叶燮指出："其既发生，则事也。"他把事物在发展过程中，呈现出来的具体现象，称为"事"。不同事物，呈现出纷纭万状的不同现象，诗人必须细加体察，认真反映。诗歌只有寓理于事，事理结合，才能打动读者，如若只言"理"，而无实"事"，作品就会枯燥乏味，成了公式化、概念化的说教。什么是情？叶燮指出："既发生之后，夭矫滋植，情状万千，咸有自得之趣，则情也。"他把事物的独特性在不同条件下的生动表现，称为"情"。同一棵树上找不到两片完全相同的树叶；孪生兄弟，也不会有完全相同的气质与个性，这一切究其原因，都是生活之"情"在起作用。这生活之情反映到诗歌创作中，就表现为各种独特的形态和韵味。正由于客观生活的这种丰富性，决定了诗歌艺术表现的多样性。叶燮的这些见解，大体符合唯物主义美学的创作原则，在当时能提出这样精辟的观点，确实难能可贵。

叶燮认为，与作为反映对象的"在物者"相对应，还有创作主体的"在我者"。他继承并发展了我国古代"诗言志"的理论，指出："志高则其言洁，志大则其辞弘，志远则其旨永，如是者，其诗必传；正不必斤斤争工拙于一字一句之间。"叶燮认为"志"的具体化，则为才、胆、识、力四者，此四者亦为诗人的"在我者"。叶燮十分重视"才""胆""识""力"的作用，强调"大凡人无才，则心思不出；无胆，则笔墨畏缩；无识，则不能取舍；无力，则不能自成一家。"诗人具备了"才""胆""识""力"，就是以"穷尽此心之神明"。将"在我者"的四个方面，分开来看：所谓"才"，是指诗人认识世界、反映世界的才能，正如叶燮所说："夫才者，诸法之蕴隆发现处也。"有了"才"，掌握了认识世界、反映世界的艺术规律，"天地万物皆递开辟于其笔端，无有不可举，无有不能胜，前不必有所承，后不必有所继，而各有其愉快。"这样，就掌握了文学创作的门径。所谓"胆"，指的是文学创作的胆量，也就是指诗人打破传统束缚，敢于独辟蹊径的艺术创新精神。叶燮强调"成事在胆"，"惟胆能生才"，认为有了"胆"，诗人的才华才能获得充分的施展，如若诗人"无胆"，就会丧失创新的勇气，好像"三日新妇"，战战兢兢，"动恐失体"，以致枉有才华，写不出好东西来。所谓"识"，指诗人的识别能力，即对客观事物是非的判断能力，对美丑的鉴别能力。倘若诗人"无识"，则会是非颠倒，美丑混淆，不知取舍，人云亦云，就会写出荒谬的东西来，所谓"力"，指的是诗人运用形象概括生活的笔力，在创作中独树一帜的气魄。叶燮说："立言者，无力则不能自成一家"。"人各自有家，在己力而成之耳。"他还指出："然力有大小，……吾又观古之才人，力足以盖一乡，则为一乡之才；力足以盖一国，则为一国之才，力足以盖天下，则为天下之才，更进乎此，其力足以十世，足以百世，足以终古，则其立言不朽之业，亦垂十世，垂百世，垂终古，悉如其力以报之。"诗歌创作如耕耘土地，一分劳作，一分收获，"悉如其力以报之"，"力大者大变，力小者小变"。杜甫之诗，能"长盛千古"，是由于他"力无不举"，付出了艰辛的艺术劳动；韩愈之诗，能"崛起特为鼻祖"，是由于他"其力大，其思雄"，不停地从事艺术耕耘。由此可见，在诗歌创作的园地中，绝不能有半点马虎和懈怠。叶燮得出结论："欲成一家言，断宜奋其力矣！"他要求诗人不断锤炼艺术功夫，努力实现"成一家言"。在"才""胆""识""力"四项中，叶燮认为互有作用，不可缺乏其中任何一项。但四者比较起来，应以"识"为主："四者无缓急，而要在先以识；使无识，则三者俱无所托。无识而有胆，则为妄、为卤莽、为无知，其言背理、叛道、蔑如也。无识而有才，虽议论横纵，思致挥霍，而是非淆乱，黑白颠倒，才反为累矣。无识而有力，则坚僻、妄诞之辞，足以误人而惑世，为害甚烈。若在骚坛，均为风雅之罪人。惟有识，则能知所以、知所奋、知所决，而后才与胆、力皆确然有以自信。"叶燮十分重视诗人的"识"，认为诗人的品格情操、思想修养是十分重要的因素。人品决定诗品，如果诗人品格有问题，不管他才有多高，胆有多大，力有多猛，都会使创作走上歧途。叶燮承认人的"才""胆""识""力"各不一样，这固然"天才自然"，与天生禀赋有关，但也可以经过后天的锻炼获得。"在我者虽有天分之不齐，要无不可以人力充之。"叶燮主张"可以人力充之"，认为通过自身的努力，完全可以使自己的才、胆、识、力不断得到提高。

叶燮不仅对客观的"理、事、情"与主观的"才、胆、识、力"作了深入的分析，还对"在物"与"在我"两者的关系作了全面的阐述，体现了朴素的唯物辩证思想，这对弄清诗歌创作的本质及其内在规律，无疑是很有意义的。

在对诗歌发展过程的分析中，叶燮提出了源流正变的观点，他深入研究了诗歌发展中继承革新的关系，在理论上批判复古派的抱残守缺的保守观点，反对一代不如一代的倒退论；又坚持对历代进步文学传统的积极继承，批判全盘否定传统的偏畸之见。清初诗坛，深受明代前后七子的影响，拟古、复古的风气颇盛，他们泥古不化，失去自我的性情，作品没有一点生气。他们奉古为正，竭力反对创作中的"变"。针对这种状况，叶燮指出："盖自有天地以来，古今世运气数，递变迁以相禅。……此理也，亦势也，无事无物不然，宁独诗之一道，胶固而不变乎！"既然世间的万事万物都处于发展变化之中，那么反映生活的诗怎么能"胶固而不变"呢？同时，随着社会的发展，人的认识水平也在不断提高。"大凡物之踵事增华，以渐而进，以至于极。故人之智慧心思，在古人始用之，又渐出之；而未穷未尽者，得后人精求之，而益用之出之。乾坤一日不息，则人之智慧心思，必无尽与穷之日。……此如治器然，切磋琢磨，屡治而益精，不可谓后此者不有加乎其前也。"既然人类认识世界的能力，随着社会生产力的发展，而不断提高，那么作为人类认识世界、抒发情思的文学样式之一的诗歌，也必然踵事增华，今胜于古。然而，在历代诗歌发展的过程中，前代又对后代产生影响，后代是在前代的积累基础上前进的。因此，在变化发展中，存在着历史的继承性。叶燮结合中国古代诗歌发展的史实，提出了"时有变而诗因之"的文学发展观。他指出："诗始于《三百篇》，而规模体具于汉。自是而魏，而六朝、三唐，历宋、元、明，以至昭代，上下三千余年，诗之质文体裁、格律、声调、辞句，递升降不同。……乃知诗之为道，未有一日不相续相禅而或息者也。"叶燮用"相续相禅"来形容诗歌的发展变化，既指出了诗歌发展的历史继承性，要求人们不能割断历史，否定传统；又要求人们敢于"因时递变"，致力于艺术的革新创造。诗歌艺术的"相续相禅"也绝不是一种简单的重复，而是在原有基础上的突破和发展。因此，一部诗歌发展史不是一代不如一代的倒退史，而是"正变相继""长盛不衰"的不断向前发展的历史。

在对诗歌内容和形式两方面因素进行分析时，叶燮既看到了内容的主导作用，又看到了形式对表现内容的意义。叶燮认为诗人的胸襟是作诗的基础，他说："今有人焉，拥数万金而谋起一大宅，门堂楼庑，将无一不极轮奂之美。是宅也，必非凭空结撰，如海上之蜃，如三山之云气。以为楼台，将必有所托基焉。……我谓作诗者，亦必先有诗之基焉。诗之基，其人之胸襟是也。"诗人的胸襟，指的是诗人的理想、抱负、志趣、情操，这些反映在作品中，就是作品的灵魂。不能设想一个思想格调低下的人，能写出不朽的诗作。叶燮以杜甫为例，指出"忧国爱君，悯时伤乱"，这是杜甫的胸襟，没有这个胸襟，也就不会有千古传诵的杜诗。叶燮十分辛辣地嘲笑了那些毫无胸襟作基础的虚浮之作："虽日诵万言，吟千首，浮响肤辞，不从中出，如剪采之花，根蒂既无，生意自绝，何异乎凭虚而作室也！"这种"根蒂既无"的"浮响肤辞"，是不可能有艺术生命的。叶燮一方面十分重视诗歌内容的重要意义；另一方面又非常注意艺术形式在表现内容时的积极作用。他还以建造房屋作比方，指出"宅成不可无丹臒赭垩之功"，"势不能如画家之有不设色"。"古称非文辞不为工。文辞者，斐然之章采也。"叶燮主张作诗应注意文辞的修饰。作诗固然不能"徒以富丽为工"，一味追求文辞的奇丽，使作品徒有华丽的外壳，而无充实的内容。但在"华实并茂"

的前提下，注意作品的文采，确是十分必要的。倘若写诗不注意"设色"，就会"纯淡则无味，纯朴则近俚"，使作品失去表现力。叶燮这些有关诗歌作品内容与形式的辩证观点，对创作很有指导意义。

对诗歌特点分析时，既看到诗人反映客观生活的合理性，更强调诗人抒发主观感情的独特性。叶燮对诗人进行诗歌创作时思维方式的特殊性，进行了深入的分析，强调诗歌创作要"绝议论而穷思维"。这就是说，诗歌创作是与一般逻辑思维不同的思维方式，必须杜绝空洞的议论。他写道："可言之理，人人能言之，又安在诗人之述之！"诗人如果仅仅是按照一般的逻辑形式，机械地重复生活中的"可言之理""可征之事"，诗人的工作又有什么特殊意义呢？叶燮一方面断定诗歌艺术形象的创造，是"从至理实事中领悟，乃得此境界"，即以生活中的"理""事""情"为基础；另一方面又指出，艺术中的"理""事""情"不同于生活中的"理""事""情"。他分析说："所谓言语道断，思维路绝，然其中之理，至虚而实，至渺而近，灼然心目之间，殆如鸢飞鱼跃之昭著也。"他进而指出："要之作诗者，实写理、事、情，可以言言，可以解解，即为俗儒之作。惟不可名言之理，不可施见之事，不可径达之情，则幽渺以为理，想象以为事，惝恍以为情，方为理至事至情至之语。"叶燮这样理解诗歌创作思维方式的特点，具有艺术辩证思想，比较切合诗歌创作的实际。

叶燮在探讨诗歌创作规律时，对文艺所采用的形象思维，作了精辟的分析，他认为："诗之至处，妙在含蓄无垠，思致微渺，其寄托在可言不可言之间，其指归在可解不可解之会，言在此而意在彼，泯端倪而离形象，绝议论而穷思维，引人于冥漠恍惚之境，所以为至也。"叶燮比俄国文艺批评家早了将近两个世界，就把"形象"与"思维"结合在一起加以讨论，他当时的理解与今天有关"形象思维"的用法比较相近，这是十分可贵的。他对杜诗中的"碧瓦初寒外""月傍九霄多""晨钟云外湿""高城秋自落"等，作了深入具体的剖析，指出如若逐字推究，"必以理而实诸事以解之，虽稷下谈天之辩，至此恐亦穷矣！"用科学求证的方法来对待诗歌欣赏，定会走上绝路。"然设身而处当时之境会，觉此五字之情景，恍如天造地设，呈于象、感于目、会于心。"这样就可以理解诗句所描绘的情景，把握句中所表达的内容了。所以，对待诗歌这样一类文学作品，不能用逻辑思维所采用的严密的推导方法，而是要设身处地去了解作品所描述的情景，体察诗人所抒发的感情。这样，才能弄清人们常说的："看来不合理，读来却合情。"

关于诗歌的作法问题。明清诗坛好论诗法，把"法"视如灵丹妙药，认为只要掌握这一诀窍，创作就一通百通。对所谓"法"的问题，叶燮有自己独到的见解，他指出："法者，虚名也，非所论于有也；又法者，定位也，非所论于无也。"他既承认创作规律的存在，认为"法"是创作中已经被肯定了的艺术技巧和表现手法，即已被"定位"的规律，"非所论于无也"。但他又强调"法"绝不是一成不变的模式。因为客观外界在不停地变化，姿态万千，不一而同，反映客观世界的诗篇也就应当"随物赋形"，"行所不得不行，转所不得不转"。他以泰山云彩的变化作例子，进行具体说明："天地之大文，风云雨雷是也。风云雨雷，变化不测，不可端倪，天地之至神，即至文也。"好的文章如同变化莫测的风云雨雷，有它自己的生动活泼的体现，而绝不能恪守"死法"。叶燮还谈道："诗是心声"，"不可作应酬山水语"。同一描写对象，在不同作者笔下，有不同的反映。如同写黄河，王之涣的笔下是"黄河远上白云间"，给人以空旷闲远之感；李白笔下是"黄河之水天上来"，给人以突兀惊雷之势。不同作者的不同情愫，给同一表现对象，带来不同的艺术效果，这就不是"定位"的"死法"所能解决的。因此，叶燮主张作诗应"以情为主"，只有"情附形显"，才能写出感人的诗篇。也只有这样，才有利于形成各自的创作个性，在作品中写出"不同性情""不同色相"，艺术创造才会摇曳多姿，艺术风格才会多样化。叶燮根据自己读诗和作诗的体会，用辩证统一的观点，较好地解决了"死法"与"活法"两者的关系。他主张："作诗另有法，法在神明之中，巧力之外，是谓变化生心。变化生心之法，又何若乎？则死法为

'定位'，活法为'虚名'。'虚名'不可以为有，'定位'不可以为无。不可为无者，初学者能言之；不可为有者，作者之匠心变化不可言也。"叶燮认为"法"是"变化生心"得来的。一般的作诗技巧和表现方法，即所谓"定位"，尚可向初学者介绍一二；更深一层的"匠心变化"，即所谓"虚名"，就不是用一般语言能说得清楚的，只有靠自己在艺术实践中去心领神会。叶燮提出让作者在艺术实践中，"会其指归，得其神理"，反对脱离创作实际，空谈诗歌作法。他的这种看法，在当时是相当高明的。

诗歌创作离不开想象，没有想象，就没有诗歌艺术的生命。叶燮对诗歌创作中的艺术想象问题，也有独到的见解。他常把"想象"与"意象"并举互用，有时说"遇之于默会想象之表"；有时又说"遇之于默会意象之表"。这里的"意象"相当于意境；这里的"想象"，是指形成诗歌意境的必要手段。诗人插上想象的翅膀，尽情翱翔，就能突破时空的限制，写出非同凡响的篇章。他在《养鹤涧》一诗中写道："想象飞鸣志，如闻霄汉音。"诗人看到的只是涧中家鹤，这些鹤并没有展翅高翔，但诗人经过自己的想象，却产生了鹤鸣九霄的感觉。又如《〈九日顾迂客雷阮徒集同人登楞伽山泛舟石湖用昌黎人日城南登高韵〉之二》一诗中写道："柔毫三寸赢，能驱万象用。"诗人手中的三寸笔管，神通广大，能上天入地，驱使万象，构思出全新的艺术境界。由于诗人在创作时，发挥了丰富的想象力，作品就会"思致微渺"，"含蓄无垠"，能以有限的形象外壳，蕴含无尽的社会内容，让读者在虚拟的境界中，不断扩大自己的感受。《原诗》中所说的，"至虚而实"，"至渺而近"，"可言"与"不可解"等，都深刻揭示了诗歌艺术境界中的内在矛盾，充满了艺术的辩证法思想。

综上所述，《原诗》是一部很有特色、很有价值的诗歌理论专著，它在我国诗歌理论发展史上，占有重要的地位。它所体现的艺术辩证思想，值得我们对它进行深入的分析和研究。

慷慨激昂的咏怀力作

——曹操《观沧海》赏析

汉末的曹操，是一位雄才大略的政治家、军事家，又是一位开创式的大诗人。他的《步出夏门行·观沧海》，就是一首慷慨咏怀、以景寄情的经典名篇。

《步出夏门行》，属古乐府《相和歌·瑟调曲》。曹操此篇《宋书·乐志》归入《大曲》，题作《碣石步出夏门行》。从诗的内容看，与题意了无关系，只是借古题写时事而已。此诗当作于建安十二年（207），北征乌桓回师途中。毛主席诗词中有"魏武挥鞭，东临碣石有遗篇"，指的就是本诗。

建安十年（205），曹操摧毁了袁绍在河北的统治根基。袁绍呕血而亡，其二子逃往乌桓，勾结乌桓贵族，多次入塞为害。当时，南有盘踞荆襄的刘表、刘备；北有袁氏兄弟和乌桓。曹氏处于南北夹击的不利境地。他采用谋士郭嘉的意见，于建安十二年（207）夏，率师北征，一战告捷。返师途经碣石山，吟成此诗。诗人以豪迈之笔，描写了河朔一带的风土景物，抒写了个人的雄心壮志，反映了作者踌躇满志、叱咤风云的英雄气概。

诗中所写碣石山，位于现今何处，目前学术界尚无定论。或以为此山已沉入今河北省乐亭县境内的大海中；或以为今河北省昌黎县北的碣石山，即为此山。不管怎样，曹操当年登临时，应为一座傍海的较高的石山。

　　"东临碣石，以观沧海。水何澹澹，山岛竦峙。"诗的开头四句，点明观沧海的位置。诗人登临碣石山顶，居高临海，视野开阔，大海壮丽之景色，尽收眼底。"澹澹"形容大海水面浩淼无边之状。诗人重点描绘映入眼帘的突兀耸立之山岛，它们点缀在波涛汹涌的海面上，使大海显得更为神奇，更加壮观。

　　"树木丛生，百草丰茂。秋风萧瑟，洪波涌起。"虽已到了草木摇落的秋日，岛上树木仍然繁茂，百草丰美，给人以生机盎然之感。历代文人多有悲秋意绪，而曹操笔下之秋天，却海波汹涌，浩淼接天，山岛挺拔，草木繁茂，没有丝毫凋零感伤的情调。这种新境界、新格调，正反映了曹操"老骥伏枥，志在千里"的"烈士"胸怀。

　　以上四句是从海的平面去观察。接着四句："日月之行，若出其中；星汉灿烂，若出其里。"诗人联系廓落无垠的宇宙，纵意宕开大笔，将大海的气势和威力，托现在读者面前。茫茫的大海无边无际，空濛浑融。在这雄奇壮丽的大海面前，日、月、星、汉（银河），都显得十分渺小，它们的运行，似乎都由大海自由吐纳。这既是眼前实景，又是诗人的想像与夸张。经诗人一番巧妙构思，在读者面前展现了一幅吞吐大荒的雄伟景象。最后，"幸甚至哉，歌以咏志"，是合乐时的套语，与诗的内容无关。

　　《观沧海》一诗中，海水、山岛、草木、秋风，乃至日、月、星、汉，全为眼前景物。这样全写自然景物的诗歌，在我国文学史上，曹氏之前，未曾有过。此诗不但通篇写景，而且独具一格，堪称我国山水诗的最早佳作。这首诗写秋天的大海，却一洗古人悲秋的伤感情调，写得沉雄健爽，气象壮阔，与曹操的气度、品格乃至美学情趣紧密相关。虽采用的是乐府旧题，内容却焕然一新。由此，沈德潜说："借古乐府写时事，始于曹公。"

　　曹操是一位才华横溢的文学家、诗人。他倡导与组织了建安文学，为后代留下了著名的"建安风骨"。他吟撰的感时咏怀的诗歌名篇，至今仍是学生诵读的教材。鲁迅先生称"曹操为改造文章的大师"。读曹公诗文，深感鲁迅之评价十分精当。

艺文赏析

田园生活的清新写照
——孟浩然及其《过故人庄》

孟浩然，唐代著名山水田园派诗人，生于689年，卒于740年，湖北襄阳人。壮年时曾漫游吴越，后入长安，应举不第，失意而归。虽隐居山林，却跟当时的达官显宦张九龄、韩朝宗均有往还，和著名诗人王维、李白、王昌龄互有酬唱。他有儒家入世思想，却求官不成，在隐沦中度过一生。其作品中多半抒发了洁身自好的失意情调，一些寄情山水田园的篇什纯真可爱，呈现出一种清新淡远的艺术风格。

孟浩然与王维齐名，世有"王孟"之称。虽然王、孟都擅长描写山水田园，但两者存在明显差别。王维是一个饱尝官场滋味而皈依佛教的居士，亦官亦隐，过着优游生活，其诗达到了纯然恬静与平淡的境界。孟浩然则充满入世与出世的内心苦闷，既有羡鱼之情的表露，又有明主之弃的哀怨，表现在作品中，有时十分恬淡，有时又有几分激昂。

《吟谱》认为："孟浩然诗祖建骨，宗渊明，冲淡中有壮逸之气。"（《唐音癸签引》）。"宗渊明"之说，有一定见地。首先，孟氏对陶渊明的人品十分景仰。"尝读《高士传》，最嘉陶征君。日耽田园趣，自谓羲皇人。……扇枕北窗下，采芝南涧滨。因声谢朝列，吾慕颍阳真。"（《仲夏归南园寄京邑旧游》）。由于陶、孟二人的遭际、为人、情趣，有近似之处。因此，孟颇受陶的影响，孟诗清新、冲淡、自然之艺术风格，与陶氏诗风，有一脉相承的关系。陶渊明为"古今隐逸诗人之宗"。(钟嵘《诗品》)梁代江淹拟陶，一味模仿，而无创造。隋末唐初的王绩慕陶，多写田园闲适之趣，因才力不足，造诣不高。王维、储光羲、韦应物诸家皆学陶，各得其旨，成就不等，年辈也较晚。而继陶之后，大力写作田园、隐逸题材，并将之与谢灵运所开创的、谢朓所发展的山水、行旅题材结合起来，开盛唐山水田园诗派风气之先的，当首推孟浩然。

孟浩然在盛唐诗人中，年辈较高，比李白、王维大十二岁。他的作品中，残留着从初唐到盛唐的痕迹。有些作品如《美人分香》《同张明府碧溪赠答》，尚有宫体诗的影响。但他的大量诗作已摆脱了初唐应制、咏物的狭窄境界，更多地抒写了个人的情趣、襟怀，给当时的诗坛带来了新鲜气息。李白曾用礼赞的口吻称道他"高山安可仰，徒此揖清芬"（《赠孟浩浩》）。杜甫推崇他"清诗句句尽堪传"（《解闷》）。还钦佩他，"往往凌鲍谢"（《遣兴》）。第一个替孟浩然的画像绘制在郢州刺史亭内，是王维，此亭遂被称作"孟亭"。首次为孟浩然编定诗集的王士源，赞赏孟氏作品"文不按古，匠心独妙"。很能代表当时人们对孟诗的评价。

《过故人庄》，为孟诗中一首流传广泛的名作。诗人伫兴造思，信笔写来，清风扑面，沁人肺腑。仅寥寥数语，便使乡间的自然景色，故友的真挚情谊，一一毕现纸上，让读者在清迥凝练的情境中，得到美的享受。

诗贵精练，特别是古典诗词，更要求语言隽永，在有限的字数中，包孕丰富的内容。诗题《过故人庄》，这里的"过"，并非通常所说的"经过"，而是访问之意。首句"故人具鸡黍"，这里的"鸡黍"用了成语。《论语·微子》："子路从（跟随孔子）而后，遇丈人（老人），以杖荷筱（竹器）。……上（留）子路宿，杀鸡为黍而食之。"孟诗中的"鸡黍"，意指田家招待客人的饭菜十分丰盛。次句"邀我至田家"，着一"邀"字把田家的热情好客，充分描述出来了。三句"绿树村边合"，"合"字用得极精当，指村庄四周树木稠密，连成了一片。四句"青山

152

郭外斜"，"斜"字用得十分传神，勾画出了城外绵延起伏的青山。五句"开筵面场圃"，"轩"又作"筵"。全句意为打开窗户，面对着打谷场和菜园，摆下了酒席。六句"把酒话桑麻"，意为端起酒杯，谈论桑麻生长的情况。七句"待到重阳日"，古人认为九是阳数，故称九月九日为重阳节。重阳登高赏菊，为古代流行的风俗。末句"还来就菊花"，"还来"与二句的"邀我"相呼应，有不邀自来之意。这是订明后约，表示依恋之情。

全诗共八句，每两句一层意思，层次清晰，井然有序，一、二句写友人热情相邀和盛情款待，三、四句写田家四周清新动人的自然风光，五、六句写饮酒时的洒脱场面及交谈的内容，七、八句写重阳节打算不邀自来的浓厚兴味。前三层均为最后一层作铺垫，既然有好客的主人，秀丽的景色，无拘无束的相聚，当然会产生这种强烈的愿望：重阳佳节到来之时，一定还来饮酒赏菊。字里行间，渗透了老友之间真挚而深厚的情谊。

这首诗对仗工稳而不纤巧，写景浑成而不雕琢。通过质朴的语言、真切的描绘，让读者看到了田家留饮的动人情景，感受了宾主之间的纯厚情谊，同时也反映了作者对田园闲适生活的热爱。

用语平实，出口成诗，毫无斧凿之痕，这是孟浩然诗歌语言上最大的成功之处。在其作品中，很难见到华丽、奇特的话语，往往通过极寻常、极普通的语句，构成清新诱人的诗境，让人难以忘怀。如《春晓》："春眠不觉晓，处处闻啼鸟。夜来风雨声，花落知多少？"有情有景，绘声绘色，洋溢着浓郁的诗意，颇耐读者回味。同样，这首《过故人庄》，用语朴实易懂，描绘自然纯真，既无矫揉造作之弊，又无粗俗乏味之嫌，看似平淡味却浓，这种运用语言的功夫，实在令人叹服。

孟浩然曾写过"我年已强仕，无禄尚忧农"的诗句。他虽未亲身参加过劳动，但毕竟半生居住农村，对农民较为关注，对田园生活相当熟悉。因而在《过故人庄》中，仅几笔勾勒，简朴而亲切的农家生活，便展现于读者面前。写的虽是"淡到看不见的诗"（闻一多语）的家常话，却情真意切，富有浓郁的生活气息，让读者有身临其境之感。

孟浩然这种朴实无华的清新诗风，对那些刻意追求、专事雕章琢句的低劣的写作态度，无疑提供了一面很好的镜子。

艺文赏析

咏雨的经典好诗

——杜甫及其《春夜喜雨》

唐代，我国诗歌创作最为繁荣的朝代。说起盛唐，人们定会想起诗仙李白和诗圣杜甫，他俩双峰并立，各具特色，影响深广。

杜甫，现实主义的诗歌妙手。他植根现实，反映民间疾苦，刻画时代风云，其作品具有重大的史实意义。朱德同志参观成都草堂，题了这副楹联："民间疾苦，笔底波澜；世上疮痍，诗中圣哲。"此联揭示了杜诗的现实主义思想光辉，指明了杜甫在我国文学发展史上的重要地位。

"为人性僻耽佳句，语不惊人死不休"（《江上值水如海势聊短述》）。这是杜甫对自身诗歌创作的严格要求。由于他在写诗上肯下硬功夫，从而做到了诸体兼擅，诸法俱备，为后人留下了许多脍炙人口的精彩篇章。尤其是五言律诗，无论是数量上，还是质量上，都达到了一个新的高峰。《春夜喜雨》则是其中一首备受好评的经典名篇。

此诗作于杜甫入蜀后的上元二年（762）春，地点为成都。诗中描绘了春夜雨景，通篇洋溢着喜悦心情。

全篇围绕"喜"字逐层展开。先用拟人手法，将"雨"比拟为懂得人的客观需求的对象。人们常说"春雨贵似油"。由于春耕、春种的时令需求，大家都切盼着春雨的降临。就在人间的期待中，春雨来临了，这真是天大的好事！诗的一、二句，专写春雨的适时。

诗的三、四名，着重写春雨的适度润物。"随风潜入夜，润物细无声"。诗人对春夜细雨，观察仔细，刻画入微。一"潜"，一"细"，用字精当，亦表达了对和风细雨的春夜之雨的赞赏和褒奖。春夜之雨绝不是冲毁庄稼的狂风暴雨，而是对润物极有好处的绵绵细雨。它不仅"知时节"，而且会"润物"。这样的雨，自然是百姓十分欢迎的"好雨"。

雨，这样好。自然希望下个通宵，足以满足庄稼生长的需要。倘若，下不了一会，就雨止天晴，"润物"就不会彻底。诗的第三联，具体描绘黑夜中细雨不停的情景。"野径云俱黑，江船火独明。"天空布满乌云，野径小路也难以辨清，唯有江边小船的灯火还通亮着。看来，可喜的春雨会下过通宵。连绵的细雨，正滋润着大地，帮助禾苗茁壮成长。

尾联，由实写转入虚拟，由夜晚雨意正浓，转入想象中，第二天锦官（成都）城中，满城的美景。"晓看红湿处，花重锦官城"。在春雨的滋润下，整个锦官城将出现花团锦簇、一片"红湿"的美景，那一朵朵、沉甸甸、红艳艳的花的海洋，让人十分振奋。

诗共四联，从首至尾都围绕"好雨""喜雨"做文章。诗中虽未让"喜"字直接露面，却在精心的刻画中，字里行间的描述中，让读者真切感受诗人欣喜的心情。春雨滋润在地，给百姓带来福祉。杜甫对春雨的这种无限欣喜的感情，难道不正是一种与广大黎民百姓息息相通的崇高感情吗?!

杜甫诗歌"沉郁顿挫"的艺术风格，为历代诗评家所公认。所谓"沉郁"，主要表现为意境开阔壮大，感情深沉苍凉；所谓"顿挫"，主要表现为语言和韵律屈折有力，而不是平滑流利或任情奔流。这首五言律诗《春夜喜雨》，同样也体现了这一艺术风格。全诗有实有虚，有直接抒发，也有间接寄托，写得变化有致，把对春雨的赞赏和褒扬，渗透于全诗的吟咏中，委实是一首咏雨的经典好诗。

曲折有致的抒情名诗

——李商隐及其《夜雨寄北》

李商隐（812—约858），字义山，号玉溪生，怀州河内（今河南沁阳）人。晚唐独具风格的杰出诗人。《唐书》"本传"，说他"诡薄无行"，或许生活上有些放荡。但他却是一位有政治抱负、有正义感的文人。

他一生纠缠于政治派别与恋爱的痛苦之中，形成了感伤抑郁的性格，对其诗歌创作有明显的影响。李氏生活的年代，正值牛、李两派倾轧争斗十分激烈的时期。李商隐原依牛派的令狐绹考中进士，后又与李派的王茂元的女儿联姻，政治上的矛盾，使他仕途不振，郁郁而不得志，到处受排挤，一生仅为寄人篱下的文墨小吏。同时，在情场上也遭受多次失败和痛苦，有过多次恋爱均失利。后来，与才貌双全的王氏结婚，才有过一段较美满的生活。不久，王夫人病故，让他十分伤感，这一切都成了他写情诗的题材。

李商隐的诗篇，常有冷僻的典故，精确的对偶，工丽深细的语言，和美婉转的音律。外形特别美丽，含意往往晦涩。其中佳者，含蓄蕴藉，韵味淳厚，耐人咀嚼，颇令人喜爱。后人学习者，有些徒有外貌，无其精神，容易坠入形式主义的偏向。元好问在《论诗绝句》中写道："望帝春心托杜鹃，佳人锦瑟怨华年。诗家总爱西昆体，总恨无人作郑笺。"有关李商隐的诗作，注家辈出，往往一诗有数解。

本文介绍的这首诗在《万首唐人绝句》中，题作《夜雨寄内》，"内"指"内人"，即妻子。现传李诗各本均题作《夜雨寄北》，"北"指"北方的人"，可指妻子，亦可指友人。有人考证，本诗作于其妻王氏去世之后，因而不应为"寄内"，而是赠予长安友人。但从诗的内容来看，按"寄内"来理解，似更确切。

诗篇开始，一问一答，先停顿，后转斩，跌宕有致，极富表现力。译成白话："你要问我回家的日期么？真没准儿。"羁旅之愁，身不由己之苦，已跃然纸上。这是写内心的愁苦。接着叙眼前实景："巴山夜雨涨秋池"。此时，正寓居"巴山"。"巴山"，亦称"三巴"，指巴东一带。正当秋雨绵密，漫涨秋池。作者没有在诗中诉说什么愁，什么苦。而是驰骋想象，企盼来日，"共剪西窗烛"时，共同回忆"巴山夜雨时"的况味。作品构思奇巧，字字句句均从肺腑自然流出，曲折有致，情真意切，在平静的直抒中，寄寓了思念的深情。孑立西窗，独剪残烛，幽思缠身，夜不能寐。展读家人询问归期的书信，心中却归期无准，内心之郁闷和孤寂，是不难想见的。于是，作者以未来之欢聚，反衬今日之孤苦；而今日之孤苦又成了来日"共剪西窗烛"之话题。短短四句话，明白晓畅，却何等曲折，何等委婉，又何等隽永。前人桂馥在《札朴》卷六中写道："眼前景反作后日怀想，此意更深。"这是行家的高见。

李商隐是一位作诗的高手，他的这种回环往复的章法，应该是诗艺中的独创。这种手法像电影蒙太奇一样，重重叠叠，耐人寻味，近体诗一般要避免字面的重复，而此诗"期"字却有两见。特别是"巴山夜雨"的重出，正好构成了音调和章法的回环往复之妙。全诗通过时间与空间的回环往复，构成了独特的意境美，达到了内容与形式的完美统一。

李商隐有不少诗，如《无题》之类，寓意较晦涩，一时难以弄清本意。这些朦胧色彩的篇章，虽不易懂，却有极强的艺术感染力，历来受人追崇。而这首《雨夜寄北》，却明白如话，完全采用白描手法，同样也流传千古，受到广大读者的喜爱。这首七言绝句，虽明白晓畅，却曲折有致，不失为一首抒情名篇。

千古咏月之绝唱

——苏轼《水调歌头·明月几时有》赏析

苏轼（1037—1101），字子瞻，号东坡居士，四川眉山人。他是中国文化史上一颗璀璨的巨星，我国古代历史上少见的文化全才。就诗歌创作而言，与黄庭坚并称为"苏黄"，是宋代诗风形成的重要奠基人；就词的创作而言，与辛弃疾并称为"苏辛"，是宋代豪放词派的开创者；就散文创作而言，与欧阳修并称为"欧苏"，为"唐宋散文八大家"之一；就书法创作而言，他位于"宋四家"之首，书艺自成一派；就学术流派而言，他是北宋"蜀学"的代表人物，与程颐的"洛学"、张载的"关学"并驾齐驱。在苏轼的身上，有李白旷达超凡的仙气；有杜甫执着坚守的忠义儒气；有白居易穷困融通的从容风度，有陶渊明闲适自如的悠然情怀……总之，苏轼的思想和人格，既有对前贤的追慕与继承，又有其自身的融会和独创。

著名学者林语堂，用英语撰写了《苏东坡传》，把这位德才双全的文化大家，介绍给世界的读者。在《传记》结尾处，作者写道："苏东坡已死，他的名字已成为一段回忆，但他却为我们留下了他灵魂的欢欣和心智的快乐，这都是万古不朽的宝藏。"

长调《水调歌头·明月几时有》，是苏词中代表性的篇章，古往今来，常被人吟诵。该词作于神宗熙宁九年（1076），即丙辰中秋。词前有小序："丙辰中秋，欢饮达旦，兼怀子由。"

熙宁九年（1071），苏轼以开封府推官通判杭州，是为了权且避开汴京政争旋涡。虽曰出于自愿，实质仍处于外放冷遇之时。其弟子由（苏辙），在齐州任职。兄弟二人，同为政治上的失意人。这首中秋词作于这一时段，旨在抒发作者外放无俚的茕独情怀，厌薄宦海的险恶风浪，感慨宇宙流转，俯仰古今变迁，将千古神话之传说与诗人遗世独立之意绪融溶在一起，勾勒出一幅皓月当空，美人千里，孤高旷远的境界氛围，在咏叹明月的阴晴圆缺的言辞中，渗进了浓厚的哲学意味。这首词，是自然与社会高度契合的感喟佳作，意蕴深长，深受历代读者之喜爱。

作品通篇咏月，月是词的中心形象，着力咏月，又处处关合人事，写皓月，其实是写人间遭际。

全词分上、下片。上片借明月自喻清高；下片用圆月衬托分离。

开篇，诗人面对青天，发出"明月几时有"之设问。笔力雄健，排空直入。接着"不知天上宫阙，今夕是何年。"天矫回折，跌宕多彩，呈现了诗人在"出世"与"入世"、"进"与"退"、"仕"与"隐"之间的抉择上存在的困惑、徘徊的心理。"我欲乘风归去，又恐琼楼玉宇，高处不胜寒。"利用月中广寒宫传说，暗示入世不易，出世则尤难，人处两难之中，只能好自为之了。

下片融写实为写意，化景物为情思。"转朱阁，低绮户，照无眠"。为实写月光照人无眠。"照无眠"者，当两层含意：一为月照不睡之人；二为月照愁人，使之不能入睡。表面上是恼月照人，实际上是写"月圆人不圆"之愁惘。"人有悲欢离，月有阴晴圆缺，此事古难全。"由情感转为理智，化悲怨为旷达。人的离合，月的圆缺，实自古亦然。既知此理，便不应对圆月而感暌离，生无谓之怅恨。于是，诗人发出深挚的祝愿："但愿人长久，千里共婵娟。"愿天下的人，在皓月的清辉下，都能过上安详美好的生活。

古人认为这首词"一洗绮罗香泽之态，摆脱绸缪宛转之度，使人登高望远，举首高歌"（胡寅：《酒边词序》）。它落想奇拔，蹊径独辟，

极富浪漫色彩。虽基本仍属一种情怀寥落的清秋吟咏之作，读来却不乏
"触处生春"的韵味。

　　苏轼是中国文化史上一位不朽的词人。他的代表作《水调歌头·明
月几时有》，亦是一首永远值得大家吟诵的千古之绝唱。

艺文赏析

凄婉的人生感叹
——秦观及其词作

秦观（1049—1100），字少游，号淮海居士，扬州高邮人。苏轼、王安石都很赏识他的文学才华。《宋史·文苑传》称他"少豪隽慷慨，溢于文词"。元祐初，因苏轼推荐，除太学博士，后兼国史编修官。绍圣初年，章惇等当权，排斥元祐党人，先后贬杭州、郴州、横州、雷州等地。及徽宗立，放还，至藤州病逝。

秦观为苏门文士中最出色的词人，其作品虽也受苏轼影响，但风格并不完全与苏氏相同，有自身之特色。他转益多师，博观约取，自成一家。在《好事近》《踏莎行》《江城子》《千秋岁》中，可看出苏词的气格；在《品令》《满园花》中，用俗语、喜铺叙，与柳永相近；在《望海潮》《梦扬州》中，音与句炼，以工丽见称，与周邦彦颇似；在《浣溪沙》《忆仙姿》《点绛唇》《阮郎归》中，可看出南唐境界。这些，足以说明，秦观善于吸取他人特长，融入自身艺术创造，是一位才华横溢的杰出词人。

这里介绍他的两首最为著名的词作：《鹊桥仙·纤云弄巧》《踏莎行·雾失楼台》。

《鹊桥仙·纤云弄巧》，是一首描写男女恋情的词。虽为传统题材，秦观却比前人写得更为真挚动人。

词一开始："纤云弄巧"，写初秋夜空，轻柔多姿的云彩，变化出众多优美巧妙的图案，显示织女精巧无伦的手艺。"纤云"有意"弄巧"，似乎为爱侣的团聚而高兴，"飞星"也正为他们传情递意而奔忙。化景物为情思，读来十分动人。

接着写织女渡银河："银汉迢迢暗渡"。"迢迢"，形容银河辽阔，揭示牛郎与织女相距之遥远。"暗渡"，既紧扣"七夕"题意，又突出牛郎织女难以相会内心的怨恨。他们踽踽宵行，千里迢迢来相会，真是情深意挚啊！

按理说，接着应写相会时的激动人心的场面。词人却不作实写，而是宕开一笔，以极富感情色彩的议论赞叹："金风玉露一相逢，便胜却人间无数。"一对久别的情侣，在金风玉露之夜，在碧落银河之畔，终于相会了，这是多么美好的时刻，天上一次相逢，可抵人间千万次啊！作者衷心地讴歌了牛郎与织女的圣洁而永恒的爱情。

词的上片写佳期相约，下片写依依惜别。"似水"照应"银汉迢迢"，设景设喻，贴切而自然。"佳期如梦"既写相会之短暂，又衬托爱侣相聚时彼此复杂的心情。"忍顾鹊桥归路"，刚刚借以相会的鹊桥，瞬间又成了情侣分别的归路。不写不忍离去，却说怎忍看鹊桥归路，语意婉转，将不忍惜别之情，无限辛酸之泪，饱含其中。词的结尾："两情若是长久时，又岂在朝朝暮暮"。掷地作金石声，独谓情深不在朝暮，而在于坚贞的相互厮守。

这首写神话故事的词，句句写天上，句句写双星，而又句句关乎人间，关乎人情。有绘景，有抒情，有议论，却丝丝入扣，浑然一体，虚实兼顾，融情、景、理于一炉。婉约派以议论为病，本词却有两段议论，自由流畅，近乎散文，仍富于蕴藉，余味深长，充分体现了秦观驾驭文字的超凡本领。

这首词起句的"纤云弄巧"，正好可借来象征秦观词的艺术特色。他的词大多写得纤细、轻柔，语言优美而巧妙，善于把哀伤的情绪化为幽丽的境界。

《鹊桥仙·纤云弄巧》，为秦观词作中的名篇，描写爱情真挚而深沉，被视为千古抒情之绝唱。

《踏莎行·雾失楼台》，是秦观的又一名作。据毛晋古阁本《淮海词》，调下附注，谓作于郴州旅舍。时间大约为绍圣四年（1097）春三月。其时，由于新旧党争，秦观一再遭贬。最后，又被人罗织罪名，贬徙郴州，被削去所有官爵和俸禄。抵郴州后，写了这首词，以委婉曲折的笔法，抒写内心的愤懑和谪居郴州之恨。

词一开始，写意想中的虚景：夜雾笼罩，周围是一片凄凄迷迷的世界。楼台在茫茫大雾中消失，渡口被朦胧的月色隐没。这一模糊不清的混沌世界，正是词人愁苦内心的反映。"桃源望断无寻处"，当年陶渊明笔下的那个美好的桃花源，也无从寻觅。充分体现了秦观失去前程的万分惆怅和痛苦。"可堪孤馆闭春寒，杜鹃声里斜阳暮"。实写居于郴州旅舍之情景。孤独的旅舍，紧紧地封闭，又陷于春寒之中，杜鹃一声声"不如归去"的啼叫，在日暮斜阳中，让人格外心酸。此情此景，"怎得一个愁字了得！"王国维评论说："少游词境最凄婉，至'可堪孤馆闭春寒，杜鹃声里斜阳暮'，则变为凄厉矣！"

词的下片，连用两则友人投寄书信的典故。即使有不少亲友的书信和馈赠，因北归无望，却不能给他带来丝毫慰藉，而只能徒增他离别的愁恨。词的结尾："郴江幸自绕郴山，为谁流下潇湘去？"实写当地山水。郴江，发源于郴县黄岭山，即词中所写的"郴山"，向北流入未水，经未阳，至衡阳，东流入潇水，即湘江。本来为自然山川之地理形势，词人加入"幸自""为谁"两字，使无情的山水变得富于深情。仿佛词人在对郴江说：你本来生活在故土，和郴山欢聚在一起，究竟为谁而背井离乡、"流下潇湘"呢？又好像词人自怨自艾、慨叹自身：好端端的一个读书人，本想为当朝做一番事业，怎么会卷入政治斗争，落得如此地步呢？词人诘问郴江之水，实际上是对自己不幸命运的反躬自问。

秦观善于用形象化的语言，表达深细的情感，笔力细微，音律和美，颇有情韵兼胜之妙。他在宋代词坛，有很高的声誉。这首《踏莎行·雾失楼台》，深获苏轼喜爱，曾将此词题于扇面，时时吟诵。秦观放回，病逝于途中，苏轼闻讯，十分悲痛地叹息："少游不幸死道路哉！世岂复有斯人乎？"苏轼深感：秦观人才难得。

艺文赏析

别开生面的一首新诗

——读胡适的《一念》

新诗是伴随着"五四"新文化运动而兴起的。人所共知，胡适是新诗最早的开拓者。他指出："若想有一种新内容和新精神，不能不先打破那些束缚精神的枷锁镣铐。"他主张诗要"合乎语言的自然"，"话怎么说，诗就怎么写。"他开始了新诗创作的探索，出版了第一部新诗集《尝试集》。

胡适在尝试写作新诗时，有一部分诗作本身似乎没有强烈的政治色彩，或没有重大的社会思想内容，主要是想从艺术表现方法的角度，探索新诗创作的路子。题为《一念》的这首诗，就是属于此列。

《一念》一诗，诗体甚为解放，音节十分自然和谐。在口语化、近似散文的句式中，蕴含着诗歌强烈的音乐性和节奏感。

该诗发表于1918年《新青年》第4卷第1号。朱自清在三十年代编选《中国新文学·诗集》时，将这首诗置于卷首，足见他十分看重这首新诗，显示了对此诗的独特的鉴赏眼光。

胡适创作这首新诗的思绪开端，可以从诗的小序中了解一二。小序写道："今年在北京，住在竹竿巷。有一天，忽然由竹竿巷想到竹竿尖。竹竿尖乃是吾家门后的一座最高山的名字。因此便做了这首诗。"他在北京居于竹竿巷，由此而想到家乡的竹竿尖山。一念之间，视通千里，便尝试以新诗的形式，记下这一有趣的联想。两个地名的巧合，毕竟是小事一桩，挖掘不出什么深意的内容。然而，胡适毕竟留过洋，受过西方现代科技的哺育。所以，能从平凡中挖掘出神奇，用现代科技的数字来表达作者对神速的人脑思维由衷的赞颂。

与出奇制胜的诗歌内容相适应，该诗在艺术处理上也别开生面。先用排比句道出自然界星球的运转情况，以及无线电波的速度。更有意思的是，诗人在四个排比中，每句都冠以"我笑你"，使得诗句风趣而富有意韵。诗中还加入"忽在赫贞江上，忽到凯约湖边"。这两处分别为诗人在美求学时，康奈尔大学和哥伦比亚大学优美的风景区。作者思维万千，情感奔放。"我若真个刻骨相思，便一分钟绕遍地球三千万转"。其潜台词显然是：人是万物之灵，其思维的能量是十分巨大的，可以坐视万里，纵览全球。

胡适思路开阔，摄取意象的角度巧妙，而且十分注意材料选取上的科学性和形象性。这首小诗，篇幅较短，却包含了十分丰富的内容，由衷地歌颂了人的思维的巨大潜力。

日本学者青木正儿评论胡适新诗时，曾谈道："胡适只要作诗，便会闪现西学的新知识，而且具有新鲜气息。"《一念》这首新诗，也正体现了这一特色。

劝人惜时的妙文

——简评朱自清《匆匆》

朱自清（1898—1948），字佩弦。清华大学著名教授，现代文学家，其散文《背影》《匆匆》《桨声灯影下的秦淮河》等均为人们争相阅读的经典名篇。

叶圣陶在回忆朱自清的文章中写道："他毕生尽力的不出国文跟文学，他在学校里教的也是这些。'思不出其位'，一点一滴地做去，直到他倒下，从这里可以见到一个完美的人格。"俞平伯在朱自清逝世时，沉痛地写道："我们在哪里去找那耿直的朋友、信实的朋友、见多识广的朋友呢？佩弦于我洵无愧矣。"郑振铎在《哭佩弦》中，称朱自清是一位"结结实实"的学者，"不多说废话"，"他的文章，也是那么的不蔓不枝，恰到好处，增加不了一句，也删节不掉一句"。他"写得很慢，改了又改，决不肯草率的拿出去发表"。

由于朱自清坚持以血浇灌文学之花，所以他的作品经久弥新，为人称道。本文将对其名篇《匆匆》作一简要的赏析。

《匆匆》，作于1922年，正值五四运动的低潮时期，作者内心十分苦闷，由于"看不清现在，摸不着将来"，徘徊于人生的十字路口。朱自清是一位不甘心就此消沉的青年，他仍然希望自己振作起来，有所作为，不愿蹉跎青春，虚度年华，就在这样的心境中，完成了《匆匆》的撰述。

朱自清是一位善于从客观事物中捕捉形象，用以抒发主观情愫的优秀作家。本文一开始，作者列举了燕子来而复去、杨柳枯了又青、桃花谢了又开等人们常见的自然现象，触景生情，联想到日子不停地流驶，却又不可追回。点明匆匆流失的时光，是失而不可再得的宝贝，深蕴劝人惜时的良意。

　　文章的第二层，作者发挥丰富的艺术想象，捕捉"匆匆"的影子，以生动的拟人手法，把光阴的象征——太阳，写得活灵活现，如同一个性格活泼、步履敏捷的青春少年，来去倏忽，稍纵即逝。时光无踪，但"太阳他有脚"，作者紧扣这"脚"，把时光这一空灵对象，写得新鲜活泼，使无情之物变得充满人情。文中借助人格化的太阳，抒发了作者在特定环境里特殊的思想感受，使开端的意境进一步深化。

　　在《匆匆》这篇优美的散文里，鲜明的比喻和对照，有力地烘托了内在的潜思。文章一开始，是以花木的新陈代谢和人类生命作对照。冬去春来，花木有谢而再开的时候，而人的青春呢？却是一去而不复返。相对于万古长存的宇宙，人的生命十分短暂，显得十分渺小。作者用"针尖的一滴水"和"大海"，这两个极为鲜明的喻语，将两者的差距形容得既形象又深刻。正因为其十分渺小，更应当百般珍惜。也正如此，作者才"不禁头涔涔而泪潸潸"，深刻地表达了不愿虚度此生的心愿。

　　《匆匆》行文不长，构思精巧。作者以匠心独运的发问句式，连结全篇，一步紧似一步地展露内心的思绪。通观全篇，作品抒发的绝不是一般的观花溅泪、望柳生情的消极情感。文中虽没有直接回答"日子为什么一去不复返"的问题，也没有解决如何结束"徘徊"的问题，但作者在不断追问、反问、责问中，可以看出他深深不满自己尽在"徘徊"的思想状态，表达了不甘虚掷光阴、匆匆而过的处世态度。

　　古往今来，叹惜光阴易逝的诗文不少。朱自清这篇散文，文笔生动清新，寓意深刻，启人思索，既蕴含淡淡的愁思，又有发人深省的意境，应是新文学运动中一篇劝人惜时的传世佳作。

声情并茂的采莲曲
——介绍朱湘及其诗作

　　新诗是人们的精神食粮，生活中不能没有诗，诗意地栖居于大地，是大家共同的追求。五四新文化运动后，新诗应运而生，尔后涌现了大量好诗。在新诗的拓荒期，胡适、郭沫若、闻一多、徐志摩等人的劳绩，见证于史册。朱湘正是一位与他们相比肩的新诗的开拓者。鲁迅先生称之为"中国的济慈"。

　　1920年，朱湘十六岁，考入清华大学。受新文化运动影响，积极参加文学社团活动。1922年，开始在沈雁冰主编的《小说月报》上发表新诗，作品晓畅清丽，引起文坛关注。他与饶孟侃、孙大雨、杨世恩并称为"清华四子"，是20世纪20年代，清华园内著名的学生诗人。

　　朱湘是一位性格独特、对新诗艺术充满狂热追求的人。他特别热衷追求诗的音乐效果，认为"诗无音乐，那简直与花之无香气，美人无眼珠相同"。他笔下的诗歌，十分注重音节的协调，音韵的和谐，读起来悦耳动听，令人陶醉。

　　《采莲曲》是朱湘新诗创作中最为得意的一首。诗中吟道："小船呀轻飘，杨柳呀风里颠摇；荷叶呀翠盖，荷花呀人样妖娆，……"落叶将河池染红，晚风把岸边金柳拂碎，一叶小舟袅着清歌，穿越于莲叶之间，最终消逝于苍茫的夜色。好一幅令人陶醉的水乡采莲图，格调清新，宛若天籁。读之，让人醉心于诗的优美意境中，难以自拔。

朱湘有深厚的国学根底，对典雅的唐诗宋词十分钟爱。这首《采莲曲》朗朗上口，意境悠远，显然是吸收了古典诗词中的可取因素。他是一位善于融化古典诗词的文体、格调、意境进入新诗的高手。

人们把朱湘归于"新月派"一类。他奉行新月派"理性节制感情"的美学原则，并认真贯彻在创作中，力图体现"东方的静的美丽"。有人称这首《采莲曲》，美得出奇，也静得出奇。《采莲曲》是采莲少女唱的歌谣，宛如古曲"采莲南塘秋，莲花过人头"的风致。全诗荡漾着典雅的古风，娇娆的少女与人样娇娆的荷花相映，桨声与歌声互答，花芳与衣香交融，采莲女的娇羞又与天上人间的欢乐美景叠印，构成了一幅宁静安详的图画，真是美得出奇，同时又静得出奇，此情此景，怎能不教人陶醉?!

朱湘的大多数诗作，诗行大体整齐划一，章节与章节之间保持对称的形式。而这首《采莲曲》在形式上，却又有其独到之处。此诗在章节与章节之间，虽保持了一定的对称关系，但错落有致的结构，传递出一种难得的节奏感。诗行与诗行之间，并不那么整齐划一，只是在变化中寻求韵律的统一。诗中"左行，右撑"，"拍紧，拍轻"，"波沉，波升"，这些短语，正是诗人得意的创造。他说：这是"以先重后轻的韵，表现出采莲舟过路时，随波上下的一种感觉"。朱湘是一位追求音乐美的诗人，他所作的艰苦探索，是值得后人学习和借鉴的。

朱湘是一位极负才华的现代诗人，由于性格狷介，难以合众，在黑暗的旧社会，一直找不到合适的工作，终因生活困顿，以至投水自尽。这是人生的悲剧，亦是至今仍令人扼腕长叹的历史遗训。

史学家的游记名篇

——翦伯赞及其散文《内蒙访古》

翦伯赞，现代著名史学家。俗话说"文史不分家"。史学家亦有精湛的文字功夫，他们笔下亦有吸引人的精彩描述。翦伯赞先生的《内蒙访古》，先刊载于《人民日报》，后收入高中《语文》，是一篇描述生动、充满历史沧桑感的游记佳作。

新中国成立后，翦伯赞、范文澜、吕振羽三位史学名家，应乌兰夫之邀，访问内蒙古自治区，历时两个月，行程一万五千余里，感触良多，收获颇丰。翦先生用史学家的眼光，考察了内蒙古丰厚的历史资源，展现了内蒙古的沧海巨变。

这篇游记文字较长，共分六部分：一、哪里能找到这样的诗篇；二、一段最古的长城；三、在大青山下；四、游牧民族的摇篮；五、历史的后院；六、揭穿了一个历史的秘密。

作者以其独特的学术视角，对内蒙各民族的史迹，进行了一番细致的考察，笔下描绘的不是壮美的草原风光，而是沧桑的历史古迹，读来让人感受到一股学者散文的书卷气息，以及丰赡的知识储备。

在内蒙古的所见所闻，内容定然极为丰富。作者仅选择了数处以历史遗迹为中心的自然景观，精心加以刻画。阴山南麓的茫茫沃野以及山顶上的赵长城遗址废垒是第一景。"像一座青铜屏风"的阴山，"安闲地躺在黄河岸上"。穿过远古的时空隧道，定格在赵武灵王年代。在《登大青山访赵长城遗址》一诗中，寄寓了对前贤赵武灵王的崇敬和赞叹。考察的第二景，为古阴山南北麓两处汉城遗址和举世闻名的"青冢"。早在汉代《西京杂记》把昭君写入故事以来，历代文人咏之不绝。但昭君逃脱不了一个哀怨薄命的佳丽形象。针对至今仍有人持"昭君出塞是民族国家的屈辱"的观点，作者坦陈："在我看来，和亲政策比战争政策总要好得多。"据此，作者在诗中写道："汉武雄图载史册，长城万里通烽烟。何如一曲琵琶好，鸣镝无声五十年。"

进入内蒙古东部，在辽阔的呼伦贝尔草原，作者逐一考察了散见于此处的历史上各游牧民族遗址，这是第三景。扎赉塔尔古墓群，印证鲜卑人两汉时期在此游牧。日渐强盛后，进入黄河流域，建立北魏王朝。大同云冈石窟和洛阳龙门石窟，便是鲜卑人留给后人的艺术宝库。扎赉诺尔古城遗址，证明了契丹人在此休养生息，然后挺进内蒙古中西部，进入黄河流域，建立辽王朝。锦州大广济寺古塔、大同上下华严寺，均为契丹人留下的历史里程碑。当年女真族为御蒙古入侵，修筑了连绵数百里的两道边墙，为进入黄河流域，建立金王朝奠定了基础。而成吉思汗在建立世界军事强国元朝时，也首先征服呼伦贝尔草原。作者以史学家特有的历史归纳法，对呼伦贝尔草原的远古历史加以总结，断言呼伦贝尔草原，不仅是古游牧民族的历史摇篮，而且是他们的武库、粮食、练兵场。

第四景，描述的是被称为"历史后院"的内蒙古东部的大兴安岭。作者用诗一般的语言，记叙在密不透光的森林中，脚踏几万年前腐朽的树木树叶化成的一尺多厚的像海绵一样的沃土。见到了漫山遍野像翡翠一样的绿色中，开满了杜鹃花。更为惊讶的是，新中国成立前还处在原始社会的鄂伦春人、鄂温克人，沐浴着社会主义的光辉，在这曾经是"历史的后院"，开始了新的生活。

这篇游记，结构严谨，开始以"哪里能找到这样的诗篇"设置悬念，结尾又以"揭穿了一个历史的秘密"作呼应，前后关联，首尾照应，显示了作者谋篇的高超之艺术用心。

这篇纪游散文，通过作者的实地考察，为我们演绎了整部蒙古史。又以翔实的史料，为我们印证了内蒙古数千年来的沧桑变化。字里行间饱含了炽热的爱国主义的思想感情，寄寓了珍视民族传统友谊的热情企盼，也体现了实事求是的严谨的科学态度。至今，仍是一篇值得大家认真阅读的经典散文。

洋溢着爱国激情的感人作品

——艾青及诗作《我爱这土地》

艾青（1910—1996），当代杰出的诗人。原名蒋正涵，浙江金华人。出身地主家庭，自幼由贫苦农妇"大叶荷"带养。18岁，初中毕业，考入国立西湖艺术院（今中国美院）绘画系。次年春，去巴黎学画，广泛接触俄国、欧洲小说和诗歌，开始了诗歌创作。1931年初，他写的《会合》一诗，被住于一室的朋友，寄往国内左联刊物《北斗》，得到刊用。从此，便握起了诗笔。归国后，加入左翼美术家联盟。被捕入狱，狱中写成的《大堰河——我的保姆》，轰动诗坛，成为他早期诗歌的代表作。1941年，在周恩来的建议和帮助下，奔赴延安，采用民歌体，赞颂民族解放斗争。新中国成立后，曾任全国文联委员、全国作协理事、全国美协理事、《人民文学》副主编。1957年"反右"中，被错划为右派，得到老友王震将军的保护，先是在北大荒生活了一段日子。1960年，来到新疆石河子垦区安家。"文化大革命"中，受到严重冲击。抄家时，毛泽东、周恩来给他的信件，两部长诗手稿，一部长篇素材，全被抄走。1973年，一直在诗歌中追求光明的艾青，因营养不良，心情忧郁，长期在煤油灯下看书，导致右眼失明，这才回北京治病。1976年清明节，天安门愤怒诗潮中，行走着一位穿着臃肿的老人，他就是诗人艾青。这位诗人一天内完成了247行长诗《在浪尖上》的创作。这首长诗在群众朗诵会上，一次次淹没在暴风雨般的掌声中。不久，扛鼎之作《光的赞歌》问世，诗人这样写道："要是我们什么也看不见/我们对世界还有什么留恋"。"即使我们是一支蜡烛/也应该'蜡炬成灰泪始干'"。"即使我们只是一根火柴/也要在关键时刻有一次闪耀"。"即使我们死后尸骨都腐烂了/也要变成磷火在荒野中燃烧。"精彩的表述，动人的诗情，是诗人崇高人格的化身。艾青的诗篇，诚实而真率，既有冷静的批判，又深刻地揭示真理。诗人一直坚持着：将火种撒向人间。

《我热爱这土地》，作于1938年。这是艾青诗作中，读者最喜爱的一首短诗，是一首洋溢爱国主义激情的感人篇章。

诗以"假如"开头，显得十分突兀，又十分新奇。一开始，就令读者不得不驻足观望，凝神沉思。诗中所用的"鸟"，既不像历代诗人咏唱的杜鹃、鹧鸪、黄鹂，她属泛指，诗中特地亮出"嘶哑的喉咙"，也和古典诗词中的黄莺的栖枝、杜鹃的啼血、白鹭的冲天，大异其趣。这完全是抗战初期，悲壮的时代氛围在诗人身上的投影，也是这位诗人所具有的特殊气质和个性的深情流露。谁不知鸟声优美清脆，诗人偏以"嘶哑"相形容，逼真地呈现了国破当头，爱国志士内心的痛苦和形象的憔悴。诗中接着描述了歌唱的对象：土地、河流、风、黎明，并在这些中心词前面加上了"悲愤的""激烈的""温柔的"修饰语，抒发诗人内心澎湃的激情。诗发展至此，用了一个破折号，叙说"我死了"，"连羽毛也腐烂在土地里面"，凸现对土地的执着的爱。诗隔开一行，作必要的间歇和停顿后，由具体的描绘，转为质朴刚道的直抒："为什么我的眼里常含泪水，因为我对这土地爱得深沉……"再次点明主题，重申对祖国深沉的爱。

此诗作于抗日战争爆发之时，日寇入侵，山河破碎，人民悲愤。诗人用"嘶哑的喉咙"歌吟着脚下的土地，并愿意"我死了"，"连羽毛也腐烂在土地里面"。这是何等悲壮，又何等坚毅。吟读此诗，必然会使亿万民众，警醒起来，感奋起来，走上抗日救亡的战场，赶走侵略者，建立新中国。因此，从这一重大历史意义上看，这首短诗应该是一首具有爱国主义思想丰碑的不朽名篇。

情深意切的悼亡佳作
——宗璞及其力作《哭小弟》

冯钟璞，当代著名女作家。哲学家冯友兰之次女。1928年生，廿岁时开始发表作品。1978年，短篇小说《弦上的梦》，获全国优秀短篇小说奖；中篇小说《三生石》，获第一届全国优秀中篇小说奖。1988年出版第一部长篇小说《南渡记》。1996年出版四卷本《宗璞文集》。

冯钟璞，笔名宗璞。毕业于清华大学外文系。自幼深受家学熏陶，喜爱文学。她在校园中长大，长期生活在知识分子中间。其作品基本取材校园生活，致力刻画20世纪各个不同时期的中国知识分子形象。宗璞追求典雅的艺术风格，写法上不过多着墨人物的动作和对话，常常通过人物内心世界的刻画，揭示人物丰富的性格内涵。著名作家孙犁对宗璞作品的语言十分赞赏，认为"宗璞的文字，明朗而有含蓄，流畅而有余韵，于细腻之中，注意调节"。还指出：宗璞写作极为认真，"字字锤炼，句句经营。"

《哭小弟》，是宗璞悼念病故的小弟钟越，而作的一篇情真意切的怀旧散文。

文章从眼前一张冯钟越的名片写起。名片依然那么清晰，可是物是人非，小弟才五十岁，正值精力充沛、大有作为的时候，他走了。痛失最年幼的小弟，痛失全家依靠的小弟，怎能不教全家悲恸万分。紧扣一"哭"字，游走全文，体现出作者内心无限悲凉。

小弟毕业于清华大学航空系，任飞机强度研究所技术所长，他把自己的一生都献给了祖国的航空事业。年轻时，他的"汗水洒遍全国"；中年后，又心甘情原地留在艰苦的黄土高原。结果患了癌症，从体内取出一个半成人的拳头大的致命的肿瘤。他是"在家乡僻埌为祖国贡献着才华、血汗和生命的人啊，怎么能让这致命的东西在他身体里长到这样大！"

"1982年10月28日上午7时，他去了。""这一天本在意料之中，可是我怎能相信这是事实呢？他躺在那里，但他已经不是他了，已经不是我那正当盛年的弟弟，他再也不会回答我们的呼唤，再也不会劝阻我们的哭泣。你到哪里去了，小弟！"这些充满姐弟深情的文字，如泣如诉，感人肺腑。

文中引用其父冯友兰为钟越逝世写的一逼挽联："是好党员，是好干部，壮志未酬，洒泪岂止为家痛；能娴科技，能娴艺文，全才罕遇，招魂也难再归来！"这是父亲对娇儿立志报国一生的最好的总结。

文中还写道："小弟白面长身，美丰仪；喜文艺，娴诗词；且工书法篆刻。父亲在挽联中说他是'全才罕遇'，实非夸张。如果他有三次生命，他的多方面的才能和精力也是用不完的。他病危弥留的时间很长，他那颗丹心，那颗让祖国飞起来的丹心，顽强地跳动，不肯停息，他不甘心！这样壮志未酬的人，不只他一个啊！"至此，宗璞不仅是为壮志未酬、中年离世的亲弟弟而悲痛哭泣；同时，也是为一代中年知识分子壮志未酬、过早离世而恸哭。

作者由点及面，通过叙议结合，将文章推向了高潮，也由哀痛的心情，转为正视的目光，多一些愿望，少一些哀伤，多一点珍惜和责任。于是，在冷静之后，"我"越发坚强起来，发出了"不哭"的宣言。

宗璞的《哭小弟》，情深意切。既有家哀之痛，又有国殇之思，是一篇令人长思的悼亡散文。

"语文"中的文学因素

"语文"，顾名思义，有人把它理解为语言文字；有人则把它理解为语言文学。理解为语言文字的，强调语文课学习语言文字的重要性，把语文课视为"工具课"。理解为语言文学的，强调不应忽视语文课的文学因素，既要培养学生逻辑思维的能力，又要培养学生形象思维的能力，反对把语文课简单地看作"工具课"，而主张把语文课当作"基础课"。笔者觉得后一种意见值得注意。当然，文学是语言的艺术，离开语言去谈文学，犹如离开线条和色彩去谈绘画，那是徒劳的。因此，语文课重视语言因素，是完全必要的。但决不能把语言因素夸大成唯一因素，否定语文课中的文学因素，导致语文教学由语言到语言，弄得枯燥无味。须知，语言是思想的外壳，离开了对内容的分析，不能将学生引入作品描绘的特定情境中，学生怎么理解作品语言运用的巧妙呢？足见，语文教学中的文学因素不容忽视。

语文教学中的文学因素体现于哪些方面？

本文拟从以下四方面，展开探讨。

首先，语文教学的文学因素，体现在作品的形象性上。

形象是文学作品反映生活的特殊形式。作品的文学因素体现在作品鲜明生动的艺术形象上。艺术形象绝不是空洞的、抽象的、浮泛的，它使人看得见，摸得着，栩栩如生，如在眼前。古诗云："红杏枝头春意闹。"王国维对此评价极高，认为"著一'闹'字，境界出矣。""闹"

字，用得极为精当，看来是个语言问题，实际上也是一个文学问题。因为，只有这个"闹"字才最具有形象性，它化静为动，把春意盎然、生机勃勃的大好春光活灵活现地浮现在读者的面前。若改"闹"为"到"，成了一般性的叙述，就失去了鲜明的形象性。鲁迅先生是一个高等画家，他笔下的人物具有艺术的生命力，给人留下难以磨灭的印象。如《孔乙己》中，作者对这个穷极潦倒又怕有失身份的读书人，作了这样的刻画："他身材很高大；青白脸色，皱纹间时常夹些伤痕；一部乱蓬蓬的花白的胡子。穿的虽然是长衫，可是又脏又破，似乎十多年没有补，也没有洗。他对人说话，总是满口之乎者也，教人半懂不懂的。因为他姓孔，别人便从描红纸上的'上大人孔乙己'这半懂不懂的话里，替他取下一个绰号，叫做孔乙己。"

小说着墨不多，却抓住孔乙己的特点，从高大的身材、又脏又破的长衫、乱蓬蓬的花白的胡子、皱纹间的伤痕、满口文乎乎的言语，把这个人物的形象鲜明地展现在我们的面前。分析作品时，应引导学生认识形象，把握形象，弄清作者之所以这样描写的用意。教师不应停留在一般的文字分析上，而应对作品中的艺术形象作具体分析，揭示艺术形象所包含的深刻的社会意义。

其二，语文教学的文学因素体现在情感性上。

"文贵情真"，优秀的文学作品总是情文并茂，给人以强烈的感染。列夫·托尔斯泰在《艺术论》中写道："在自己心里唤起一度体验过的感情，在唤起这种感情之后，用动作线条、色彩、声音以及言词所表达的形象来传达这种感情，使别人也能体验到这种同样的感情——这就是艺术活动。"文学作品不仅诉之以理，而且抒之以情；不仅以理服人，更重要的还以情感人。鲁迅《为了忘却的记念》末尾一段，写道："不是年青的为年老的写纪念，而在这三十年中，却使我目睹许多青年的血，层层淤积起来，将我埋得不能呼吸，我只能用这样的笔墨，写几句文章，算是从泥土中挖一个小孔，自己延口残喘，这是怎样的世界呢。夜正长，路也正长，我不如忘却，不说的好罢。但我知道，即使不是我，将来会有记起他们，再说他们的时候的……"

这段感情色彩极浓的文字，读来感人至深。文中"这是怎样的世界"的无情抨击；"夜正长，路也正长"的悲愤的感慨；"将来会有记起他们，再说他们的时候的"科学预见，都充分体现了作者坚定的立场、爱憎分明的感情。

语文教学中，应注意分析洋溢于字里行间的这种炽热的感情，帮助学生领会鲁迅先生的伟大的革命情操。为了增强语文教学的效果，教师在串讲和分析课文时，应细心领会文中所抒发的思想感情，自己首先要进入课文所呈现的感情氛围之中，通过富于表情的朗读和讲解，去打动学生，叩开学生的心扉，让学生在潜移默化中受到教育和感染。

其三，语文教学的文学因素，体现在作品的审美性上。

马克思曾指出：人是"按照美的规律来造成东西"的。文学作品则是作者按照美的规律，对社会生活进行再创造的结果。因此，语文课除了帮助学生学习语言之外，还应有助于学生形成正确的审美观念，提高学生的审美能力。一篇优秀的文学作品，实际上为学生提供了一个很好的审美形象，给他们带来了美的感受，使他们获得审美的愉悦。

杜甫《绝句》："两个黄鹂鸣翠柳，一行白鹭上青天。窗含西岭千秋雪，门泊东吴万里船。"短短四句，呈现出一幅色彩明丽的图画。图画中色彩纷呈，有黄、有白、有翠绿、有青兰，明丽动人，煞是可爱。它可以唤起读者对美的追求，令人陶醉于祖国优美的景色之中。

文学作品的美感不仅表现在作品所描绘的动人景色之中，更重要的还表现在作品所反映的富有社会意义的内容之中。鲁迅《自题小像》："灵台无计逃神矢，风雨如磐暗故园。寄意寒星荃不察，我以我血荐轩辕。"这首题在照片背后的小诗，实际上是鲁迅先生以身许国的誓辞。作者当时在日本留学，虽远离祖国，却摆脱不了对风雨飘摇中的祖国的深切怀念，他寄希望于人民，期待着人民奋起抗争，改变祖国"风雨如磐"的局面。为了争取光明，拯救祖国，他愿献出自己满腔热血。这种忧国忧民的高尚情操，这种献身祖国的宏伟志向，正是鲁迅先生心灵美的集中体现。讲授好这首诗，自然可以提高学生的审美能力，培养学生爱国主义的思想情操。

其四，语文教学的文学因素，体现在作品的趣味性上。

文学作品绝不是干巴巴的说教，它往往通过生动活泼的文学，曲折诱人的情节，抓住读者，达到"寓教于乐"的效果。引人入胜，扣人心弦，这正是文学作品能激起人们广泛阅读兴趣的奥妙所在。语文教学中，这种学习的趣味性是不应忽视的。倘若抹煞了这种趣味性，把语文课变成了枯燥的语言分析或空洞的政治说教，使学生学起语文味如嚼蜡，必将导致语文教学的失败。中学语文课本中，选入了契诃夫的《变色龙》。作者在这一作品中，无情地抨击了沙俄社会中腐朽庸俗的市侩气。但作者对现实的看法，不是赤裸裸地说出来的，而是通过生动的描写展现出来。作品刻画巡官奥楚蔑洛夫，处理一条咬人小狗时，前后态度的变化。开始，他很同情被狗咬的人，决定严加查处。后来，听说狗的主人是席加洛夫将军，态度徒然大变，不仅不再查处，反而把被狗咬的人痛骂一顿，扬长而去。这些情节，鲜明揭示了沙皇巡官献媚权贵、见风使舵的丑恶本质，读之饶有趣味。语文教学中，这些富有浓厚趣味，又有深刻的社会意义的文学作品，是最能吸引学生的。

艺术的辩证表现

"辩证法是人类的全部认识所固有的。"（《列宁全集》第36卷第369页）。艺术创作和艺术欣赏正是人类的一种认识活动。因此，艺术创作和艺术欣赏的过程中，必然会符合辩证法的要求。对于创作者来说，只有了解艺术的辩证表现，才能构成优美的文艺作品；对于欣赏者来说，只有了解艺术的辩证表现，才能领悟文艺作品的精妙所在。本文拟从四个方面，简析艺术辩证表现的相关情况。

一、艺术的本质：再现与表现的统一

作为观念形态的文艺作品，绝不是什么神对艺术家的"昭示"，也不是什么超然物外的"绝对理论""宇宙精神"的体现，而是一定的社会生活，在艺术家头脑中反映的产物。艺术植根于社会生活，离开了现实生活，文艺将成无本之木、无源之水。鲁迅在评论神话小说《西游记》时指出："神魔皆有人情，精魅亦通世故。"（《中国小说史略》）。离奇的神话，亦来自现实的人间。正是从这一根本事实出发，我们认为：文艺是社会生活的生动再现。

但是，这种再现决不是对现实生活的机械描摹和简单重复，它包含了艺术家艰苦的艺术创造和独特的艺术表现。

从现实到艺术的创作过程中，已经发生了质的飞跃，它比一般的生活真实更高、更强烈、更有个性、更典型、更理想，因此更带有普遍性。这样，必然就具有震撼人心的艺术力量。

国画艺术大师齐白石介绍自己艺术经验时，精辟地指出：作画妙在似与不似之间，太似为媚俗，不似则欺世。所谓"似"，就是艺术与生活的必然联系，必须"取法自然"，使作品在生活中能找到其存在的缘由。所谓"太似"，就是不能照搬生活，应该给艺术家以想象和创造的空间。

艺术来源于生活，却又不是生活的简单再现，它寄托了艺术家的审美追求，体现了艺术家独特的创作个性。从一定意义上说，又是艺术家的一种自我表现。

因此，从艺术的本质而言，应该是再现与表现的辩证统一。有的艺术家再现的因素多一些，如现实主义艺术家的作品。有的艺术家表现的因素多一些，如浪漫主义艺术家、超现实主义艺术家的作品。

二、艺术的手法：相辅相成与相反相成的统一

艺术创作的表现手法多种多样，丰富多彩。就其常用的基本手法而言，可分为铺垫和反衬两大类。

铺垫法又称渲染法。通过多次的铺陈和渲染，形成极为强烈的艺术效果，让人留下极为深刻的印象。古典小说《三国演义》"三顾茅庐"一节的描写，就是极为成功地运用了相辅相成的艺术表现手法。刘玄德三请孔明出山，共襄谋取天下大事。但开始时，中心人物孔明并未出场，先有徐之直、司马徽的介绍，后又相遇崔升平、石广元、孟公威、诸葛均、黄宗彦，这些人物都气度非凡，才识过人，玄德几疑为孔明，可是一打听，他们不过为孔明的朋友、弟弟、岳父。虽然孔明尚未出场，通过重重铺垫，孔明的非同凡响，早已在读者心中产生了强烈的共鸣。

世界上的万事万物都是在对立中求得统一的。从表面上看，尖锐对立的两种现象，以内涵上分析，它们往往是完全一致、高度统一的。一间空旷的房子，大挂钟的"滴哒""滴哒"的响声，不仅不使人感到嘈

杂，反而会觉得比没有任何声音更寂静；久别的亲友，一旦重逢，真是喜出望外，而此时却常常不是用"笑"来表达欢欣，而是用"哭"来倾吐衷情。这"哭"比"笑"使人更为激动，产生的艺术效果会更强烈。古诗中有"蝉噪林愈静，鸟鸣山更幽"这样的佳句。诗人以"动"为"静"，"动"中求"静"，运用相反相成的表现手法，把寂静的山林惟妙惟肖地展示出来。

无论相辅相成，还是相反相成，都体现了事物间对立统一的规律，是辩证法在艺术创作中的具体运用。

三、艺术的门类：独特性与交融性的统一

艺术所包容的表现内容和表现形式，极其纷纭复杂。但就其主要特征，又可分为四大类，即语言艺术、时间艺术、空间艺术、综合艺术。也就是人们常接触到的文学、音乐、绘画、戏剧。这些艺术门类之间，当然各有不同的表现特征。如文学，它是以语言为材料，通过叙述和描写，来完成艺术形象的塑造，只有掌握了口头语言和书面语言，才能成为文学作品的受众。音乐必须在一定时间中进行，故称之时间艺术。它凭借一定的音响、节奏、旋律来塑造艺术形象。倾听，对音乐来说是第一位的，非音乐的耳对音乐是不起作用的。绘画则诉诸视觉，它以形体、线条、色彩为手段，构成生动的艺术形象。绘画离不开空间，它总是在一定的空间中构成艺术形象。所以，绘画被称为空间艺术。戏剧是多种艺术形式的综合运用。其剧本是语言艺术，舞台布景是绘画艺术，其幕前和演出中的伴奏，是音乐艺术。总之，多种艺术形式的综合运用，构成了戏剧艺术。

虽然各种艺术形式各有特色，各具专长，不可替代。但它们之间并不是鸿沟相隔，互不相容。所有艺术，都以创造美为目标。实现真、善、美的统一，是它们共同的需要。各类艺术尽管表现美的方式和手段各不一样，然而创造美的规律却又是相同的。关于这一点，我国古代艺术家深有体会，如有关诗与画相通与交融，就有"诗中有画""画中有

诗"之说。因为诗与画作为艺术创造，都追求"意境"与"韵味"。出色的画必然同耐人寻味的诗一样，十分耐看，让人有无穷的玩味，真正做到画有尽而意无穷。而一首好诗，也必然具有画一般的可视性，描述对象栩栩如生地展现在读者眼前，给人留下深刻的印记。作为语言艺术的文学讲求绘画美与音乐美。如徐志摩的《再别康桥》，反映诗人重访剑桥校园的思绪和心情。时间为1928年7月，徐志摩利用访英之机，来到剑桥，由于事先来不及联系，他熟悉的英国朋友一个也不在，唯有康桥在静静地迎候着他。于是，他独自一人，就在他七八年前生活过的每一块地方、每一处角落，静静地散起步来，逝去的留学生活仿佛又重现眼前，让他激动不已，无限眷恋。后来，在离开马赛港的归国途中，写下了这一著名的诗篇，记述了他重访康桥的切身体验。全诗笼罩着一种寂静的氛围，绘幽静之景物，状宁谧之景色，然而在宁静中却饱含诗人起伏的情思和难以割舍的恋情。全诗共七段，每段四行，诗行的排列错落有致，变化中又有整齐感，每节押韵，逐节换韵，追求音乐的波动和旋律感。本诗在音节上轻盈优美，作者故意将内心热烈的情绪压在诗的内层，让读者在吟诵中自己去领会。由于徐志摩写诗时十分注意作品的乐感，做到了诗的内容与外在旋律和节奏的完美统一。因此，《再别康桥》获得了广大读者的喜爱，被誉为"最优美的诗篇"。这一范例也说明了文学离不开音乐，好的文学也必须讲求音乐美。

综合以上分析，可以看到：艺术各门类之间，既有质的差异性，从而显示出各自不同的特色；又有质的交融性，从而互相影响，互为促进。这种区别和融通，也是艺术领域中对立统一规律的体现。

四、艺术的欣赏：接受与再创的统一

艺术家精心培育的优秀作品，是创作者思想火光的闪现，是创作者艺术才能的展示，它为千千万万的受众提供了欣赏对象。欣赏过程实际上就是作者与受众的对话过程，而这一过程正是通过欣赏对象——艺术作品进行的。艺术欣赏过程首先是受众对欣赏对象的体验、领悟、理

解、接收的过程。

好的艺术作品可以给人在思想上以震撼和启迪。著名戏剧曹禺曾介绍郭沫若《女神》在思想上给他的巨大影响。他写道："我在十几岁的时候，读了他的《女神》，我被震动了。《凤凰涅槃》仿佛把我从迷雾中唤醒一般。我强烈地感觉到，活着要进步，要更新，要有力地打碎四周的黑暗。我吟诵着这些诗，心中拜下了他这位老师。是他启迪了我，当时我还是一个少年，从郭老的诗文中，我感受到了文学的力量，我领悟到文人的笔可以去刺破沉沉的黑夜。我第一次想到效仿这位伟大的诗人，以笔为生，用笔开拓生命的大路。"（见《光明日报》1978年1月20日）。

以上这些都是受众在艺术欣赏中，从欣赏对象中获得的，也是对欣赏对象的感知和接受。

然而，欣赏者绝不是一个消极、被动的接受者。他在鉴赏过程中，既有接受欣赏对象的一面，又有对欣赏对象丰富和加工的一面。按照西方接受美学的观点，作者完成一半，读者完成另一半。所以，欣赏的过程又是欣赏者对欣赏对象加工和再创造的过程。西方文艺评论中，有这样的说法：在一千个《哈姆雷特》的读者中，就有一千个不同的哈姆雷特。这说明经过读者各自不同的加工，欣赏后获得的艺术感受是不同的。

这种艺术感受的不同，首先是由于欣赏者年龄、经历、遭际、体验互不相同，因而在欣赏时各有差异。鲁迅在《为了忘却的记念》一文中，这样写道："……青年时读向子期《思旧赋》，很怪他为什么只有寥寥的几行，刚开了头却又煞了尾。然而，我现在懂得了。"西晋文学家向子期的好友嵇康被当权者杀害，向子期为悼念亡友写了《思旧赋》，本应充分抒发自己的感情，然而作品刚一开头，就突然结束，全文仅一百五十六字。这是由于迫于当时统治者的淫威，作者不能衷情倾吐，只得把悲愤埋藏心里。鲁迅年轻时，缺乏体验，对此不甚理解。到了左联时期，革命作家被残酷杀戮，人民被剥夺了言论自由，鲁迅写文悼念战友，也不能畅所欲言。这痛苦的亲身经历，让他懂得了《思旧赋》情长文短的个中缘故。由此可见，在欣赏中，是需要凭借欣赏者的社会阅历，去丰富和加深其欣赏所得的。同时，由于欣赏者的眼光、角度、价值取向、艺术追求各不相同，欣赏的结果必然大相径庭。古往今来，大家都读《红楼梦》，然而阅读结果却各不一样。鲁迅在《〈绛洞花主〉小引》中，曾精辟地指出："单是命意，就因读者的眼光而有种种：经学家看见《易》，道学家看见淫，才子看见缠绵，革命家看见排满，流言家看见宫闱秘事……"足见，欣赏绝不是一种单向的接受活动。欣赏者，作为欣赏活动的接收者，有较大的主观能动性。不同的欣赏者，即使面对同一欣赏对象，也会产生不同的欣赏效果。

本文从四个方面剖析了艺术从创作到欣赏的过程中，辩证因素的诸多表现。可以这样说，艺术创作和艺术欣赏都离不开辩证法。辩证法存在于艺术的全过程。学习辩证法，运用辩证法，有助于提高艺术创作和艺术欣赏水平。

文学真实性四题

文学的真实性问题，是近两年来文艺理论界颇有争议的一个问题。弄清这一问题，对提高文学作品的质量，提高广大读者的文学欣赏和文艺批评的水平，均有很大帮助。本文仅就其中的一些疑问，归纳为四个问题，作一些探讨。

一、强调文学的真实性，会导致自然主义吗？

在真实性问题的讨论中，有人表示了这样的担心：过多地强调文学的真实性，会导致作家抄袭社会生活，形成自然主义的不良倾向。持这种观点的人，把文学真实性的要求和自然主义的创作方法混为一谈，这是必须澄清的。表面上看，文学的真实性和自然主义都主张面向生活，但两者却有质的不同。自然主义停留在平庸委琐的生活细节上，反对艺术概括和提炼，反对艺术的典型化，它不能揭示社会生活的本质，没有积极的社会意义。而对文学真实性的要求则不是让作家刻板地描摹现实。如果把作家的任务仅仅局限于描绘生活现象，那岂不是如高尔基所说：成了"照像师的手艺"。诚然，作为观念形态的文学作品，都是一定的社会生活在作家头脑中反映的产物。离开了社会生活，离开了文学的反映对象，文学作品就无从产生。强调文学源于生活，正是坚持了唯物论的反映论。但是，作家反映生活绝不是简单地把社会生活移植在自己的作品里，而是一种能动的反映。马克思曾精辟地指出："观念的东西，不过是被移置于人类头脑中改造过的物质的东西而已。"（《资本论》第一卷第17页）。这段话，既强调了主观是客观的反映，客观是第一义的，主观是第二义的；又指出主观在反映客观时，有一定的能动性，主观所反映的客观，应该是"改造过的物质的东西"。因此，我们要求于文学作品的真实性，既来源于生活真实，又比生活真实更集中、更强烈、更具有典型意义。《红楼梦》中，惜春准备画一幅"大观园"图，宝钗对惜春说了一番话："这园子却是像画儿一般，山石树林，楼阁房屋，远近疏密，也不多，也不少，恰恰的是这样。你若照样儿往纸上一画，是必不能讨好的。这要看纸的地步远近，该多该少，分主分宾，该添的要添，该减的要减，该藏的要藏，该露的要露。这一起了稿子，再端详斟酌，方成一幅图样。"看来，薛宝钗还懂得一点艺术反映生活的规律。大观园风景优美，是画家描绘的好材料。但在画大观园时，也不能原封不动地照搬。若不对大观园的客观景物加以艺术处理，只是简单地照搬到画纸上，那是"必不能讨好的"，因为这不是艺术品。关于此中道理，巴尔扎克也有深刻的阐述。他说："艺术的任务不在于摹写自然，而在于反映自然……你试试看，从你爱人的那只手脱下一个石膏模型，你把它放在面前，那你看到的只是一只可怕的没有生命的东西，而且毫不相像。你必须找寻雕刻刀和艺术家，用不着一模一样的模仿，却能传达出生命的活跃。"（《未被赏识的杰作》）。显然，"石膏模型"式的真实，并不是我们所要求的艺术的真实。现实主义的艺术大师们，一方面强调作品的真实性，一方面又反对自然主义式的抄袭生活。法国著名雕塑家罗丹说得十分清楚："你们要真实，青年们；但这并不是说，要平板地精确。世间有一种低级的精确，那就是照相和翻模的精确。""只满足于形似到乱真，拘泥于无足道的细节表现的画家，将永远不能成为大师。"（《罗丹艺术论》第3—4页）艺术创造的过程，是主客观相统一的过程，否定客观反映是错误的，否定主观创造也是错误的。中国古典画论强调"外师造化，中法心源"，比较辩证地说明了艺术既来自生活，又不等同于一般的现实生活，这样一种既有联系，又有区别的关系。我们强调文学的真实性，要求作家植根于生活的沃土之中，从生活出发，写出有血有肉的好作品。这并不是说，有了生活基础，好的作品就一定会产生；也不是说按照生活原样去复制，就一定会产生好作品。生活的积累是创作的第一步，这第一步固然很重要，但光凭第一步还不行。生活本身是纷纭复杂的，不是所有的生活事件和细节，都具有社会意义，都能揭示生活的本质和意义，都可写入作品。这就需要作家独具慧眼，对种种生活现象进行分析与研究，从事选择和加工，用鲁迅的话来说"选材要严，开掘要深"。这样，方能创作出好作品来。

二、文学的真实性，仅仅是针对现实主义创作方法而提出的要求吗？

有人把文学的真实性问题只看作是对现实主义创作方法提出的基本要求。你看，现实主义的创作方法要求作家致力于对客观生活的深刻体察和精确描写，以生活固有的形式反映现实，具有艺术描写的历史客观性，其作品可以作为生活的教科书和不朽的历史文献供人阅读，这还不特别追求文学的真实性吗？至于浪漫主义的作品则不同了，它偏重于对理想世界的抒写和描绘，通过丰富的想象、磅礴的激情、离奇的情节，编织理想化的艺术图卷，表达作家对理想生活的无限向往和热烈追求。从表现形式上看，浪漫主义展现的不是生活固有的形态，而是一个夸张、变幻的形态，似乎和生活中的"真"，相距颇大。但由此而否定浪漫主义文学作品的真实性，这是不妥当的。文学的真实是指文学与生活的血肉联系，是要求作家植根社会生活，写出揭示社会本质的作品。浪漫主义作品，表面上看有些离奇古怪，但从中仍可找到与生活的联系。《西游记》中，孙悟空、猪八戒等，就是人、神、动物三者融为一体，动物的长相，神的法道，人的思想感情，三者统一于一身，这是多么离奇！然而，神话中的世界和人类的生活，又是一脉相通的。孙悟空大闹天宫，会使人想到人间叛逆者的抗争；猪八戒高老庄招亲，会使人想到小生产者的心理和对生活的追求。这些，都以曲折的表现形式，反映了现实生活的某些本质内容。鲁迅评论《西游记》时，曾指出："神魔皆有人情，精魅亦通世故"。（《中国小说史略》）。这就告诉我们，透过浪漫主义荒诞不稽的外壳，不难看到它和现实的内在联系。屈原瑰丽的诗篇《离骚》等，是积极浪漫主义的杰作。诗中用了很多想象和虚构的材料，有时驾驭云霓龙凤，有时驱策日月风雷，有时遨游九霄太空，有时竟潜行洞庭水底。尽管诗人上天下地，遨游四方，但他的心始终和祖国连结在一起。当他在旭日的光照中，看到了自己的故乡时，停止了脚步，他的仆人也悲伤起来，马也蜷局不前。这里，诗人把眷恋祖国的真挚感情，十分逼真地描绘出来了。足见，屈原的诗篇尽管有浓厚的浪漫主义色彩，但它还是植根于当时的社会现实，包孕了强烈的现实因素。刘勰在《文心雕龙·辩骚》中写道："酌奇而不失其真，玩华而不坠其实"。这也告诉我们，浪漫主义文学作品，同样也存有一个真实性问题。当然，在现实主义与浪漫主义这两种不同类型的文学作品中，对"真"的具体要求，是不一样的。浪漫主义作品不像现实主义作品那样，以生活固有的形式来反映生活，而是通过变幻曲折的形式反映生活，但决不能由此而否定浪漫主义作品来源于社会生活。倘若如此，这些文学作品岂不成了心造的幻影？鲁迅十分强调艺术想象的生活基础。他认为："天才们无论怎样说大话，归根结蒂，还是不能凭空创造。描神画鬼，毫无对证，本可以专靠了神思，所谓'天马行空'似的挥写了，然而他们写出来的，也不过是三只眼、长颈子，就是在常见的人体上，增加了眼睛一只，增长了颈子二三尺而已。"（《叶紫作〈丰收〉序》）。浪漫作家在反映生活时，采取了"变形"的艺术手法，但仍然是生活的升华，其目的是突出对象的特点，从而比真的更"真"。显然，把浪漫主义文学排斥在真实性之外，是极不合适的。

　　"真的艺术，有夸张的权力。"（高尔基《文艺放谈》）浪漫主义创作方法较多地采用夸张的手法。这种艺术的夸张既来自生活，又不等同于实际生活。倘若拘泥于生活真实，死板地理解，那就疑因重重，寸步难行。李白诗云："黄河落天走东海，万里泻入胸怀间。"奔腾而来的黄河水，居然要泻入诗人胸怀，真是吞吐大荒，可谓壮哉！如果读者一味征实，提出这样的疑问：人的胸膛毕竟是有限的，怎么能容纳滔滔的河水？这就根本无法读懂李白的诗，也无法理解诗人独具匠心的艺术创造。诗人正是运用大胆的艺术夸张，抒发内心澎湃的激情，凸现那种狂放不羁的个性特征。艺术夸张固然可以不必拘泥细节真实，不必苛求形似，但必须"夸而有节""夸而得当"，有如"镜之取形，灯之取影"，（《孟子·万章》），总能让人想起原物的实际。否则，纯属捏造，一味胡诌，就难以取信读者。"大跃进"年代，有这样一首民歌："一根豆角两头尖，社员拿它当扁担。一头挑起山一座，扁担还没打闪闪。"把豆角比作挑山的扁担，既不合事理，又违背生活真实，只能给人留下吹大牛、说大话的感觉。这首民歌严重背离文学真实性的要求，以无节制的乱夸张，造成了艺术上的失败。旧社会流传有这样一首民歌："莫夸财主家家富，财主心肠比蛇毒；塘边洗手鱼也死，走过青山树也枯。"就生活真实而论，财主在塘边洗手，鱼未必会死；财主从山边走过，树也未必会枯。为什么把生活中不会发生的事写成真的呢？因为不这样写不足以抒发农民对财主的痛恨，不这样写不足以揭示财主比蛇还狠毒的心肠。这首民歌用夸张的艺术手法，反映了深刻的社会内容。诗中的描写虽不尽合乎生活真实，但它假中见真，寓理于情，有效地反映了事物的本质。这类作品虽不是生活原样的复写，却是生活体验的升华，它同样基于社会生活，不能脱离社会生活。

三、强调文学的真实性，是否抹煞了文学的倾向性？

作家不可能是一个不偏不倚的人，他在选择材料、组织材料的过程中，总有一定的立意，总有一定的是非、好恶要表达，反映在作品中就不可能没有一定的倾向。对此，恩格斯有明确的阐述："我决不反对倾向诗本身……。可是我认为倾向应当从场面和情节中自然而然地流露出来，而不应当特别地把它指点出来；同时我认为作家不必要把他所描写的社会冲突的历史未来的解决办法硬塞给读者。"很明显，恩格斯明确地肯定文学的倾向性，但他主张作家的倾向要渗透在作品的具体描写中，"应当从场面和情节中自然而然地流露出来"，也就是通过对生活的具体而真实的描写，来反映作家对生活的见解。因此，我们对文学作品的要求，应该是真实性和倾向性的有机统一。一个有进步倾向的作家，应当是一个直面现实的人，一个生活的深入体察者，一个生活的冷静思考者。离开了对生活的关注，离开了与生活的血肉联系，根本谈不上对生活的正确反映，根本不可能获得正确的思想倾向。所以说，强调文学的真实性，不仅不会抹煞文学的倾向性，反过来为作品的正确倾向奠定坚实的生活基础。

众所周知，作家进步的世界观和正确思想，不是天上掉下来的，也不是作家头脑中固有的，而是在一定社会实践中形成的。强调文学的真实性，无非是要求作家以唯物论反映论指导创作，深入社会生活，在生活中增长见识，提高明辨是非的能力，写出具有深刻的社会内容和感人艺术魅力的好作品。毫无疑问，要求作家重视文学的真实性，有助于作家获得正确的思想倾向。反之，如若否定文学的真实性，让作家脱离火热的社会生活，关在小房间里主观杜撰，只能炮制出瞒和骗的谎言文学，哪能谈得上什么正确的思想倾向呢？回顾十年内乱期间，"四人帮"倡导"假、大、空"的那些作品，不仅背离了文学真实性的要求，而且思想倾向也极其反动，理所当然地遭到广大读者的唾弃。

文学的真实性和文学的倾向性，是两个既有区别又有联系的概念。文学的真实性指的是文学与生活的紧密联系；文学的倾向性指的是作家对生活的态度。两者不能互相取代，不能强调一方面，否定另一方面。西方一些文学研究者认为有了真实性，就可以取消作品的思想倾向性，甚至鼓吹"一切为了真实"，这是错误的。文学作品是高级精神产品，不是直觉的产物，不是简单地描摹生活所能奏效的。所以，任何忽视文学作品思想因素的观点，都是不科学的。我们强调文学的真实性，绝不意味抹煞文学的倾向性，而是使作品的进步倾向建立在真实可靠的生活基础之上，从而具有征服读者的巨大艺术力量。

四、能够用"科学性"来代替"真实性"吗？

有人曾提出用文学作品的"科学性"来取代文学作品的"真实性"，其理由是"真实性"是一个不确切的概念，"科学的"必定是"真实的"，但"真实的"却未必是"科学的"。（李翔德：《关于文艺学的科学化》，载《当代文艺思潮》1982年第3期）在评论文学作品时，提出"科学性"这一新概念，颇为新鲜，而主张用"科学性"，代替"真实性"，则又为大胆之创举。然而，细细一想，这种提法只会造成概念上的混乱。

科学性应该是对哲学、自然科学、社会科学的基本要求。一切科学如果失去了科学性，不能揭示客观存在的规律，那就不成其为科学了。科学注重于对客观事物和人类意识的深入而缜密的分析和研究，正确地阐明内在的客观规律。离开了逻辑思维，离开了理性分析，就不可能获得科学知识。显然，科学性要求的是一个"理"字。

真实性应该是文艺的基本要求。达到文艺真实性的要求，文艺家必须面向社会生活，把握时代跳动的脉搏，抒发真实的且有时代意义的思想感情。对待文艺作品不能像对待科学成果那样过于泥实。杜牧的《江南春》："千里莺啼绿映红，山村水郭酒旗风。南朝四百八十寺，多少楼台烟雨中。"杨慎的《升庵诗话》，对《江南春》中"千里"一词，提出质疑，指出"千里莺啼，谁人听得？千里绿映红，谁人见得？"杨慎以机械刻板的眼光看诗，当然不会解诗。何文焕在《历代诗话考索》中谈道："题云《江南春》，江南方广千里，千里之中莺啼而绿映焉，水村山郭无处无酒旗，四百八十寺，楼台多在烟雨中也。此诗之意既广，不得专指一处，故总而命曰《江南春》，诗家善立题者也。"何文焕的看法十分正确。实际上，诗人写的不是站在一处看到、听到的内容，而是绘制了一幅江南春色图。因此，"千里"不仅切会题旨，而且增添了作品的诗意。文学作品突出一个"情"字，若刻板地从"理"上去要求，似有

艺文赏析

不通。但若从抒情立意上去理解，便会一目了然了。

　　总之，文学的真实性问题，是一个不能取消、不容忽视的问题。让我们广大文艺工作都重视这一问题，长期扎根生活沃土，创作出优秀作品。

关于文艺的"源"与"流"

关于文艺的"源"与"流"的问题，是文艺创作中一个重要的问题。本文就这一问题，谈谈一些想法。

一、社会生活是文艺的唯一源泉

作为观念形态的文艺是从哪里来的？是神的恩赐，还是灵感的爆发。长期以来，众说纷纭。马克思主义认识论认为：意识不是天上掉下来的，也不是头脑固有的，而是存在的反映。"观念的东西，不过是被移置于人类头脑中改造过的物质的东西而已。"毛泽东同志详细地阐明了文艺来源于社会生活。他指出："作为观念形态的文艺作品，都是一定的社会生活在人类头脑中的反映的产物。""人民生活中本来存在着文学艺术原料的矿藏，这是自然形态的东西，是粗糙的东西，但也是最生动、最丰富、最基本的东西；在这点上说，它们使一切文学艺术相形见绌，它们是一切文学艺术的取之不尽、用之不竭的唯一的源泉。"鉴于社会生活是文艺的唯一源泉，毛泽东同志号召文艺工作者面向生活，投身火热的生活。他要求"中国的革命的文学家艺术家，有出息的文学家艺术家，必须到群众中去，必须长期地无条件地全心全意地到工农兵群众中去，到火热的斗争中去，到唯一的最广大最丰富的源泉中去，观察、体验、研究、分析一切人，一切阶级，一切群众，一切生动的生活形式和斗争形式，一切文学和艺术的原始材料，然后才有可能进入创作过程。"根深才能叶茂，文艺工作者只有扎根社会生活的沃土，才能取得丰富的创作源泉，创作出有质量的文艺作品。《讲话》发表后，涌现了一大批优秀的文艺作品，如歌剧《白毛女》、小说《小二黑结婚》、诗歌《王贵与李香香》等，从我国民主革命的现实生活出发，用生动的艺术画卷，反映了现实的斗争生活，得到广大人民的欢迎。然而，不是任何时候都能摆正文艺与生活的关系。"四害"猖獗之时，江青之流宣扬"电影片子就是电影骗子。"一时间，假、大、空的作品充斥银幕和舞台。粉碎"四人帮"后，党中央组织了"实践是检验真理的唯一标准"的讨论，坚持了马克思主义认识论，号召广大文艺工作者深入生活，创作出无愧于时代的新作。但是，也还存在着创作与生活脱节的状况，有些作品情节不符合生活逻辑，甚至出现"戏不够爱情凑"的情况。这样一些粗制滥造的作品，受到了读者严厉的批评。邓小平在四次文代会的祝辞中强调："自觉地在人民的生活中汲取题材、主题、情节、语言、诗情和画意，用人民创造历史的奋发精神来哺育自己，这就是我们社会主义文艺事业兴旺发达的根本道路。"这一段话至关重要，应为广大文艺工作者牢牢记取。

二、了解人熟悉人的工作，是文艺工作者第一位的工作

文艺工作者要创作出文艺作品，首先要深入生活；熟悉生活。人民群众是社会生活的主体。作家要熟悉生活，首先要熟悉群众。《讲话》中指出："我们的文艺工作者需要做自己的文艺工作，但是这个了解人熟悉人的工作却是第一位的工作。"不少作家原来并没有料到自己要走文学创作之路，是在如火如荼的斗争生活中，人民群众创造历史的精神激发了他们，使得他们不得不拿起笔，写下这感人的一幕。梁斌同志谈到《红旗谱》创作体会时写道："在这个时代中，一连串的事件感动了我。自此，我决心在文学领域里把他们的性格、形象，把他们的英勇，把这一连串震撼人心的历史事件保留下来，传给后代，我感到这是我的责任。"《红旗谱》中的一些人物，就是作者昔日共同生活过的同学、战

友，他们有的在残酷的斗争中，英勇地献出了生命，作者感到不把他们写出来，就问心有愧，仿佛有一条无形的鞭子在抽打着自己。周克芹是一位乡土作家，他的长篇小说《许茂和他的女儿们》、短篇小说《勿忘草》，誉满全国。他是由农民成长起来的作家，能在创作上取得突出的成就，和他在农村的长期生活积累分不开。他"一离开乡土，时间长了，心里就觉得悬起来，不牢靠。一回来，在集体中，在劳动中，就像鱼儿回到水里，心里就踏实了"。这种留恋乡土的特殊感情，才让他不脱离他所熟悉的家乡的人们，才能源源不断获得文学创作的矿藏。

作家要深入生活，做群众的知心朋友，就必须放下架子，拜群众为师。一个作家要从事农村题材的创作，首先要解决爱不爱农村、爱不爱农民的问题。周克芹说："我的家乡是个很可爱的地方，蓝天白云，水秀山清，更可爱的是家乡的人民。""长期和他们生活在一起，使我越来越深地体会到，农民是很了不起的，是最可信赖的，值得作家为他们掏出赤子之心。"他在车队上看见农村小孩衣衫破烂，冬天还赤脚走路，曾潸然泪下，自责工作没有做好。他的心与乡亲紧紧相连。有人询问《许茂和他的女儿们》大获成功，有什么秘密？他回答得十分简单："什么秘密也没有，不过是由于长期地同基层干部与群众战斗在一起，积累下一些与时代、与农民群众比较一致的感情罢了。"感情相通，心心相印，才能将农民写活，将农村生活的画卷呈现给读者。

三、文艺工作者反映生活的主观能动性

从生活到作品，并不是简单的"平移"，其间包含了作家的精神劳动。在创作过程中，经过了作家对生活素材的选择、提炼、缀合和加工，渗透了作家对生活的认识和理解。列宁曾指出："反映可能是对被反映者的近似正确的复写。可是如果说它们是同一的，那就荒谬了。"因此，我们既要看到生活是文艺的源泉，又要看到作家在吸取生活源泉时的主观能动作用。通过作家的艺术概括和典型塑造，作品所反映的生活，比一般的实际生活更为集中和强烈，更具有典型意义，它能帮助人

们认识生活，激发人们去创造新生活。作家是人类灵魂工程师，他要净化别人的心灵，首先应净化自己的心灵，要在作品中燃起真理的火焰，首先要在自己心目中燃起真理的火焰。鲁迅谈到美术家的作品时，曾强调："他的创作，表面上是一张画或一个雕像，其实是他的思想与人格的表现。"鲁迅虽谈的是美术，其实一切文艺作品概莫能外。郭小川是一位激情澎湃的诗人。他所写的《团泊洼的春天》，就是一位坚定革命者的心灵独白。面对四人帮的诬蔑和迫害，诗人毫不退缩。"一切无稽的罪名，只能使人神志清醒，大脑发达。""一切可耻的衰退，只能使人视若仇敌，踏成泥沙。""战士自有战士的性格：不怕污蔑，不怕恫吓。""战士自有战士的胆识：不信流言，不受欺诈。""战士的歌声，可以休止一时，却永远不会沙哑；战士的眼睛，可以关闭一时，却永远不会昏瞎。"诗中抒发的是一个革命者的浩然之气，因而感动了不少读者，被人们纷纷传抄、朗诵。人们常说："文如其人"。作品是作家世界观的亮相。作家如果没有健康的思想、优美的情操、崇高的境界，那是不可能写出富有社会意义的好作品的。

四、文艺工作者应以"流"作为借鉴

文艺创作除了以此时此地的社会生活为源泉，还应该以彼时彼地的文艺作品为借鉴。毛泽东同志把古人和外国人根据他们彼时彼地人民生活的文学艺术原料创作出来的作品，称之为"流"。他说："我们必须继承一切优秀的文学艺术遗产，批判地吸收其中一切有益的东西，作为我们从此时此地的人民生活中的文学艺术原料创造作品时候的借鉴。"他还指出："有这个借鉴和没有这个借鉴是不同的，这里有文野之分，粗细之分，高低之分，快慢之分。"

当然，这种对古人和洋人的"流"的借鉴，不是简单的全盘吸收，也不是机械地模仿。正如毛泽东同志所批评的："文学艺术中对于古人和外国人的毫无批判的硬搬和模仿，乃是最没有出息的最害人的文学教条主义和艺术教条主义。"吸收为了创造，借鉴为了创新。著名作家李准的《李双双小传》，是深受读者喜爱的作品。他在介绍李双双这一形象时，谈到曾受到唐传奇《快嘴李翠莲》的启发，二者性格颇有相似之处，却不可同日而语。李双双是社会主义新时代妇女的先进典型。

让我们扎根社会主义新时代的沃土，吸取中外文学艺术遗产的精华，谱写光彩照人的文艺新篇章。

艺文赏析

文艺作品应当跳动着生活的脉搏
——学习马克思文艺思想札记

共产主义学说创始人马克思，在其战斗的一生中，虽未留下有关文艺问题的系统论著，但他对文艺事业十分关注。他在中学毕业的一篇作文里，论述了《青年在选择职业时的考虑》这一问题，在设想的许多职业当中，有一项就是富于想象力的作家。他在19岁时，写成小说《蝎子与菲利克斯》。他精通古希腊的神话和悲剧、从中世纪到歌德时代的德国文学以及但丁、塞万提斯、莎士比亚、巴尔扎克等著名作家的作品，并且经常从世界文学名著中寻找精神上的支持。马克思是文学上的行家，在他卷帙浩繁的著作中，散见有不少关于文艺问题的真知灼见。本文将就作家、作品、典型塑造以及社会生活等方面，谈谈对马克思文艺思想的一些理解。

一、生活中孕育着文艺的果实

马克思在其科学社会主义的纲领性文件《共产党宣言》中有一段精辟的文字："人们的观念、观点和概念，一句话，人们的意识，随着人们的生活条件、人们的社会关系、人们的社会存在的改变而改变，这难道需要经过深思才能了解吗？""思想的历史除了证明精神生产随着物质生产的改造而改造，还证明了什么呢？……"

上述两段文字，阐明了存在决定意识的道理。意识是存在的反映，没有存在，就没有反映存在的意识。马克思谈的虽然是一般的认识论，但对解决文艺与生活的关系很有帮助。作为观念形态的文艺，是一定的社会生活在作家头脑里的形象化反映。文学作品是作家在生活中孕育出的果实。离开了生活中的孕育，就无法开出绚丽的文学之花，也结不出丰硕的文学之果。

马克思要求作家必须从客观实际出发，即使写的历史题材，也应尊重客观史实。在致拉萨尔的信中，批评拉萨尔在《弗兰茨·冯·济金根》中，歪曲了德国历史。16世纪德国的主要革命阶级是农民和城市平民，他们的反抗和起义代表着当时运动的方向。而拉萨尔却违背历史真实，把"路德式的骑士反对派看得高于闵采尔式的平民反对派"，让贵族代表在剧本中"占去全部的注意力"，而按照当时的历史真实，"农民和城市革命分子的代表（特别是农民的代表）倒是应当构成十分重要的积极的背景。"

马克思十分重视作家对生活的忠实反映，在《神圣的家族》中，批评了法国作家欧仁·苏倒置了生活与创作的关系。欧仁·苏把抽象的思辨原则当作万物之源，不是从客观实际出发，而是从主观臆想出发，"把实物的感性现实的世界变成'思维的东西'，变成自我意识的纯粹规定性。"按照这种办法写成的作品，必然背离现实，没有积极的社会意义。马克思十分赞赏巴尔扎克的作品，他认为巴尔扎克的《人间喜剧》之所以有社会价值，就在于作家"对现实关系有深刻理解"。

马克思强调生活对创作的重大意义，今天对我们仍有指导意义。不少作家坚持深入生活，选材严，开掘深，写出了深受读者欢迎的好作品。也有某些作家，浮于生活表层，凭主观臆断办事，写的作品不是千篇一律，就是荒诞不稽，经不起生活的检验。

生活之树常青，作家应面向生活，到生活中孕育文学的硕果。只有这样，才能创作出无愧于时代的文学。

二、塑造活生生的典型人物

人是各种社会关系的总和。反映社会生活，离不开描写社会生活中的各种典型人物。马克思在有关文艺的信件中，十分重视典型人物的创造。

马克思给拉萨尔的信，指出了他在《弗兰茨·冯·济金根》中，人物塑造的弊端。马克思谈到"感到遗憾的是，在性格的描写方面看不到什么特出的东西"，"胡登过多地一味表现'兴高采烈'，这是令人厌倦的"，"甚至你的济金根——顺便说一句，他也被描写得太抽象了"。马克思对拉萨尔不仅把他的人物写成了时代精神的传声筒，而且写成了某些抽象品质的代表者，持否定态度。他要求作家塑造的典型人物，个性是极其鲜明的，同时又是十分丰富和统一的。

拉萨尔剧中的人物，没有鲜明独特的个性，只能躺在纸上，而不能站立起来，从而也就失去了存在的意义。马克思十分强调典型人物的个性化，他在一篇评论中写道："没有帝国胜利的帝国使人联想起对莎士比亚的哈姆雷特的改写，经过改写，不仅见不到丹麦王子的忧郁心情，而且连丹麦王子这个人都没有了。""忧郁心情"是哈姆雷特的主要性格特征，在莎氏戏剧中，充分展现了这一性格特征。如果失去了这一性格特征，哈姆雷特就不成其哈姆雷特了。由此可见，鲜明独特的个性，正是典型人物赖以生存的重要条件。鲁迅笔下的阿Q是一个活生生的典型，如抽去阿Q的主要性格特征，抽去阿Q的精神胜利法，那么阿Q这一典型人物，就不复存在了。广大读者对古华的《芙蓉镇》之所以反响强烈，不仅由于作品"寓政治风云于民族风情图画，借人民命运演乡镇生活变迁"，还由于作者塑造了"豆腐观音""秦疯子""北方大兵""吊脚楼主人"等有鲜明个性的人物。这些栩栩如生的人物，在读者心目中留下了不可磨灭的印象。

典型人物的塑造，除鲜明的个性外，还必须注意人物内在世界的丰富性和统一性。马克思与恩格斯在《德意志意识形态》中写道："我们的出发点是从事实际活动的人，而且从他们的现实生活过程中我们还可以揭示出这一生活过程在意识形态上的反射和回声的发展。"现实生活中的人，绝不是纯粹又纯粹的人，每一个人就是一个世界，这个世界是丰富多彩的。塑造人物时，应当防止简单化的倾向。过去一写英雄就要求"高、大、全"，满嘴革命口号，没有一点人情味，让人看去很难相信他是一个真实的人，自然谈不上打动读者。马克思在评论拉萨尔的《济金根》一剧时，认为剧中有关济金根女儿玛丽亚的形象塑造是失败的。他指出：作者让我们相信玛丽亚的幼稚天真，而这种幼稚天真却不断地同她自觉说教和论述权利所表现的老练世故相抵触。这就是说玛丽亚的性格是自相矛盾的。因为幼稚和老练是互为对立的两方面，而玛丽亚的性格中却同时反映了这矛盾的两个方面，所以就让人难以置信。可见，在展现人物性格丰富性时，还必须注意人物性格的内在统一性。

马克思告诫拉萨尔，不要把个性溶化到原则中去。这句话十分重要。只有破除人物塑造中的概念化倾向，从生活出发，塑造出有鲜明个性的典型人物，作品才有生气。

三、形象应当包含着深邃的思想

马克思把作家笔下的自然称为"第二自然"。同样，作家笔下的生活，也可称作"第二生活"，即为作家眼中的生活，作家笔下的生活，作家所理解的生活，必然打上作家的思想印记。因而，绝不是纯粹的自然物，作品必然包含了作家对生活的思考。一个高明的作家，应该是一个生活的思考者。

马克思对于不加选择地把一切自然现象都搬上舞台的做法，十分反感。他在《柏林的维也纳的猴戏》一诗中，写道：

"我坐在剧院里，平静地欣赏畜生们演的话剧，

自然界的什锦样样齐全

遗憾的是还没有看到他们冲墙壁撒尿……"

（转引自柏拉威尔：《马克思和世界文学》第20页）

从马克思的诗中，可以看到，他极不赞成把自然界原始材料随意搬上舞台。对于在舞台上制造污秽的自然主义的人们，深为不满，毫不客气地称他们为"畜生"。

对于那些闪烁着思想光辉的优秀文学作品，马克思总是爱不释手，经常诵读，并将精彩部分摘入撰写的著述。如，马克思在评论货币的否定力，货币把一切转化为对立面的那种力量时，引用了莎士比亚的剧本《雅典的泰门》中的一大段台词：

> 金子！黄黄的，发光的、宝贵的金子！
> 不，天神们啊，我不是一个游手好闲的信徒，
> 我只要你们给我一些树根！这东西，只这一点点，
> 就可使黑的变成白的，丑的变成美的，错的变成对的，
> 卑贱变成尊贵，老人变成少年，懦夫变成勇士。
> …………

马克思赞赏莎士比亚极其出色的描绘了货币的本质。莎士比亚通过雅典泰门深沉而激愤的诉说，揭示了货币的异化作用，它使一切人和自然的各种品质颠倒和混淆，使每一个本质能力变成原来不是它的东西，也就是变成它的对立面。从这点来看，莎士比亚不仅对生活有高超的表现能力，而且能把握生活的本质内容，正因为如此，莎士比亚才可能成为文艺复兴时期最伟大的作家。

作家塑造的艺术形象，既应与生活息息相关，栩栩如生，又应饱含作家深邃的思想，揭示生活的本质内容。文艺理论界曾对写本质有不同意见，认为主张写本质会导致文学作品的概念化。其实，问题在于对写本质如何理解。如何将写本质理解为要作家把文学作品变成政治讲义，否定从生活出发，否定艺术形象的塑造，那当然是违背艺术规律的，也是违背马克思文艺思想的。但是，如果写本质是要求作家在遵循艺术规律前提下，使形象包含深邃的思想，具有深刻的社会意义，能揭示生活的一些本质内容，那不仅无可厚非，而且十分必要。

当前，文学创作中，出现了一些值得注意的问题。有些作品追求生活中的所谓"戏剧性"，忽视了健康的思想倾向。有一部中篇小说反映婚姻问题上的新旧斗争，却用不少笔墨写洞房之夜的种种"新闻"，使作品陷入庸俗低级的境地。作者描写生活中的丑陋现象时，看不到沉痛的剖析和严肃的批判，采取的是一种猎奇和戏谑的态度，这就影响了作品的思想性，败坏了作者的阅读趣味。

社会主义文艺要求真实性和倾向性的完美统一。马克思对文艺思想性的高度要求，对我们广大文艺工作者来说，仍然是不可忽视的。

四、文艺作品应提高人们的思想境界，丰富人们的精神生活

文艺是人类精神文明的结晶，它是人类不可缺少的精神食粮。作为文艺的爱好者和精通者，马克思对文艺在人类生活中地位和作用，给予很高的评价。他认为：文学享受，像文学创作一样，是实践的一种形式，使人类凌驾于禽兽之上，提高了人类潜力的发挥，使人看到了过去和现在的现实和将来的可能性。（柏拉威尔：《马克思和世界文学》第555页）马克思在谈到钢琴演奏对听众的影响时，指出：钢琴演奏家刺激了生产，一方面是由于能使我们成为更加精神旺盛、生气勃勃的人，一方面也是由于（人们一般总是这样认为）唤醒了人们一种欲望，为了满足这种欲望，需要在物质生产上投入更大的努力。（同前书第392页）。从马克思的两段论述中，可以得出这样的结论：文学有助于"人类潜力的发挥"，有助于使人们"成为更加精神旺盛、生气勃勃的人"，从而更有效地去创造未来。

美是文艺的最高法则，创造美是文艺的崇高使命。优秀的文艺作品可以净化人民的心灵，匡正人们的弊端，丰富人们的生活。优秀的文艺作品有不可低估的巨大的认识价值，它通过形象化的艺术描写，帮助人们了解人类的过去、现在以及将来。有些卓越的长篇文学巨著，是完全可以作为历史文献来看待的。马克思曾深刻地指出：英国现实

艺文赏析

主义作家狄更斯等"在自己的卓越的、描写生动的书籍中向世界揭示的政治和社会真理，比一切职业政客、政论家和道德家加在一起所揭示的还要多。"（《英国资产阶级》，《马克思恩格斯全集》第十卷第686页）这说明一部优秀文学作品，虽字数有限，但反映的社会内容却相当丰富，它可以使读者从中认识许多生活真理。

马克思还说过："艺术对象创造出懂得艺术和能够欣赏美的大众，——任何其他产品也都是这样。"（《政治经济学批判》导言，《马克思恩格斯全集》第十二卷第742页）优秀的文学作品不仅有助于提高人们对生活的认识，还可以给人们带来审美的愉悦，满足人们的审美需要。马克思在分析物质生产的不平衡关系时，对古希腊艺术给予很高的评价，认为古希腊艺术"仍然能够给我们以艺术享受，而且就某方面说还是一种规范和高不可及的范本"。为什么古希腊艺术有如此巨大的魅力呢？因为它体现了人类孩提时代的纯真。"一个成人不能再变成儿童，否则就变得稚气了。但是，儿童的天真不使成人感到愉快吗？"在古希腊艺术中，表现出来的"纯真"美，能给人以愉悦，因而具有永久的审美价值。一滴水，在太阳的照耀下，会发出五光十色。一部优秀文学作品，会给读者带来丰富的精神享受。马克思评论荷马史诗时，曾说过：真正荷马风格：只消瞧一瞧这部史诗的广度就够了。（转引《马克思与世界文学》第59页）荷马史诗展现的广阔生活画面，所反映的丰富的社会内容，不仅可以帮助读者了解人类社会的过去，而且还为读者提供大量丰富的审美材料。美寓于多样统一之中。多样统一的艺术画卷，可以激发人们强烈的审美兴趣，满足人们对美的不懈追求。

文艺在人类生活中，有其不可低估的作用。社会主义文艺，更是社会主义精神文明建设的一个重要组成部分。作家写出的作品，应有助于人心向善，应有助于人心思进，经得住时代和历史的检验。

"问渠那得清如许，为有源头活水来"。生活之水永远不会干涸。艺术之水，来源于生活之水，艺术之水也会长流、常新。广大文艺工作者时刻牢记生活是艺术的唯一源泉，不断开拓，不断汲取，并饱含对生活的深入思考，就会创作出新鲜感人的文艺作品，就会使作品洋溢着生活的气息，跳动着生活的脉搏。

艺文赏析

"宁食鲜桃一口，不吃烂杏一筐"
——谈文艺的独创性

古往今来，流传的很多文学作品，都以深刻的思想内容和独具匠心的艺术创造，吸引了众多读者。有人这样评论：世上第一个将美女比作鲜花的人，是天才；世上第二个将美女比作鲜花的人是庸才；世上第三个将美女比作鲜花的人是蠢才；文学创作最忌讳老调重弹，重走老路。鲁迅曾指出："……依傍和模仿，决不能产生真的艺术。"广大读者厌恶那种千人一面、千部一腔的模式化的作品，喜爱那种生机勃勃、富有新意的佳作。

文贵创新。创新的作品之所以让人喜爱，一个重要的原因，是因为它反映了生活的丰富性和多样性。"生活是多么广阔，生活是海洋，凡是有生活的地方，都有快乐和宝藏"。作家应在生活的海洋里，采撷一朵朵引人入胜的浪花，构成一幅幅绚丽多彩的画卷，奉献给读者。

大自然的美景，是那样的千姿百态，美不胜收。一年四季中，既有灼灼艳丽的桃花，又有亭亭玉立的荷花；既有碎金点点的桂花，又有暗香浮动的梅花；既有富丽堂皇的牡丹花，又有引蔓攀枝的牵牛花；既有热烈奔放的山茶花，又有恬静淡雅的玉兰花……大自然之风貌是如此之丰富动人，难道反映现实生活的文艺作品却可以千篇一律、刻板等同吗？

艺术是创造性的劳动，文艺作品是作家智慧的结晶，是作家用心血浇灌而获得的鲜花与硕果。作家笔底的生活，是作家眼中的生活，是通过作家心灵的折光而呈现的生活，这中间必有作家的"我"在。清人袁枚谈道："作诗，不可无我；无我，则剿袭敷衍之弊大……"倘若，作家写作时"无我"，没有自己的体验，只是人云亦云地写上一大篇，那准成不了一位受读者欢迎的人。俄罗斯知名作家屠格涅夫在对创作提要求时，强调："在任何天才身上，重要的东西都是我想称之为自己的声音的东西。"这正告诉我们：艺术总是以独特的形式出现的。成功的艺术，应该反映艺术家鲜明、独特的个性。

作家个性不同，即使描写同一题材，亦会呈现不同的风格和特色。

试比较李白和杜甫相同题材的两首诗：

> 长安一片月，万户捣衣声。
>
> 秋风吹不尽，总是玉关情。
>
> 何日平胡虏，良人罢远征。

——李白：《子夜秋歌》

> 亦知戍不返，秋至拭清砧。
>
> 已近苦寒月，况经长别心。
>
> 宁辞捣衣倦，一寄塞垣深。
>
> 用尽闺中力，君听室外音。

——杜甫：《捣衣》

李白的《子夜秋歌》，着眼于整个京城无数不幸的家庭和月下凄然捣衣的思妇。以朴素的民歌形式，清新明快的语言，把我们带入秋月皎洁、秋风萧索的典型环境之中，让我们深切体察捣衣思妇对远征丈夫的刻骨怀念。全诗意境空洞淡远，虽寥寥数笔，却勾画出了一幅出色的写意画。它体现了李白一贯的清俊飘逸的风格。

杜甫的《捣衣》，把笔触深到惦念征夫的思妇的内心世界，着重揭示主人公潜藏于肺腑的心曲，通过哀婉的内心独白，渗透了妻子对丈夫的无限眷恋之情。笔下人物，有血有肉，呼之欲出。这种独特的艺术构思，形成了一幅感人的工笔画，充分体现了杜甫沉郁顿挫的艺术风格。

唐代这两位杰出的大诗人，写的虽是相同的生活内容，但他们的作品，都以各自独特的艺术风格，给读者带来了审美愉悦。

文以意为主，创新首先要创意。"诗绝对不能容许一个平庸的作家"（见贺拉斯：《诗艺》）。

这就要求作家对描写的生活开掘要深，善于透过纷纭复杂的现象，把握生活的主流和本质。

当代著名诗人艾青，来到延安，积极投身抗日民族解放运动。尽管当时敌强我弱，处境艰难。但他从抗日革命根据地广大民众的身上，看到了光明和希望，写出了《黎明的通知》这首激动人心的政治抒情诗。全诗用拟人手法，把"黎明"作为诗的主人公，写它请求诗人向"远方沉浸在苦难里的城市和村庄"，以及所有渴望光明的人们，发出黎明即将到来的通知。诗中用热情洋溢的语言，借"黎明"的口吻，铺陈了城市和村庄准备欢迎黎明到来的动人情景。这首讴歌黎明的诗篇不是写在黎明已降临人间的时刻，而是写在全国人民抗击日本侵略者艰难岁月，确实难能可贵。诗人高瞻远瞩，对黎明的到来满怀信心，预言"夜已快完"，光明的来临已为期不远。历史已证明诗人的预言是完全正确的。这说明诗人植根于火热的生活，认清了历史发展的趋势，从而写出了这一寓意深刻、感人肺腑的好作品。

创新还必须力求"技巧的上达"。鲁迅曾强调："我以为当先求内容的充实和技巧的上达，不必忙于挂招牌。"（《三闲集·文艺与革命》）好的内容必须有好的艺术手段去表现。大体相同的生活内容，可以从不同的角度，写自己独特的感受，例如，同样是写白杨，茅盾笔下是"伟丈夫"：它"没有婆娑的姿态，没有屈曲盘旋的虬枝"，"笔直的干，笔直的枝"，"傲然地耸立"，"宛然象征了今天在华北平原纵横决荡、用血写出新中国历史的那种精神和意志"。而在徐东阳的短诗《白杨》中，却把它描绘成随风鼓噪的趋世者。诗中这样写道："你以为白杨'哗啦哗啦'的是在歌唱，可是白杨的歌声从来没有人赞赏。因为，那是风的脚步声。一旦风停，它一声不响。"作者借物讽喻，抨击了那些借助于"风"的力量而大轰大嗡的人，构思巧妙，令人深省。

茅盾的散文诗《白杨礼赞》、徐东阳的短诗《白杨》，描写对象虽相同，但一褒一贬，各有寄寓，写法也各具特色。由于他们反映生活时都注意从自己独特的感受出发，抓住自己感受最深的内容来写，具有鲜明的创作个性，绝不会让读者产生"未曾见面似相识"的感觉。

人们常说："宁食鲜桃一口，不吃烂杏一筐。"广大读者希望作家拿出具有艺术独创性的鲜美的文艺作品来，满足他们精神生活的需要。我想，这理应是当前文艺创作中，必须重视的一个突出的问题。

艺文赏析

美苑寻芳。

MEIYUAN XUNFANG

爱美之心，人皆有之。然而，说出什么是美，并非易事。有关美的话题，也还不少。对此，作些探讨与阐述，亦为颇有意义之趣事。

"美"的定义难定夺

爱美之心，人皆有之。谈起美来，人人都有体验。譬如，一朵美丽的鲜花；一首优美的新诗；一幅精美的图画；一座美观的大厦等等。如若给"美"下个定义，回答什么是美，就会众说纷纭，莫衷一是了。古往今来，许多美学家都给"美"下过结论。有的说，"美在形式"；有的说，"美在感受"；有的说，"美在关系"；有的说，"美在理念"；有的说，"美在生活"……

美是哲学的一个分支，曾被称为"艺术的哲学"。对美在理论上作一番分析，不像审美时那样心情愉悦，难免觉得十分枯燥。然而，对"美"进行科学上的探讨，研究其本质与规律，确是十分必要的。

"美"，应为审美所得。所以"美"与"审美"密切相关。审美活动包括审美对象和审美者两方面。审美对象有自然、社会、文艺诸方面，可分为自然形态、人类创造两大类。由此，审美对象可分为自然美、社会美、艺术美。虽都属于美，其具体状况又各不相同。俗话说，"情人眼里出西施"。不同的审美者，即使对同一审美对象，也会产生各自不同的审美效果。

有的美学家在有关"美"的定义的判断中，偏重于审美对象，被归于"客观派"；有的美学家在有关"美"的定义的判断中，既考虑了审美者，又考虑了审美对象，主张两者的统一，被归于"主客观统一派"。

该当确认：在人类的审美活动中，审美者和审美对象，二者缺一不可。只有审美者在对审美对象的审美实践中，才能产生"美"。因此，有关"美"的科学内涵，虽难以界定。但科学的"美"的内容，理应包括审美者和审美对象两大要素。

古今中外美学家，争论了数千年，大家对"美是什么"，仍然未能取得一致的结论。所以，有人说：有一千个美学家，就会有一千种关于美的说法。

复旦大学教授、我国当代著名美学家蒋孔阳，吸收众家之长，运用整体把握审美关系的方法，从现实生活出发，从审美主体与审美对象两方面的关系中，对"美"作了界定：

> 美是一种客观存在的社会现象，它是人类通过创造性的劳动实践，把具有真和善的品质的本质力量，在对象中实现出来，从而使对象成为一种能够引起爱慕和喜悦的感情的观赏形象。这一形象就是美。

蒋孔阳先生融会中外，精通古今。他耗费了数十年的心血，从事美学研究。他对什么是"美"，所作的界定，是较为周密、较为深入的。这样的界定是否为大家所接受呢？还有待于丰富的审美实践来检验。

美，在于发现

法国著名雕塑大师罗丹，在《罗丹艺术论》中，指出"美是到处都有的，对于我们的眼睛，不是缺少美，而是缺少发现。"这就告诉我们：世界到处都存在着美，由于我们的眼睛缺少对美的发现，所以感到美并不多。

作家、艺术家必须具有一双发现美的慧眼，才能创作出美的作品，给人以美的愉悦。

吴昌硕（1844—1927），初名俊，字俊卿，后更字昌硕，以字行。号苦铁、缶庐、老缶、缶道人等。浙江安吉人。元明以来，文人大多能书画，也有兼及印艺。昌硕之父，亦有此嗜好。昌硕从小耳濡目染，喜欢刻刻画画，加之本人勤学多师，艺业大进，终成一位书、印、画三绝的国画艺术大师。

吴昌硕在国画创作中，擅长写意花卉，以酣畅淋漓的"大写意"，影响海上画派。他喜画藤条类题材，笔下枯藤若篆隶；盘旋飞动，又如行草。画似书，书入画，相得益彰。他作的牡丹仙桃图，大量使用洋红、胭脂、赭石、花青诸亮色，厚积色块，配以厚重的枝干与顽石，尤为浓丽繁华，深受众人喜爱。

美就在身边，关键在于发现。吴昌硕是一位关于发现美的国画大师。他曾将生活中平凡的事物，选作画题，画出生趣盎然的国画。其子吴东迈编的《吴昌硕谈艺录》有"题画诗"一辑，可见到有关的记载。

这首名为《题画》的诗，反映了吴昌硕当年刻苦从艺之情景：

> 东涂西抹鬓如丝，深夜挑灯读楚辞；
>
> 风叶雨花随意写，申江潮满月明时。

月亮升起来了，双鬓如丝的画家，一边读楚辞，一边作画。笔下的风叶和雨花，随意挥洒，这是个让人难忘的夜晚。正由于画家留心捕捉美，用心表现美，他的画作才能赢得世人的追捧。

在《籧灯纺读图》中，留下这首题画诗：

> 字字攻鱼鲁，丝丝续涕洟；
>
> 机声随百读，灯火记儿时。
>
> 画像今贤母，号天古孝思。
>
> 不如乌返哺，回首夜何其？

母子二人在籧灯下，一个在纺织，一个在苦读，这是农村中常见的生活情景。吴昌硕在平凡中发现美，并把这农家平凡的生活，画入作品，题诗一首，画诗交辉，委实令人感动。

蔬菜是日常的食物，虽极平常，但生活中却少不了。吴昌硕之国画，也有取材于蔬菜的。附有题画诗，诗前有一段文字："山居冬日早起，呼童锄数把下饭，齿颊清寒，有霜露气。比来海上卖菜佣隔夜以水浸之，大失真味，令人欲不思乡得乎？"全诗如下：

> 花猪肉瘦每登盘，自笑酸寒不耐餐。
>
> 可惜芜园残雪里，一畦肥菜野风干。

画家忆起山居冬日农家菜，"齿颊清寒"的情景，而"海上卖菜佣隔夜以水浸之，大失真味"。表明了对农村新鲜蔬菜的专爱。写的是寻常农家菜，却寄托了浓浓的乡情。画在纸上，同样让人深感清新可爱。

芭蕉是吴昌硕特别喜爱的植物，常在画稿中写入绿油油的芭蕉，在

《蕉》中写下这样一段文字：

> 夏障日，秋听雨，雪中作画稿，甘露可饮，叶可学书，有益于人甚大。东坡爱竹，谓"不可一日无此君"。予欲移此语赠蕉。

东坡爱竹，昌硕爱蕉。吴昌硕列举芭蕉的多处好处，用"不可一日无此君"来赠蕉，足见他对芭蕉的深厚情感。

大画家吴昌硕有一双慧眼，在寻常的蔬菜、芭蕉、纺读中，发现了美的所在，并在国画创作中，出色地加以表现，成了令人喜爱的作品。

革命文学的先驱鲁迅先生，亦善于在身边日常生活的事件中，发掘其崇尚美的内涵。从《一件小事》中，可以看到鲁迅先生小中见大、善于从平凡小事中发掘"美"的高超本领。

这篇小说，作于1919年。写"我"乘人力车，车把忽然将老女人带倒。车夫扶起老女人，走向巡警分驻所，主动接受处罚。开始，"我"怪车夫"多事"；接着，感受到车夫的"伟大"，"觉得他满身灰尘的后影，刹时高大，而且愈走愈大，须仰视才见。"

作者特意将这"一件小事"，与"所谓的国家大事"作对比。"我从乡下跑到京城里，其间耳闻目睹的所谓国家大事，算起来也很不少；但在我心里，都不留什么痕迹"。"独有这一件小事，却总是浮在我眼前，有时反更分明，教我惭愧，催我自新，并且增长我的勇气和希望。""大事"未留什么痕迹，"小事"却至今忘记不得。为什么会这样呢？因为作者从这件小事中看到了底层劳动者敢于担当、勇于负责的崇高精神，这种精神正是中华民族自立于世界民族之林的力量源泉。

美存在于平凡的生活之中，美在于独特的发现。鲁迅先生正是从人力车夫敢于担责的行为中，看到了劳动人民身上的人性美，并写出了一篇传世佳作。

美，在于发现

美是自由的象征

　　人的欣赏美和创造美的活动，都是在自由的状态下进行的，这当中来不得半点胁迫与强制。从这个意义说：美是自由的象征。

　　我们在一旅游区，观赏山林叠翠、危岩耸立的景色，是在轻松、自由的状态下进行的。我们来到一家剧院，观看一场戏剧演出，也完全是自赏自顾的行为，这当中没有任何别人的指令和强求。足见，一切审美活动，都是审美主体自身的诉求，不存在第三者的干预。如果审美过程中存在第三者的胁迫。那么，审美活动肯定会毫无收效。

　　美的创造，同样也在自主的过程中，才能获得丰硕的成果。曹雪芹的《红楼梦》，"字字看来皆是血，十年辛苦不寻常"。他用十年辛苦写成《红楼梦》，不是受别人的旨意，而是他经历了"哗啦啦似大厦倾"的时代巨变，积累了丰富的人生体验，他要把这个大家庭的血与泪书写下来，让世人看到人生的悲凉。这完全是他自身的感悟和体验，也完全是他心灵的独白和抒写。所以说，曹雪芹作《红楼梦》，完全是他自主的选择，自由的运笔。

　　徐悲鸿是一位中外闻名的大画家，也是一位杰出的美术教育家，他在20世纪40年代初，创作了巨幅中国画和同一题材的油画《愚公移山》。此画取材于《列子》中的寓言故事，记叙愚公立下移山志，决心祖辈挖山不止，将阻碍交通的王屋山移走，歌颂了坚韧不拔的奋斗到底的伟大精神。徐悲鸿在中国画中，以毛笔写就顶天立地的人体，歌颂了改天换地的精神。油画创作，则以开天辟地的六位壮汉，构成画家笔下勤劳的劳动者形象，观之令人敬佩。创作此画时，正当日寇入侵，山河破碎，国难当头。画家满怀爱国激情，希望全国人民团结一致，发扬"挖山不止"的精神，迎来一个新时代。徐悲鸿立意创作这幅巨作，不是上面的指令，也不是第三者的意愿，是时代让画家产生的创作灵感，完全是画家自觉的行动。由此可见，美术作品应该是画家自由的艺术创造，有了这种自由的艺术创造，才会开出绚烂的艺术之花。

审美体验无时无刻不在流动着、变化着，你想留它，却无法留住。当代英国美学家阿诺·理德在《美学研究》一书里的绪言中，指出了美的这一特点。他写道："审美经验和审美对象，是一种微妙的，不可捉摸的东西，稍一接触它就消失了。我以为是有声有色的实体，但碰到的都是一团正在消失的云，一息正在飘走的烟雾。"感觉美的存在，但你想找它，找不着；想留它，留不住。再美的东西，你天天看，它就不美了。可能，你今天觉得美的东西，明天再看，就会觉得不美了。真是"幼之所好，壮而弃之；始之所轻，终而重之"。随着时光的变化，审美的具体状况也会发生变化。这种变化，正说明了美的自由的特征。

审美活动，作为一种分享愉悦，它也是一种自由体验的活动。随着自由的发展，心灵处在不断充实、不断丰富和成长的过程。所以，美不会停留在一点上，它总是以一种新的感知和体验为媒介，进入新的经验之中，生生不息，万古长新。所以，美并不守恒。变化、求新才是美的本质。由此可见，审美活动正是人的一种解放。同时，它又让对象保持它自己的自由和无限，而不把它作为一种从属有限需要和狭隘意图的工具来加以占有和利用。因此，审美才被美学家描述为"无私"的、"无目的"的、"非实用"的、"无功利"的活动。

西方不少作家，如雨果、狄更斯、陀思妥耶夫斯基都曾经描写过杀人犯，在看到美丽事物时，由于意识到自己与"人类隔离"而产生羞耻、恐怖、绝望的心情。这种描述，大体是真实的。由美唤起的这种对"隔离"的自我意识，是重新与人类取得联系的契机。由此证实，美应是推动人类前进的正能量。这种能量，虽未有排山倒海之威力，却能在潜移默化中，让人愈来愈接近真和善，让人愈来愈成其为"人"。人，之所以强大，是由于始终保持着和属类整体的联系，从而获得心灵的自由。在孤独、寂寞、艰难困苦中，仍保持着美感，是一个人精神强大的标志。虽生活在于狭隘、单调、枯燥、沉闷、没有变化之中，但通过审美体验，个体和类合而为一，存在和本质合而为一。刹那间，好像进入了一个新的世界。狭隘变成了广阔，单调变成了丰富，沉闷刻板变成了新奇生动。因为审美，人们仿佛开启了新的生活。马克思指出："人是类存在物。……仅仅由于这一点，他的活动才是自由的活动"。因为审美的自由活动，让人通过欣赏美，向着真和善的更高目标迈进，由此生活得更美好。车尔尼雪夫斯基说"美是生活"，也正是这个道理。

马克思精辟地提出：美是"人的本质力量的对象化"。所谓"本质力量"，是指人具有的改变主观世界和改变客观世界的能力。一个孩子在河边，捡到一个石子，将石子劈入水中，顿时出现层层浪花。这"层层浪花"，被称作"美"，因为它体现了人的"本质力量"。在人实现"本质力量对象化"的过程中，人的活动是自由的。这也再一次说明"美"是自由的象征。

美苑寻芳

美在对比中显现

俗话说："不怕不识货，只怕货比货。"人们总是在比较中认清事物，在比较中认识其美学价值。

法国名作家左拉，1879年与六位标榜自然主义的文人，在梅塘别墅聚会，商定各写一篇以普法战争为背景的小说，汇成小说集《梅塘晚会》，于1880年出版。其中，莫泊桑的《羊脂球》，最为出名。他也因此而开始了写作生涯。

《羊脂球》是莫泊桑的问世佳作。小说以强烈对比的艺术手法，写一位妓女，虽身处下层，生活艰辛，却不失为人的尊严，深深地眷爱着她的祖国；而那些法兰西军官们，却厚颜无耻，苟且偷安。两相对比，存在巨大反差，让人清楚地看到：究竟谁是国家的脊梁?!

雨果，法国作家中描写世态、刻画人物的高手。他十分善于通过对比，展现人物的内在品格。《笑面人》是雨果流亡期间写的最后一部小说。作品以17世纪末18世纪初的英国社会为背景。主人公关伯伦是一个贵族后裔，从小落于儿童贩子之手，被毁容摧残。后被心地善良的江湖客乌尔苏斯收为义子，靠卖艺为生。长大后，与乌尔苏斯收留的瞎眼姑娘蒂相爱。一个偶然的机会，关伯伦得以恢复爵位。但他拒绝了这一肮脏的恩赐，仍然回到下层社会兄弟之中。此时，蒂已身患重病，不久便离开人世。关伯伦悲痛不已，投海自尽。雨果笔下的关伯伦，和他的另一部小说《巴黎圣母院》中的敲钟人卡西莫多一样，外表丑陋，心地纯洁，集中了人间善的美德。外形不堪入目，内心却闪耀着圣洁的光辉。在强烈的艺术对比之下，彰显出人物的人性美。

我国古典小说，也常常运用这种对比手法，鲜明刻画人物。明代传奇小说《杜十娘怒沉百宝箱》，就是一篇脍炙人口的名作。这一作品来自冯梦龙《三言》。它并非冯梦龙的原创，故事来自《负情侬传》，冯氏只不过将文言文，改写为白话，情节上并未变动，仍为反映悲惨爱情的人间故事。小说的主人公妓女杜十娘，不辞辛劳，积攒了一笔金宝，盼人将她赎出，一同享受平静的生活。谁知，他所钟爱的公子李甲，竟是一个居心不良的纨绔子弟。虽帮她赎出，却害怕返乡受到高堂乡亲的责怪，竟在途中的船上，将她卖给了新安盐商孙富。杜十娘面对李甲的背叛，无比愤恨，将装满珠宝的百宝箱投入江中，自己亦举身赴江。杜十娘虽身为下贱，却心向光明。她一心向善，期盼找到一个贴心的丈夫，共同享受人间的温馨。而她心爱的公子，却人面兽心，只爱其外貌，却不同她永结终身，用甜言蜜语欺骗她，暗地里陷害她，一善一恶，形成强烈对比，让人万分感叹。

我国古典长篇小说发展的高峰《红楼梦》，人物塑造极为成功。其重点刻画的人物之一王熙凤，是一个"面含春风威不露"的极有城府的女人。她外表俊俏动人，是一位难得的丽人儿；内心却卑鄙毒辣，极会耍手腕。她先对尤二姐示好，左一个"好妹妹"，右一个"好妹妹"，让尤二姐误认为凤姐对她十分贴心，竟被王熙凤骗入大观园。入了凤辣子的囚笼以后，立即唆使妾佣对尤二姐百般辱骂，让她难以生存，最后吞金自尽。人们称王熙凤"当成喊哥哥，背后掏家伙"；"明是一盆火，暗是一把刀"。是一位"貌似天仙，心若蛇蝎"的双面人物。从内外的巨大反差中，让凤姐在读者心目中留下了极强烈的印象。

除了人物自身的对比中，还有人物与人物之间的对比。如林黛玉和薛宝钗，一个背叛礼教，心直口快，遇事较真；一个恪守礼教，为人圆通，遇事示好。大观园中这两个女子，形成鲜明对比。薛宝钗的所作所为，切合礼教的道德规范，深得当时主流社会的赏识，最终心计得逞，爬上了宝二奶奶的宝座。但她好景不长，始终没有获得宝玉的爱情，只能一生独守空房。

通过有效的艺术对比，让"美"更强烈地展现于读者眼前。古往今来，中外的众多文学家、艺术家，都是采用这种艺术手法来塑造典型人物和艺术形象的。这方面的例证，不胜枚举，很值得我们细细品味。

美在对比中显现

和谐与美

　　和谐，在构成美的诸要素中，是一个重要的因素。一般说来，如存在不和谐，就会失去美感。

　　著名相声演员姜昆与李文华合说的一段相声，就以和谐为内容，便举了一些不和谐的趣事。例如，一条喇叭裤，穿在一个又胖又矮的人的身上，会显得滑稽可笑；而穿在一个较高较瘦的人身上，则显得美观帅气。一座维纳斯雕像，放在陈设明清家具的老人房间中，会让人深感不宜；若置于陈设现代家具的一对青年夫妇的卧室中，就十分得体而优美。关键在于事物之间的搭配，是否合理与和谐。在合理而和谐的组合中，会给人带来安详与舒适，让人产生和谐美。

　　中华民族是一个主张"中和"的民族，自古以来就有追求"和"的习俗。古代文字中，象形字"和"，像一个人在吹奏乐器。《尚书·尧典》："八音克谐，无相夺伦，神人以和。"《说文》："龢，相应也。"说明"和"的本义，指不同音声融合成美妙动听的音乐，正如当今音乐所说的"和声"效果。后来，"和"的意义，从音乐推及烹调。古字"和"成了一个人端着一盆羹汤。春秋，晏婴说："和如羹焉，水火醯醢盐梅，以烹鱼肉，燀之以薪，宰夫和之，齐之以味，济其不及，以泄其过。""和"之含义，仿佛今日的四川火锅，各种佐料，置于一锅，调出人间美味。

　　从古代同音字发现，"河"与"和"为同古同音字。所以，"河"有

"和"义。"河"为和合细流而成，故李斯云："河海不择细流，故能成其大"。"黄"为中，"河"为和。黄河曾被古人寓以"中""和"之意义。

先秦诸子各家，大都尊崇"和"。墨子力主"非战"，倡导和平主义。道家宣称"道法自然"，追求"天乐""人乐"，就是主张人人和乐相处。儒家孔子云："君子和而不同，小人同而不和。"将"和而不同"纳入道德范畴。荀子有"万物各得其和人生"的见解。孟子有"天时、地利、人和"的"三才"思想。

中华建筑，亦以"和"为其魂。北京故宫，立于中轴线上，前三殿分别为：太和殿、中和殿、保和殿。太和，和之至，象征天清地泰，喻天人之和。中和，喻人间和谐，人伦之和。保和，心态和顺，身心之和。三殿命名，皆与和相关。

和文化，是中华传统文化的重要组成部分，延绵数千年，至今仍流传于百姓口语之中，如"和为贵""和气生财""家和万事兴""和气致祥""满腔生和气，随地起春风"等等。

在国外，远在希腊时代，毕达哥拉斯学派从数学观点出发，提出音乐之美在于高低、快捷、强弱的不同声音和统一的思想。著名哲学家柏拉图则认为：美之所以为美，在于不同因素的朴素的和谐统一。文艺复兴以后，莱辛在《拉奥孔》中说：美是古代艺术的最高法则，而这个美就是和谐的理想。

前人在美是和谐的论述中，有偏重形式范畴之嫌。虽然和谐有包括形式的因素，但细加辨析，和谐是一个深刻的美学和哲学范畴，它绝不仅仅止于形式。"和"，起码有四层含义：一是，形式的和谐。指人、物、艺术，外在因素的大小、比例及其组织的均衡、和谐。这些属于形式美。二是，内容的和谐。即主观与客观、心与物、情感与理智的和谐。这些属于内容美。三是，内容与形式的和谐统一。属于生活美和艺术美。特别是艺术美，更以此为主要的要求。四是，完美的、全面发展的人。和谐美，归根结底，以全面发展的人为终极理想。马克思在《一八四四年经济学——哲学手稿》中，深刻指出：共产主义"是通过人并且为了人而对人的本质的真正占有；……它是人和自然界之间，人和人之间的矛盾的真正解决，是存在和本质、对象化和自我确证、自由和必然、个体和类之间的斗争的真正解决。"这是共产主义理想的实现，是全面的和谐发展的共产主义新人的塑造，亦是共产主义和谐美理想的实现。

和谐与美，是自古至今众多美学家探讨的课题。马克思主义确认：美是人的本质力量的对象化。在美的本源上，主张主客体的客观关系说；在美的本质特征上，主张关系的和谐自由说。和谐促成了美，美与和谐有内在的密切联系。正是在这个意义上，不少美学家认定：美就是和谐。

当然，美学发展到今天，出现了不少新的重大变化，亦发生了一些审美的变异。如打破均衡、整体失调、色彩斑驳……这些不对称、不和谐的状态，也被当作"美"来欣赏。在现代派艺术家的绘画中，有不少这样的新作。在现代大型建筑中，也把失去均衡、追求奇特作为表现形式。有些雕塑家创作的艺术品，就是以"不和谐"为表现目标，如三只脚的椅子、倾斜的房屋等。这些不和谐的创造，给人们带来了审美的新奇。

然而，人们期待的，仍然是和谐之美。企盼有和谐的家庭、和谐的国家、和谐的社会、和谐的世界。

情感在审美中的作用

审美过程中，情感是重要的中介。审美主体在审美时，往往把自身的情感，投射到审美客体上，形成独自的审美意识。杜诗"感时花溅泪，恨别鸟惊心。"因为诗人有感时局的动乱，内心十分悲苦。因此，看到带露水的花朵，似乎同自己一样在溅泪。因痛恨离别，听到鸟在鸣叫，也会引起心儿的惊跳。这些，都是情在发挥作用，因情生变也！

《庄子·秋水》中，有这样一则故事：庄子与惠子游于濠梁之上。

庄子曰："儵鱼出游从容，是鱼乐也！"

惠子曰："子非鱼，安知鱼之乐？"

庄子曰："子非我，安知我不知鱼之乐？"

这里涉及的是"推己及物""设身处地"的心理活动。鱼有没有愉悦意识？是否能像人一样"乐"？这种问题，在庄子时代的动物心理学，不可能解决。庄子用"乐"形容鱼的心境，外射到鱼的身上，顿时觉得鱼也"乐"了，这正是审美过程中的移情作用。

"花红"，其实是"我觉得花是红的"。"石头太沉重"，其实是"我觉得它太沉重了"。我们常说的"云飞泉跃""山鸣谷应"，云何尝能飞？山何能鸣？这是我们把感觉误当成了物的属性，把无生命的物，视为同人一般，也有生气，也有活力。

晋代高士陶渊明，一生爱菊。他为什么酷爱菊？因为他在傲霜的秋菊中，见到了孤臣的劲节。北宋名士林和靖，为什么以梅为妻，终生与

231

梅相伴？因为他在暗香疏影中，见到了隐士的高标。这些都是移情的效应。

所谓移情，就是审美主体将自身的情感，移植到审美客体的身上。当审美者欣喜时，大地山河也在扬眉欢歌；当审美者悲伤时，花鸟风云也在忧伤叹息。惜别时，蜡烛可以垂泪；兴奋时，青山亦觉点头。《西厢记》有这样的描述："朝来谁染枫林醉，都是离人泪。"将晚秋漫山遍野的枫叶，说成是被离人的泪水染成，这正是移情所致。

中华传统文化，主张"比德"式的艺术表现手法。即将人自身修身立德的要求，对应于自然物上。古代文人推崇的"四君子"——"梅、兰、菊、竹"，就是"比德"的典范。以"梅、兰、菊、竹"的不畏严寒、独立自处、清香常绿，象征君子的淡泊明志、不畏艰难的高尚品格。流传的大量诗文中，都有对这些品格的赞颂。

梅花，"千年冰霜脚下踩"，"昂首怒放云天外"。她战天斗地，卓然独立，受到历代文人的追捧。现代学者梁实秋赞美梅花"剪雪裁冰，一身傲骨"。元代画家王冕，对墨梅特别垂青，他在一幅墨梅图上题诗："我家洗砚池头树，朵朵花开淡墨痕。不要人夸颜色好，只留清气在人间。"王冕对墨梅的清气尤为欣赏，认为这是文人清白品格的体现。

"兰生深山中，馥馥吐幽香。"同样亦为众多文人所喜爱。清末革命志士秋瑾，在《兰花》中吟诵："九畹齐栽品独优，最宜簪助美人头。一从夫子临轩顾，羞伍凡葩斗艳俦。"朴素高洁的兰花，有其不凡的抱负、不屈的品格。她是不屑与凡花为伴的。秋瑾是借兰花抒发自己的革命壮志。

唐代诗人元稹，对菊花有深刻的描绘："秋丛绕舍似陶家，遍绕篱边日渐斜。不是花中偏爱菊，此花开尽更无花。"菊花盛开于"凉风起天末"的晚秋。苏轼《寒菊》中，对菊花有"应缘霜后苦无花"的赞叹。黄巢《不第后赋菊》中，有"我花开后百花杀"的咏怀。朱元璋也写过一首《咏菊诗》："百花发，我不发。我若发，都骇杀。要与西风战一场，遍身穿就黄金甲。"这些，都是借菊花在百花肃杀季节独自开放的雄姿，抒发本人不凡的抱负。

竹，四季皆绿，虚节凌云，是历代骚客吟咏的对象，亦是画家经常描绘的主题。明代张弼《咏竹》一诗中，写道："春风千万花，花落春无迹。此君冷淡姿，常有好颜色。"花开自有花谢时，而绿竹却四季常青，"常有好颜色"这委实十分宝贵。唐代李君在《题竹》中，刻画了竹子四季常青的美景："一顷含秋绿，春风十万竿。气吹朱夏转，声扫碧霄寒。"四季皆绿碧，"春风十万竿"。这样的翠竹，实在令人爱慕。

"比德"，亦是一种移情手法。它体现了情感在审美中的巨大作用，说明文和画都离不了一个"情"字。

音乐的审美效果，同样由移情形成。音调本身只有高低、长短、急缓、宏纤之分，而没有快乐与悲伤之别。也就是说，单调本身只有物理性能，而没有人情表述。可是听一支曲子，欣赏者心中，都可以引起激昂、悲壮、欢乐、奔放等情绪，这也是移情产生的效果。

书法是线条的艺术，其本身有重、轻、疾、缓、粗、细的线体差异。然而，从书法中，可以看出性格和情趣。俗话说"字如其人"。颜鲁公的字，就像颜鲁公；赵孟頫的字，就像赵孟頫。颜鲁公的字，挺拔；赵孟頫的字，秀娟。这是我们把字在心中引起的意象，移到了字体身上了。

开国元帅陈毅，亦是一位出色的诗人。他在《冬夜杂咏·青松》中写道："大雪压青松，青松挺且直。欲知松高洁，待到雪化时。"青松傲雪屹立的形象，让诗人联想到无产阶级革命志士"敢教日月换新天"的万丈豪情。他将这种革命豪情映射到雪松身上，雪松就成了坚贞不屈的革命志士的化身。从中我们看到了，情感在审美中的重大作用。

总之，情感在审美过程中，是不可或缺的中介。没有情感的参与，就不可能形成有效的审美效果。

情感在审美中的作用

各美其美意味深

人各其面，人的审美兴趣、审美追求亦各不相同。有的人，爱淡雅清秀的水仙；有的人，爱雍容华贵的牡丹。有的人，爱听雄浑激昂的交响曲；有的人，爱听情意绵绵的小夜曲。有的人，爱看大笔挥洒的山水画；有的人，爱看笔触细腻的花鸟画。真是各美其美，各有所好。

我国地域辽阔，北方与南方有很大差异。北方干燥，南方湿润；北方开阔，南方丘壑。由此，形成北方人刚直豪爽，南方人委婉温柔。在审美情趣上，亦各有不同的特色。北方人追求阳刚之美，南方人则喜爱温柔之美。陕西著名的秦腔，是大声吼出来的旋律，威猛刚烈；而浙江著名的越剧，却柔情似水，声软意浓。地域的巨大差别，形成了审美追求上的巨大反差。

我国是个多民族的国家。各民族有其自身的发展史，有其独特的民族文化传统，因而在审美追求和审美趣味上，也各不相同。以彝族和白族为例，就可以看出两者的巨大差异。白族生活于云南的洱海边，常年濒临于水，对白色特别追慕，他们无论男女都穿白色衣衫，戴白色帽子，故称之白族。居于云贵深山的彝族，常年与山林为伴，崇尚黑色。黑为众色之首，又唤为元色。彝族老少，常年穿的是黑袍，头缠黑色纱巾。白族与彝族，在颜色的审美上，一白一黑，显示了各自不同的审美追求。

各美其美，人们对美的需求是多种多样的，这也充分显示了审美的生动性和丰富性。正由于美的丰富多彩，才具有吸引众人的无穷魅力。

　　各美其美，意味深长。让我们来到这多姿多彩的审美大花园里，尽情欣赏这绚丽动人的"美"的花丛。

朦胧美的艺术魅力

朦胧美广泛地存在于审美领域中。现实生活中，云海苍茫之美，烟波浩渺之美，月色迷蒙之美，星空无限之美，宇宙混沌之美等，都具朦胧美的特色，富有极大的美的诱惑力。研究这一美的特性及规律，已成为当今美学的一个热门课题。安徽师范大学文学院王明居教授的专著《模糊美学》，于1989年3月出版。作者在书中写道："模糊美学是时代的产儿，它不早不迟，跻身于当代美学领域，绝非偶然。它具有本身独特的规律，也深受耗散结构论、模糊数学的启迪。它的诞生，是科学文化发展的必然。"

模糊美学包含有十分丰富的内容，亦有其自身的范畴。大致有下列几种：

一、亦美亦丑

模糊美学，首先表现在美与丑的消融与转化上。

客观事物的构成，十分复杂。同一事物中，有时会出现生活肯定性与否定性对立统一的现象，这就给同一事物带来美丑相杂、或美或丑的状况。

在莎士比亚著名悲剧《马克白斯》的第一幕第一场中，通过三女巫说出这样的道白：

癞蛤蟆在咯咯叫

——马上就来到；

丑即是美，美即是丑。

穿过浓雾浊气去飞走。

（《马克白斯》第3页，曹未风译，新文艺出版社1957年版）

这里，我们不能把莎翁视为美丑不分。美和丑是对立的两极，然而在特定条件下，美可以消失在丑中，转化为丑；丑也可以消失在美中，转化为美。在莎氏戏剧中，就可以找到这样的例子。《奥赛罗》中的主角奥赛罗，就是一个既善且恶、美丑互渗的典型。他为国远征，屡建奇勋，并且真诚地笃恋着爱妻苔丝达蒙娜，表现了他的善和美。但他却听信谗言，怀疑其忠诚之妻不贞，终狠下毒手，杀死了爱妻，铸成千古遗恨，显示了他的丑恶。后来，谜底揭开，他误认为不贞的妻子，恰恰是最忠于他的人；他误认为最忠于他的埃古，却是一个一心想篡夺他的权位的坏蛋。奥赛罗知道自己受骗了，决定以死赎罪。此时，一度被吞食的光辉，又回到他的身上。所以，莎士比亚笔下的奥赛罗，是一个亦丑亦美、美丑互渗的典型人物。

二、亦美亦高

模糊美学，还表现在优美与崇高的互相渗透和辩证统一上。

传统美学把崇高与优美作为两大范畴，认为两者互相对立，不可渗透。其实，这两者并不是不可调和的。以自然美为例。泰山庞大的体积，高峻的雄姿，磅礴的气势，决定了它以崇高为其主调。然而，泰山上，有潺潺的流泉，盛开的花丛，摇曳的修竹……这些都与优美相关。虽然泰山以崇高博得美学家的景仰，同时也有优美为它作陪衬。亦高亦美，才让泰山成为令人向往的旅游胜地。

三、亦悲亦喜

模糊美学，还表现在悲与喜的互相融合和互相转换中。

戏剧中，有悲剧、喜剧，也有悲喜兼有的悲喜剧。

美国符号论美学家苏珊·朗格指出："喜剧与悲剧这两种重要节奏，存在着根本区别这一事实，并不意味着二者是彼此对立、水火不容的两种形式。悲剧完全可以建立在喜剧的基础上，而不是为纯粹的悲剧。"

亦悲亦喜，悲喜互渗，是艺术家常用的手法。古典长篇小说《红楼梦》宝玉成亲之时，正值黛玉归天之际，一喜一悲，同时发生，艺术效果何等强烈，令读者触目惊心。

四、有无相生

有与无的辩证表现，是模糊美学中一个重要的内容。

黑格尔曾指出："有过渡到无，无过渡到有，是变易的原则。"（《小逻辑》第198页）。

刘禹锡所说的"境生于象外"（《董氏武陵集记》），司空图所说的"象外之象"（《与极浦书》）。均涉及有与无的转化问题。所谓"象"，指具体、可感的审美形象，而"象外之象"，则是听不到、看不见、摸不着的，属于"无"。李白《玉阶怨》，写思夫之怨妇，伫立玉阶，露水浸湿罗袜，仍不肯入室就寝。通篇未着一怨字，而深深的幽怨之情，已力透纸背。这就是以有衬无的典型佳作。

五、知白守黑

黑白均为颜色之母，为宇宙万象色彩之本源。

老子《道德经》二十八章曰："知其白，守其黑，为天下式。"他把知白守黑，作为天下一条重要原则。认为：只有懂得"白"的本源意义，才能守住"黑"。"白"可以理解为明亮，"黑"可以理解为晦暗。

美苑寻芳

"白"为"显","黑"为"隐"。黑白之间存在相互渗透的中间地带,它不是明朗的,而是模糊的。黑白之间,可以转化。

京剧《三岔口》,是一出武打名剧。在灯光下,表演黑夜打斗情景。用有形的动作,表现黑暗中人物互相摸索和寻找,演得十分真切动人。

著名国画家李可染认为:"虚不一定是白,也可以是黑的。"这种黑,有浓有淡,有深有浅,有大有小,有厚有薄。不同墨色的运用,充分反映山林层次变化,山间气流氤氲迷蒙,收到了极佳的艺术效果。

六、明暗掩映

光线的明与暗,两者的互相渗透,所形成的参差美,也是模糊美学研究的内容。

关于明暗过渡,产生的参差美,法国百科全书派学者狄德罗有生动的描述:"我们看到斜阳落在树木的浓阴上,参差交错的枝丫把光线截住,又把它们反射出来,散布在树干上、地上、树叶丛中,并在我们周围产生无穷无尽的影子……我们的目光浏览着这富有魔力的画面,我们高呼:'这是何等的景色!何等的美丽!'"(《狄德罗美学论文选》第379—380页)。光线不停地变化,明暗在相互转化之中,其间呈现的参差美,是非常诱人的。

古典诗歌中,"隐隐飞桥隔野烟,石矶西畔问渔船"(唐张旭《桃花矶》)。"流水声中视公事,寒山影里见人家"(唐崖峒:《题桐庐李明府官舍》)。"云湿一声新到雁,林昏数点后栖鸦"(宋陆游《行饭至新塘夜归》)。上述诗句,都不同程度描绘了明暗互渗的模糊美,收到了良好的艺术效果。

七、不似之似

我国古典画论中,对"似"与"不似"有深入的阐述。关于"不似之似"的辩证分析,也是模糊美学中的一个有意义的课题。

审美活动中，人的大脑贮存的信息相似块，不仅指不同事物之间形貌的相似，更重要的指心理状态的相似。《红楼梦》有黛玉葬花一段感人的描写。林黛玉葬花时，悲慨万千，暗自垂泪。其缘故，是她把自身的薄命与鲜花的凋零紧紧地联系在一起。人与花，应该为"不似"，薄命与凋零，应该有"相似"之处。两者结合在一起，就构成了艺术表现上的"不似之似"。

审美活动中，信息相似块具有不可思议的魅力，它使审美者从这一点联想到那一点，举一反三，变化无穷，其意蕴是多义的，难以捉摸。如现代雕塑家亨利·摩尔题为《核能》的雕塑，既像人的头颅，又像蘑菇云。作品蕴藏了这样的思想：人的大脑，可以制造为人类造福的原子能，又可以造成摧毁人类的原子弹。

我国许多杰出的国画家，主张画应在"似与不似之间"。石涛在一首题画诗中写道："名山许游不许画，画必似之山必怪。变幻神奇懵懂间，不似似之当下拜。"现代国画大师齐白石也主张："作画妙在似与不似之间，太似为媚俗，不似为欺世。"所谓"似"，指"像"；"不似"指"不像"。绘画作品与描绘对象，应该是"似与不似"的关系。所谓"似"，因作品来自描绘对象，应该有些"像"。否则，就会"欺世"，会让人不知画什么。由于作品不仅仅是反映客观对象物，还是艺术家主观的艺术创造，包含了画家的思想、情感，所以不能一味地求"似"。它还有"不似"的一面。好的画作，应在"似与不似之间"。

模糊美学，内含古今众多方面，有浓厚的艺术趣味，值得大家深入探讨。妙哉！朦胧美！

思而得之 其乐无穷

审美过程，不仅仅是用眼观察，用耳聆听，同时也用脑思索。因此，审美过程，也是运思过程。审美对象具有的想象空间越大，审美内容越丰富，审美者思索的余地也就越大，就会给审美者带来极大的快慰和乐趣，从而达到思而得之、其乐无穷的效果。

著名古代旅游家徐霞客对黄山有极高的评价：五岳归来不看山，黄山归来不看岳。黄山有险峻的高峰，有挺拔的劲松，有飞挂的流泉，有变幻的云海，有神奇的巧石，有青翠的山湖，真是山奇水妙，让游客大饱眼福。当代著名画家刘海粟十上黄山，为黄山画下精美的作品。

黄山丰富的自然美，使千万中外游客流连忘返，难以忘怀。山上有一块闻名的奇石，状若顽猴，在凝视着山下大片的良田。有人为此赋有一诗："云海无声地澎湃，元猴默默地发呆。他是回想悠悠的亘古?！还是展望美好的未来?！"黄山美景，给人欣喜，催人沉思。山下为徽州所属，灿烂的徽文化为游客带来了丰富的人文资源。黄山，真是中外旅游者的一块福地。

作为审美对象的文艺作品，更需要有思想和艺术的深度，让读者在阅读时，能不断地反思和回味。古人云："文贵曲，而忌直。"若文艺作品肤浅直露，一览无余，就会让读者丧失阅读兴趣，没有信心坚持读完全部作品。

古典诗词讲究意蕴美，要求作品要有"意味"，要有多重审美效果，让人读之能产生多方面联想，有持续的可品味性。

如王之涣《登鹳雀楼》：

> 白日依山尽，黄河入海流。
>
> 欲穷千里目，更上一层楼。

诗中展现了一片壮阔的美景：太阳慢慢地落下山去，汹涌的黄河滚滚地奔向大海。倘若你想看到更壮美的景色，就得往上再登上一层高楼。这是诗人登高望远时的真实体会。如果再扩大一步去思考，人生的道路不也是这样吗？要想让自己拥有更渊博的学识、更远大的眼光，你就得再登高一层才行。要想取得更大的成就，你就必须努力攀登。

又如，李商隐《乐游原》

> 向晚意不适，驱车登古原。
>
> 夕阳无限好，只是近黄昏。

此诗中的"夕阳无限好，只是近黄昏"两句，是流传千古之名句。这两句既可当作对落日美景的描绘和依恋，也可理解为在无限依恋的情感里，寄托着对年华迟暮的无限感慨。虽是短短的两句，却包含了十分丰富的思想和情感。

再如，刘禹锡《乌衣巷》

> 朱雀桥边野草花，乌衣巷口夕阳斜。
>
> 旧时王谢堂前燕，飞入寻常百姓家。

如果前面两首，在写景中包含了丰富的哲理，那么，这首《乌衣巷》则蕴藏了丰富的社会内容。昔日的乌衣巷，车水马龙，为簪缨贵族的聚居地。如今，显赫门第已荡然无存，朱雀桥边长满了野草，乌衣巷口仅存夕阳的余晖。过去曾在王谢堂上筑巢的燕子，如今也飞入了寻常百姓的家中。诗人透过典型的画面，道尽了世间世事无常，桑海巨变。

诗虽写的是乌衣巷，却反映了人间历史变迁的苍凉。诗贵有意蕴，好的诗，透过字面，可以让读者捕捉到丰富的意象，常读常新，耐人寻味。

《红楼梦》，是一部百科全书式的长篇小说，其描写的内容涉及政治、经济、诗词、歌赋、饮食、医药、建筑、园林诸多方面。关于《红楼梦》的主旨，不同的人，就有不同的结论。鲁迅在谈到这部小说时，曾指出："经学家看见《易》，道学家看见淫，才子看见缠绵，革命家看见排满，流言家看见宫闱秘事……"说明《红楼梦》内涵丰富，可以让不同的人，产生不同的联想。由于小说涉及面广，值得探讨的问题多，众多研究者都陈述各自的见解，发表的论文积存如山。如今已形成了一门"红学"。

《红楼梦》，是对我们封建社会末期的生动描绘和形象反映。你想了解中国的封建社会吗？你就应当认真读一读《红楼梦》。这部小说之所以不朽，就在于它内涵丰富。读而思之，收获多多；思而得之，其乐无穷。

思而得之　其乐无穷

通感的艺术表现力

人通过眼耳鼻舌身获得视觉、听觉、嗅觉、味觉、触觉，在日常口语的表达中，在艺术作品的描绘中，这些感觉可以互通，著名学者钱锺书把这种感觉互通的艺术表现方法，称之"通感"。

日常生活的经验里视觉、听觉、味觉、嗅觉、触觉，可以彼此打通；眼、耳、鼻、舌、身，各官能，可以不分界限。颜色似乎有温度，声音似乎有形象，冷暖似乎有重量，气味似乎有体质。在寻常人们所说的口语中，就会有这样的例子：如"声音很尖""一片艳红的月季，给人带来浓浓的暖意"等。按钱锺书先生介绍：拉丁语和近代西语中，有"黑暗的嗓音""皎白的嗓音"等说法。

在通感中，将视觉转化为听觉的例子较多，例如：

"红杏枝头春意闹"（宋祁《玉楼春》）。

"风吹梅蕊闹，细雨杏花香"（晏几道《临江仙》）。

"车驰马骤灯万闹，地静人闲月自妍"（黄庭坚《次韵公秉、子由十六夜忆清星》）。

"三更莹光闹，万里天河横"（陈与义《舟抵华容县夜赋》）。

"行入闹荷无水面，红莲沉醉白莲酣"（范成大《立秋后二日泛舟越来溪》）。

"日边消息花争闹，露下光阴柳变疏"（陈耆卿《挽陈知县》）。

以上诗句，都使用了"闹"字。著一"闹"字，将事物无声之状态，写成似乎有声音之波动，仿佛在视觉里获得了听觉的效果。

李义山《杂纂·意想》，有这样的描述："冬日着碧衣似寒，夏月见红似热。"（《说郛》卷五）表明不同色彩，会给人不同的感觉。红色，会给人带来温暖；绿色，会给人带来寒意。后来，"暖红""寒碧"便成了诗词惯用的套语。

亚里士多德的心理学著作里，说声音有"尖锐""钝重"之分。这是将听觉比拟触觉。

我国《礼记·乐记》中，也有将听觉和视觉贯通的例子："故歌者，上如抗，下如队，曲如折，止如槁木，倨中矩，句中钩，累累乎端如贯珠。"孔颖达《礼记正义》，对此作了扼要说明："声音感动于人，令人想其形状如此。"

将声音转化为具体形状，是诗人的拿手好戏。李商隐《拟意》中，有"珠串咽歌喉"之诗句，是说声音仿佛如珠子形状，又光润又圆满，构成生动的视觉兼触觉的体验。

在西方的文学作品中，这样描摹鸟儿的鸣叫："一群云雀儿明快流利地咭咭呱呱，在天空撒开了一颗颗珠子。"把鸟鸣之声与"撒开了一颗颗珠子"联系在一起，让声音变为有形的视觉，行文十分生动有趣。

有关将听觉转化为视觉或嗅觉的例子，还可找到不少，例如：

"促织声尖尖似针"（贾岛《客思》）。

"莺声圆滑堪清耳"（丁谓《公舍春日》）。

"佳人抚琴瑟，纤手清且闲；芳气随风结，哀响馥若兰。"

"有时婉软无筋骨，有时顿挫生棱节，急声圆转促不断，铄铄鳞鳞似珠贯。缓声展引长有条，有条直直如笔描。下声乍坠石沉重，高声忽举云飘萧。"（白居易：《小童薛阳陶吹觱篥歌》）

通感在西方文学名著中，亦能见到典型的例证。例如，荷马史诗《伊里亚特》中，有以下诗句：

"像知了坐在森林中一棵树上，倾泻下百合花也似的声音。"

把声音和百合花联系在一起，虽然是做到了听觉与嗅觉的相互贯通，让动听的声音变成了美好的气味。

　　无须过多列举例子，足可看出，在艺术表现中，将人类的各种感觉，相互贯通，加以生动描述，会大大增强艺术表现力，让作品生动风趣，让人难以忘怀。

美苑寻芳

方寸之内乾坤大

余平生有四好：书籍、字画、雅石、邮票。小学时，就对邮票产生了兴趣。

一张小小的邮票，方寸之内，内容广博，涉及政治、经济、天文、地理、人文、历史……应有尽有，存在丰富的审美空间，真是令人爱不释手。

我从家中旧信件中，得到有清代"小蟠龙"邮票；有民国时期的孙中山先生邮票；有解放战争时期的淮海战役纪念邮票、南京解放纪念邮票、广州解放纪念邮票。这些，都可作为珍贵的历史资料来鉴赏。

半个多世纪的集邮中，收集的各类邮票：

自然美方面：有名山大川的雄姿；有花鸟动人的倩影；有各地迷人的风光……

社会美方面：有屈原逝世1675周年纪念票，有林则徐诞生200周年纪念票，有蔡元培诞生120周年纪念票，有瞿秋白诞生90周年纪念票……

艺术美方面：有著名国画大师吴昌硕、齐白石的精彩佳作，有著名京剧表演艺术大师梅兰芳、周传芳的舞台表演生动形象，还有正、草、篆、隶，各种字体的书法瑰宝的展示……

每年伊始，都有当年生肖邮票发行。这些生肖票，分别由美术功底雄厚的设计大师或著名画家担任设计，生动的形象，别出心裁的表现，让人无比珍爱。著名画家黄永玉设计的邮票，一经发行，当即受到广大集邮者的热捧，票值一直在飙升。

列支敦士登，欧洲中部的一个小国。由于国王十分喜爱邮票，遂使生产邮票成为该国的支柱产业。首都瓦杜兹，山水相依，环境优美。

2016年3月，与妻赴欧旅游，来到瓦杜兹，见街上一家商店出售各种邮票，立即购入四版：一版为列支敦士登印制的生肖票；一版为当地风光票；一版为著名油画票；一版为德国票。票价并不昂贵，收获满满，心情十分舒畅。

一枚小小的邮票，虽仅方寸大小，却承载了各类丰富的信息。天下之事，应有尽有。它为我们提供有自然、社会、艺术等方面的审美内容，具有广阔的审美空间。人们将它置于身边，不时品尝，兴味无穷。

一枚小小的邮票，小中见大，寓意深厚。全国有成千上万的集邮者，乐此而不疲。有的终生从事集邮研究，成了业内的集邮大家。

我市翟宽先生不仅集邮，并且从事集邮研究，发表了多篇有关邮票的专文，还出了有关集邮的专著。这位老先生与邮票结下了不解之缘。

美苑寻芳

也谈美和美的创造

党的三中全会以来，学术园地欣欣向荣。美学这片曾遭霜劫的花圃，也焕发出勃勃生机。

什么是美？如何去创造美？这是美学应该探讨的核心问题。近几年来，许多美学家和美学研究者，相继发表了不少好的意见，有些问题目前难以取得一致意见，尚待进一步深化。这里，仅就自己对美和美的创造问题，谈谈一些相关的认识。

一、美是主客观统一的产物

马克思在其早期著作《一八四四年经济学——哲学手稿》中，有一段重要的文字：

"动物只是按照它所属的那个物种的尺度和需要来进行塑造，而人则懂得按照任何物种的尺度来进行生产，并且随时随地都能用内在固有的尺度来衡量对象；所以，人也按照美的规律来塑造物体。"（《1844年经济学——哲学手稿》第50-51页，人民出版社1979年版）

上面说的"物种的尺度"指动物对客观规律的某种适应性。上面所说的"内在固有的尺度"指人认识规律、运用规律，以自己的智慧和力量改造主观世界的创造性。综合马克思这段话的实质内容，可以得出他给美下了这样一个定义："美是人的本质力量的对象化。"这个论断，为我们探讨美和创造美，提供了一把可靠的钥匙。

首先，美应该是展现在人们面前的"对象"。即黑格尔所说的"感性显现"。它绝不是虚无缥缈、不可捉摸的主观臆想。美是一种客观存在，它实实在在存在于客观生活之中。但是，不是一切客观实在物都是美的，只有反映了人的本质力量的对象，才能引起人的美感，才具有美的特质。所谓"对象化"，有使之成为对象的意思，其中当然包含人的主观能动作用。一块岩石并不美，经过雕塑家的劳动，成了一件不朽的艺术品，才会赋予人们美感，因为这件艺术品体现了人的本质力量。有的同志认为，研究美必须从观赏物和观赏者双方着手，即从主客观的统一上加以把握。这种看法，颇有道理。如若，片面强调美的客观性，忽视美的主观因素，或是夸大美的主观性，否定美的客观存在，都无法解决美和美的创造问题。

讨论问题不应停留在一般的定义上，应从实际出发，从丰富的实际生活中，引出科学的结论。就以花来说吧，既有浓妆夺目的玫瑰，也有素妆淡然的玉兰；既有赤红如火的山茶，也有散金点点的丹桂；既有花香袭人的茉莉，也有暗香浮动的蜡梅……真是姹紫嫣红，美不胜收。自然，对各种不同类型的花，各人有各人独特的爱好，各人有各人不同的审美追求。陶渊明喜爱菊花，留下了"采菊东篱下，悠然见南山"的诗句；林和靖喜爱梅花，留下了"梅妻鹤子"的传说。作为美的事物，菊与梅都是客观存在于我们的生活之中的。时至今日，秋日还有菊展，冬季还有"踏雪观梅"的雅兴。然而菊与梅，乃至一切植物花卉，作为人们的审美对象，都不是一开始就如此。作为植物的花，应该早就存在了，但人类在他的孩提时代，并没有把它当作审美对象。法国著名的文艺评论家和科学家布封，在谈到原始人的生活时，写道："在这些荒野的地方，没有道路，没有交通，没有任何人类智慧的痕迹；并且要随时提心吊胆免得变成野兽的食粮；荒野的吼声既使他震惊，那一片冷落凄凉的沉寂又使他心悸，他只好往回跑了。他说：'生野的自然是丑恶的，死沉沉的。'"（《布封文钞》第89页，人民文学出版社）在那野兽横行、朝不保夕的远古时代，我们的祖先终日为生存而斗争，哪有闲情逸致去品尝周围的植物花卉，因此，在那时花就不可能进入人们的审美领域。事实告诉我们，原始民族并不认为花是美的，正如普列汉诺夫所指出的："如大家所知道，原始底种族——例如薄堤曼和澳洲土人，——虽然住在花卉极其丰富的地上，也决不用装饰。"（《艺术论》第34页。鲁迅译，人民文学出版社）我国著名考古学家裴文中，根据大量地下发掘的材料，也得出这样的结论：原始人的艺术绝少以植物为对象。他还谈道：原始艺术中，"纯以大自然中的风景为对象，好象绝对未发现。"（《旧石器时代的艺术》第22页，商务印书馆）这是由于在狩猎时代，人的基本活动是猎取活动，植物还没有成为人类活动的一部分，所以没有成为美感对象。足见，美的形式与人的社会实践、社会意识、社会生产水平，都有密切关系。陶渊明、林和靖如果生活在人类原始时代，绝不会有观菊、赏梅的那种情致。艺术史研究者格罗塞在分析原始民族的装潢艺术时谈道："从动物装潢到植物装潢，实在是文化史上一种重要进步的象征——就是从狩猎变迁到农耕的象征。"（转引自鲁迅：《硬译与文学的阶级性》）从狩猎到农耕，社会生产水平有了提高，人的审美能力也有了提高。

还是以黄山为例，它被誉为名山之首，其壮丽多彩的风光，确实有美的诱惑力。但是，在野兽出没、林深无路的远古时代，攀登黄山绝非易事，甚至会有生命危险，黄山的美也就不能为人们所理解了。

又如，在电视尚不普及的年代，人们就无法安闲地坐在家中，尽情地欣赏丰富多彩的电视节目，这种美的享受，也就难以实现。

凡此种种，说明美的存在离不开一定客观物质条件。客观存在的美，体现了人的本质力量的发展程度，它既是一种不以人的意志为转移的实在物，又反映了人的智力的开发与发展的程度。所以说，美的构成离不开客观与主观两方面的因素。

美的主观因素，除了从人的本质力量的不同发展中可以看到，还可以从不同的人对美的不同反应中得到证实：同是一朵鲜花，在乱世游子的眼中，可以"感时花溅泪"；在痴情恋人的心里，都"红得像燃烧的火"。同是一弯新月，在天真稚子的眼中，可以是"摇到外婆家的一只小船"；而思乡赤子，却把月亮皎洁清辉，疑为地下寒霜。相同的事物，在不同人的心膜中，为什么会有如此不同的感受呢？这是由于人们的处境、遭际、心理状态各不一样，对同一观赏对象会产生迥然不同的审美情趣。同为青山，既可以产生"相看两不厌"的眷恋之情，也可以产生"青山犹哭声"的忧伤之感。《红楼梦》着力刻画的林黛玉，"静如娇花照水，动似弱柳扶风"，是一位婀娜多姿的少女，她具有反抗封建礼教的叛逆精神，宝玉将她引为知已，彼此建立了坚贞不渝的爱情。但是，不是所有的人都爱林妹妹，正如鲁迅所说："贾府上的焦大，也不爱林妹妹的。"身为下等人的焦大，根本无法养活体弱多病的林小姐，当然也就对林妹妹不会产生多大的兴趣了。这种审美的差异性，说明在审美过程中，人的主观因素不容忽视。我们分析美理应从观赏物和观赏者两方面去分析，否则就会失诸偏颇。有人认为，客观是"美"的问题，主观是"审美"的问题，两者不应混淆。我们认为，"美"与"审美"虽有区别，却有不可分割的联系。离开客观存在的"美"来谈"审美"，"美"就成了主观的变幻术；离开了鉴赏者的"审美"来谈"美"，"美"便失去了存在的意义。只有从主客观的统一上，去探索美、研究美，才能真正把握"美"的本质和规律。

绝大多数美学家都认为，艺术是美的高度集中的表现。什么是艺术呢？艺术是一定的社会生活在艺术家头脑中反映的产物。艺术不外乎包括两方面的内容：一是社会生活；一是作家对社会生活的认识。文艺作品是社会生活的反映，但并不是社会生活的机械翻版。文艺作品中的艺术形象，是物我渗透的结果，它不再是纯客观的东西，而是"人的本质力量的新的显现和新的充实"。既然艺术是主客观的统一的产物。"从艺术下手研究美，比较容易抓住美的本质"。（朱光潜：《美学研究些什么？怎样研究美？》，《美学问题讨论集》第四集）那么，为什么"美"就不是主客观统一的产物呢？

二、创造美，既是精神文明建设的任务，也是物质文明建设的任务

爱美之心人皆有之，爱美是人的天性。正如马克思所说："人总是按照美的规律来造形的。"然而在资本主义社会中，劳动使工人发生了异化。"劳动为富人生产了珍品，却为劳动者创造了贫民窟。劳动创造了美，却使劳动者成为畸形。劳动用机器代替了手工劳动，同时却把一部分劳动者抛回到野蛮的劳动，而使另一部分劳动者变成机器。劳动生产了智慧，却注定了劳动者的愚钝痴呆。"（见《1844年经济学——哲学手稿》）。劳动一方面创造了美，一方面又毁灭了美。这种现象岂止是资本主义社会，一切剥削社会都如此。消灭了剥削制度，为美的创造和发展提供了有利的社会条件，因为劳动者成了社会的主人，异化劳动可以逐步得到消除。

美往往包含一定的社会内容，与善联系在一起。所以，一定的审美水准，反映了一定的道德水准。毛泽东同志号召我们学习白求恩，做"一个高尚的人，一个纯粹的人，一个有道德的人，一个脱离了低级趣味的人，一个有益于人民的人。"也就是做一个心灵美的人。党中央要求我们培养"有理想、有道德、有文化、守纪律"的新一代，也就是要求我们培养心灵美的新一代。因此，创造美，大力提高民众的审美水平，与社会主义精神文明建设密切有关。

美，有内在的内容美、外在的形式美，两者往往并不均衡，甚至存在矛盾。《红楼梦》里的王熙凤，是一个"粉面含春威不露，丹唇未启笑先闻"的丽人，从外表看，不能谓之不美。然而，就是这个凤辣子，"明是一盆火，暗是一把刀"，"嘴上喊哥哥，手里掏家伙"，是一个心狠手辣的两面派。她包揽官司，草菅人命，一手遮天，无恶不作。艳丽的外表掩盖不了丑恶的心灵。

《巴黎圣母院》，敲钟人卡西摩多，又聋又驼，还瞎了一只眼睛，由于是最丑陋的人，在愚人节被众人抬着当作"皇帝"，一起游街。然

而，他却又是一个忠实、善良、纯洁的人。他不惜救助爱斯梅哈尔达，最后在与邪恶势力抗争中，慷慨以身殉情。尽管卡西摩多外貌奇丑，但他有一颗赤诚的心，因而赢得人们的同情和仰慕。与卡西摩多相对立的，是宫廷侍卫长菲比斯。这个仪表堂堂的青年人，被吉卜赛女郎称作"太阳神"。此人虽外表英俊，却是一个薄情的纨绔子弟。他自私、虚伪，口头上一再表白钟爱吉卜赛女郎。当吉卜赛女郎被诬陷判罪时，他连出庭说句公道话都不干。他的美丽的躯壳掩盖不了肮脏的心灵，最后只能被人唾弃。在《巴黎圣母院》中，吉卜赛女郎爱斯梅哈尔曾感叹说："要是能把菲比斯的外貌和卡西摩多的内心结合在一起，世界将变得多么美好！"是的，我们的理想是美好的内容与美好的形式，两者完美的统一。两者之中，内容是首要的因素，"绣花枕头一肚草"，"金玉在外，败絮其中"，总是令人遗憾的。由此，我们重视"内在秀"，强调净化人的心灵，着力陶冶人的思想和情操，提高人的精神境界。人会思想，思想支配行为。在思想教育中，行之有效地进行审美教育，深入开展"五讲""四美"活动，这是从事社会主义精神文明建设的重要内容。

但是，创造美并不仅仅限于精神文明的范围。马克思主义认为，精神是物质的反映，没有物质，哪有反映物质的精神。精神总是建立在一定物质的基础之上的。如果没有铁器生产，也就没有铁器的雕刻工具，雕刻大师要想把花岗岩变成艺术品，那是极其困难的。

审美是一种精神活动，但美终究离不开一定的物质条件。衣不蔽体，当然不美。然而对于生活困顿的人来说，没有经济条件来购买衣服，那么还谈什么穿着打扮的美呢？中国有句古语，叫做"衣食足方能知礼义"。它强调了物质条件的重要性。当然，并不是所有衣食足的人，都懂礼义。那些饱食终日、肠满脑肥的剥削者，常干出伤天害理的坏事。对于广大民众来，"食必常饱然后求美，衣必常暖然后求丽"。此话不无道理。旧社会，失身青楼的女子，生活极其不幸，难道她们没有对美的追求吗？中外不少文学作品，描写了她们的不幸，揭示了她们虽身为下贱，但仍保持着一颗纯洁的心。小仲马的《茶花女》、莫泊桑的

《羊脂球》、孔尚任的《桃花扇》、冯梦龙的《杜十娘怒沉百宝箱》等，都有这方面的精彩描写。事实表明，保证一个人做人的基本权力，保障一个人生活的基本需要，正是满足一个人对美的起码要求。这样看来，创造美既是精神文明建设的重要任务，也是物质文明发展的题中之义。

随着现代科学技术的发展，美学领域在不断地扩大，美学与现代科技的联系，也越来越紧密。早在1944年，英国就成立了全国技术美学协会。美、日、法、比等国，也于1951年，成立了技术美学研究组织。从20世纪60年代开始，苏联美学界对生产劳动、科学技术中的美学问题特别重视，专门成立了全苏技术美学科学院，创办了技术美学杂志。在苏联，有学者提出，运用信息学来研究美学的问题。我国新出现的环境美学，其研究范围涉及光学、声学、色彩学、生态学、生理学、心理学、造林学、建筑学、统筹学等，跨越了众多学科。由此可见，随着时代的发展，美学涉及的内容，越来越丰富。

随着人对世界的见解，不断全球化、宇宙化，不仅要求人要审美地理解地球，而且要求人要审美地理解宇宙，要求人和整个自然和谐地得到发展。马克思曾精辟地指出："实际上，人的万能正是表现在他把整个自然界——首先就它是人的直接的生活资料而言，其次就它是人的生命活动的材料、对象和工具而言——变成人的无机的身体。自然界就它不是人的身体而言，是人的无机的身体。人靠自然界来生活，这就是说，自然界是人为了不致死亡而必须与之形影不离的身体。"（《1844年经济学——哲学手稿》，第49页）人与自然之关系，是如此的密切。改善人与自然之关系，使人与自然得到和谐的发展，让人在宇宙中，获得"诗意般栖居"，这是至为重要的大事，也是当代美学应该研究和解决的重大课题。

毛泽东同志在《实践论》中，给我们指出："无产阶级和革命人民改造世界的斗争，包括实现下述的任务：改造客观世界，也改造自己的主观世界——改造自己的认识能力，改造主观世界同客观世界的关系。"这个改造主客观世界的任务，亦为美学应该研究的中心课题。

著名美学家朱光潜先生，在为高校美学教师进修班讲课时谈道：美学的研究对象，分开来说，是自然、艺术；合起来，自然和人，组成一体。美学虽是社会科学，但又有些像自然科学。因为，无论从和自然科学的关系看，还是从美学的发展趋势看，美学与精神文明建设、物质文明建设，均有密切的关系。美学是横跨社会科学和自然科学的一门重要的科学，是哲学的一个重要分支。只有既抓精神文明建设，又抓物质文明建设，才能真正创造美，才能不断促进美的提高和发展。

党制定了建设社会主义的宏伟纲领，提出了"两个文明一起抓"的号召。清明的时世，为亿万人民施展自己的聪明才智，提供了广阔天地，也就是为人们探索美、创造美，提供了有利的社会政治条件和社会物质条件。让我们以出色的劳动，加速我国国民经济的良性发展，让我们以社会主义核心价值观，去形成良好的社会风气。让我们人人都争当美的创造者，去创造美好的未来。

美苑寻芳

展示美的有效方法

　　美，绝不是虚无缥缈的心造的幻影，它存在于现实之中，关键在于人们能否发现它。发现美的方法多种多样，而比较则是一种有效的方法。"五岳归来不看山，黄山归来不看岳。"五岳之美，是通过和寻常众山的比较而被发现的，黄山之美，则又是同五岳的比较而被推崇的。离开了比较，五岳之美，黄山之美，就不可能那么强烈地被人感受。发现美需要比较，再现美也同样需要借助比较的艺术手法。所谓"动人春色不须多，万绿丛中一点红。"不正是运用"红""绿"对比的方法，来再现动人春色的吗？在优秀的小说创作中，同样也运用对比的艺术手法，塑造人物形象，深化形象的审美价值。这里，以法国作家莫泊桑的名篇《羊脂球》和我国明代冯梦龙编纂的《警世通言》中的《杜十娘怒沉百宝箱》为例，谈谈这两篇作品是如何运用艺术对比的方法来塑造人物形象，展示审美价值的。

　　在旧时代文学作品中，有不少是以妓女为描写对象的。《羊脂球》与《杜十娘怒沉百宝箱》的主人公，都是身为下贱的不幸人。尽管她们地位低下，处境卑劣，却都有一颗善良、纯洁、高尚的心。她们的境地与她们的心地，构成了强烈的艺术对比。

　　短篇小说《羊脂球》，是以普法战争中的一段旅途生涯为写作背景的。在旅途中，羊脂球曾叙述过普鲁士军队占领鲁昂，她愤而出走的情景："我先以为我是可以不走的。我家里存着很多的食品，供给几个兵

士吃喝总比离乡背井乱跑奔好些，可是等我真见着了他们，这些普鲁士兵，我可就控制不住自己了。他们把我的肚子都快气破了；我羞惭得哭了一整天。如果我是个男子的话，那当然就好办了！我老在我的窗口望着他们，这些顶着尖角钢盔的大肥猪，我真想把我屋里的家具丢下去砸他们，但我的女仆紧紧握着我的手，不让我动手。后来有人要住到我的家里来了。第一个走进我家大门的人就被我扑上去掐住了脖子。掐死他们这些人并不比掐死别人更费事。如果没有人抓住我的头发往后拉，这个家伙一定是叫我给结果了。这样一来我只好隐藏起来，最后算是找着了机会，我才走出来，来到这辆车里。"从这段自我回顾的叙述中，可以看到：尽管羊脂球在法兰西社会中，是一位被人蹂躏的不幸女子，但她对自己的祖国有着深沉的爱，对普鲁士入侵者有着刻骨的恨，爱国主义的崇高感情，使得她不顾一切地要和侵略者拼搏，最后才不得不离开故土鲁昂。羊脂球身量矮小，浑身都是圆圆的，肥得要滴出油来，体态并不那么出众。然而，她的爱国主义的崇高感情，却赢得了人们对她的心灵美的由衷赞赏。

美苑寻芳

　　我国明代话本中的杜十娘，长得如花似玉，颇有几分姿色。然而，命运多舛，十三岁便沦为妓女。正如小说所云："可怜一片无瑕玉，误落风尘花柳中"。虽然十娘坠入了烟花巷，但她并未放弃做人的正当要求，认识李甲以后，便以身相许，力图实现从良之志。妓院头子杜妈妈，见到李甲囊中空无一钱，限他十日内交出三百两银子，方能赎人。在李甲困急之时，杜十娘慨然取出私房一百五十两银子。李甲的同乡柳遇春为十娘的行为所打动，也设法帮忙凑成了一百五十两银子。这样，杜十娘总算逃脱了辛酸地。后来，尽管李甲做了负心汉，使得杜十娘也怒沉百宝箱，葬身大江之中，但杜十娘对柳遇春仗义相助，帮她实现从良之愿，十分感激，一直铭记在心。话本的结尾，安排了这样一段插曲。"却说柳遇春在京坐监完满，束装回乡，停舟瓜步。偶临江净脸，失坠铜盆于水，觅渔人打捞。及至捞起，乃是个小匣儿。遇春启匣观看，内皆明珠异宝，无价之珍。遇春愿赏渔人，留于床头把玩。是夜，梦见江中一女子，凌波而来，视之，乃杜十娘也。近前万福，诉以李郎薄幸之事；又道：'向承君家慷慨，以一百五十金相助，本意息肩之后，徐图报答，不意事无始终。然每怀盛情，悒悒未忘。早间曾以小匣托渔人奉致，聊表寸心，从此不复相见矣。'言讫，猛然惊醒，方知十娘已死，叹息累日。"十娘投江身亡，绝不可能再奉献宝箱，以图报答。因此，小说中的这描写，完全是一种浪漫式的艺术想象。但这一想象的情节，是能够为读者接受的，因为它符合杜十娘的性格逻辑，体现了这一人物的性格美。杜十娘虽是一个坠入烟花的弱女子，但她深明事理，知恩图报，从她的处境和她的心灵的对比中，读者更能认识这一人物的美学价值。

除了人物的处境与人物的心灵的对比外，还有人物与人物之间的对比。俗话说："不怕不识货，只怕货比货。"人物与人物之间的对比，正是展现人物性格，揭示作品思想意义的重要方法。所以，恩格斯指出："如果把各个人物用更加对立的方式彼此区别得更加鲜明些，剧作的思想内容是不会受到损害的。"（《致斐迪南·拉萨尔》）。

《羊脂球》以普法战争为写作背景，采用高度浓缩的手法，通过一群众结伴旅行的前前后后，巧妙地描绘出法国各阶级在外国占领者面前的态度。作品以一个羞于委身敌寇的妓女作对照，刻画出只顾私利而不顾民族尊严的贵族资产者们的寡廉鲜耻。羊脂球从事让人鄙视的妓女职业，但她为人热情、正直。旅途中，在同伴们饥肠辘辘的时候，她十分坦然地把自己携带的丰盛的食物，分给大家。在普鲁士军官向她提出无理要求时，她怒气冲天，气愤地说："去告诉这个无赖，这个下流东西，这个普鲁士臭死尸，说我决不能答应，听明白了？决不，决不，决不。"从一连三个"决不"中，可以看到羊脂球羞于委身敌寇的民族自尊心。最后，在那些无耻的同伴的相劝下，羊脂球才干了不得不干的违心之事，她是那样的悔恨和悲伤。作品的结尾写道："羊脂球一直是哭着，有时候在两节歌声的中间，黑暗里进出一声呜咽，那是她没有忍住的一声悲啼。"这就告诉我们：羊脂球虽然遭受不幸，但她并没有失去

一个法国人的良心。在她的身上，还可以看到人性美的闪光。同乘一辆马车的伯爵、参议、商人，他们身居社会上层，摆出一副道貌岸然的架子。开始时，对羊脂球冷眼相看，在阵阵耳语中，辱骂羊脂球是什么"婊子""社会之羞"，似乎与羊脂球同乘一辆马车都玷污了他们的圣洁。当他们发现羊脂球带了可口的食品，坦然地邀请他们进餐时，这些"高贵"的人，却又都欣然接受，并且很快地将一篮东西吃了个精光。马车在一个小镇停留，驻守小镇的普鲁士军官向羊脂球提出了无理要求，被羊脂球断然拒绝，引起了普鲁士军官的不满，因而马车不能继续赶路了。就在这时，这些伯爵、参议、商人的极端利己的面目暴露无遗。他们一方面责怪"女流氓"有意要害他们多待些日子，甚至想把"贱货"手脚都捆起来移交给敌人；一方面对羊脂球又竭力装出和气的样子，进行种种劝说，凡是施展过自己的英雄的迷人的手段战胜丑恶可恨的败类的妇女，凡是曾经为复仇与效忠而牺牲贞操的妇人，他们都一一列举出来，目的无非是让羊脂球满足敌人的要求，以便让他们逃之夭夭。就是那位有一张被天花蚕食过的、数不清有多少麻斑痘痕面孔的老修女，也参加了劝说的行列，宣扬什么"本身应该受谴责的行为，常常因为启发行动的念头良好而变成可敬可佩"。羊脂球被迫以自身的痛苦换来了马车的起程，"上等人"的愿望实现了，却对羊脂球投以鄙视的眼光，把她看作极不干净的人，远远地避开她，仿佛她的裙里带来了什么传染病。开始时，他们恬不知耻地吃过羊脂球带的食品。后来，当他们津津有味地吃着自己的佳肴时，却一点也不顾及羊脂球了。这些"上等人"先是把羊脂球当作牺牲品，然后把她看作仿佛是一件肮脏无用的东西，远远地丢开。在冷酷现实的刺激下，羊脂球内心十分痛苦，"她拼命地煞住，绷紧了面皮，跟孩子似的把呜咽硬咽下去，可是眼泪还是涌上来，亮晶晶地挤在眼圈边儿上，一忽儿工夫两颗大泪珠离开了眼睛，慢慢地顺着两颊流了下来。跟着又流下了别的泪珠，流得更快，就好比岩石里渗出来的水珠，一滴一滴落在她圆鼓鼓的胸膛上。"羊脂球看透了这伙"贵人"包裹在礼服里面的肮脏的心灵，曾愤然地说："要

260

是你们这些光棍都上台去治理法国，我只好远离法国了。"作者通过卓越的艺术描写，使得羊脂球和一伙上等人，形成鲜明的对比，一方无私、善良、正直，一方自私、丑恶、虚伪。通过对比，深刻反映了当时法国社会的真实面貌，鞭挞了腐朽、黑暗的社会势力。

《杜十娘怒沉百宝箱》人物之间的对比，主要是通过杜十娘和李甲两个主要人物来体现的。杜十娘的忠贞与李甲的负心，构成了强烈的艺术对比。十娘因见鸨儿贪财无义，久有从良之志，又见李公子忠厚志诚，甚有心托身于他。当李甲借不到赎身钱，无颜见十娘时，十娘派小厮多方寻找，硬是把李甲拖进院内，并把藏在絮褥内的一百五十两碎银交给李甲，再让李甲设法凑齐余下的一半。总算办成了大事，两人乘舟南下，一路所耗金钱，都是十娘支付。怪不得李甲感激涕零，对十娘说："若不遇恩卿，我李甲流落他乡，死无葬身之地矣！此情此德，白头不敢忘也。"然而，李甲毕竟是一个薄情之人。他在江边结识孙富以后，经不住孙富的撩拨，什么"自古道：'妇人水性无常'。况烟花之辈，少真多假"；什么"若为妾而触父，因妓女而弃家，海内必以兄为浮浪不经之人。"一番谗言，让李甲背信弃义，把"此情此德，白头不敢忘也"的诺言，抛至九霄云外。竟同意以千金将十娘卖给孙富，导致了"杜十娘怒沉百宝箱"的结局。杜十娘投江前，对李甲说过这样一番话："妾风尘数年，私有所积，本为终身之计。自遇郎君，山盟海誓，白首不渝。前出都之际，假托姐妹相赠，箱中韫藏百宝，不下万金。将润色郎君之装，归见父母，或妾有心，收佐中馈，得终委托，生死无憾。谁知郎君相信不深，惑于浮议，中道见弃，负妾一片真心。今日当众目之前，开箱出视，使郎君知区区千金，未为难事。妾椟中有玉，恨郎眼内无珠。命之不辰，风尘困瘁。甫得脱离，又遭弃捐。今众心各有耳目，共作证明：妾不负郎君，郎君自负妾耳！"杜十娘对李甲一片赤诚，而李甲却是碌碌蠢才，不识十娘一片苦心，让十娘的万般恩爱付诸东流，他确是一个有眼无珠的薄情郎。话本从杜十娘结识李甲，到持宝匣投江自尽，充分展现了杜十娘对爱情的执着专一、坚贞不渝；同时，对李甲的出尔反尔、轻薄负心，进行了有力的抨击。从杜十娘怒沉百宝箱的悲剧中，可以看出封建社时代的妇女，要谋求一个忠实可靠的伴侣，绝非容易之事。倘若认错了良人，即会铸成千古大恨。杜十娘自沉江中，难道不是对封建社会的血泪控诉吗？

综上所述，羊脂球与杜十娘均为出身卑微的下层人物，她们与"知书识礼"、道貌岸然的上流人士相比，在其心灵深处，却有引人注目的闪光之处。这两篇小说正是通过人物心地与人物处境的对比，"上等人"与"下等人"的对比，在比较中揭示人物的美学价值。法国作家雨果十分肯定文学创作中对比手法的作用，他认为："真正的诗，完整的诗，都是处于对立面的和谐统一之中"。（《〈克伦威尔〉序》）。所以，作家应遵循对立统一规律，注意从对比中揭示事物的本质。

从审美角度看，这种对比亦是展示美的有效方法。"崇高与崇高很难产生对照，于是人们就需要对一切都休息一下，甚至对美也是如此。相反，滑稽、丑怪却似乎是一段稍息的时间，一种比较的对象，一个出发点，从这里我们带着一种更新鲜更敏锐的感觉朝着美而上升。鳆鱼衬托出水仙，地底的小神使天仙显得更美。"（《〈克伦威尔〉序》）。由此，可以断言，对比的艺术手法，正是认识和再现审美对象的一种极为有效的方法。

美苑寻芳

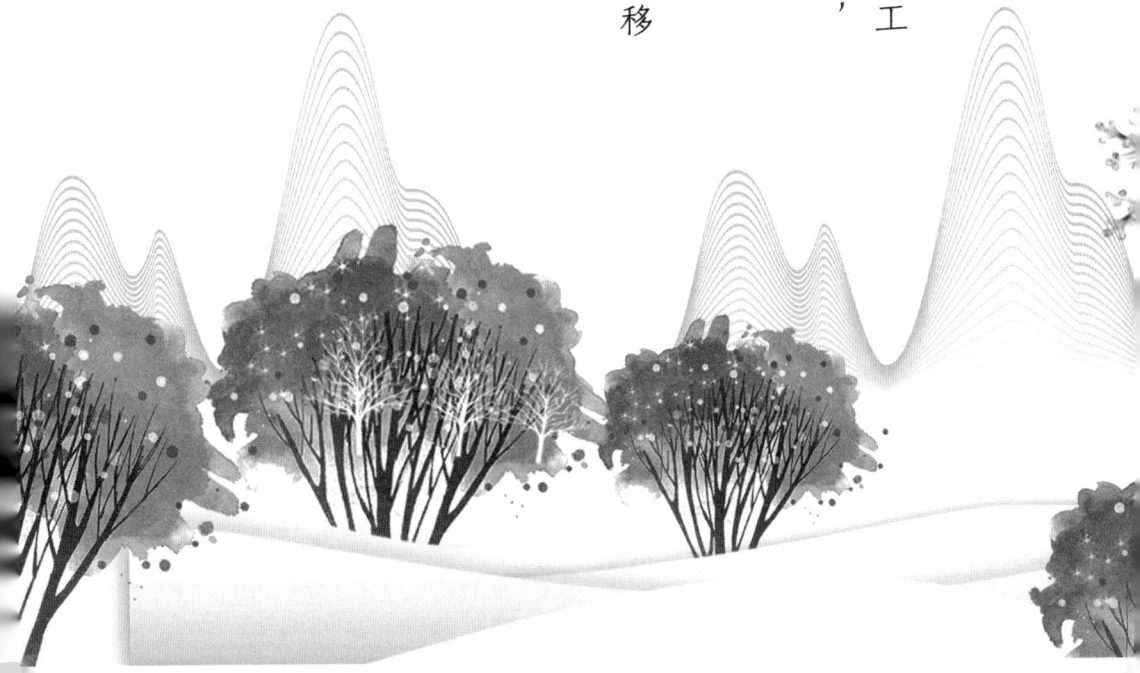

教育，为立国之本，亦是安民兴邦的千秋工程。余在教坛耕耘数十载，曾有不少切身体会，今撰上十余则，可供读者思而鉴之。

家庭教育是人生教育极为重要的一环。家书、家训、家风，在家庭教育中，均会产生潜移默化的深刻影响。这里亦作了简要的阐述。

教坛思得

岁月思絮

办好教育，为兴国之要务

教育，振兴国家的基础工程。国家要繁荣，民族要兴旺，需要人才支撑。首先，要让孩子受到良好的教育，通过教育培养大批社会适用之良才。人不能生而知之，只能学而知之，不学将一事无成。

我国前贤荀况在《劝学篇》中，提出："学不可以已。""故不登高山，不知天之高也；不临深溪，不知地之厚也；不闻先王之遗言，不知学问之大也。""吾尝终日而思矣，不如须臾之所学也。"早在先秦时代，先哲就深知学习的重要，希望人们投入学习，通过学习完善自身。

随着学校的出现，孩子们便有了一个集中接受教育、从事学习的场所。历史发展到今天，已经有了一套完善的教育体系，让孩子们接受系统的教育。

学前教育，正规教育之前的准备阶段。孩子到了五岁，就可进幼儿园，接受学前教育。幼儿园分小班、中班、大班，历时三年。

从小学六年，到初中三年，共九年，称之基础教育，这是正式教育的开始。"高楼万丈平地起"。有了良好的开端，等于成功了一半。由于基础教育是奠基工程，所以十分重要。列宁说过："在一个文盲充斥的国家里，是无法建设社会主义的。"国家实施九年义务教育，让每个孩子，都免费享受小学、初中的九年义务教育，这就为消灭文盲、发展中等教育乃至高等教育奠定好基础。所以，普及九年义务教育，对国家经济的振兴、文明的提升，都有重大的意义。

从初中三年，到高中三年，共六年，为中等教育。这一时期，孩子逐渐长大成人，不仅知识增长了，做人的道理也逐渐懂得了。立业先立人，在这一阶段中，应特别从立人上，对孩子多施教育，让他们学习并践行社会主义核心价值观，做一个有理想、有道德的人。

进入中等教育，教育实行双轨制，一方面发展普通教育，让一部分学生，升入高中；一方面发展职业技术教育，让一部分学生进入职业技术学校。

职业技术学校，除传授文化知识外，重点让学生学习并掌握一些实用生产技术，将来成为熟练工人或各类技师。德国职业技术教育十分发达。其经济的振兴，得益于职教。从德国成功的经验来看，培养大批熟练的技术工人，是发展实体经济的重要一环。

高等教育一般为三至五年。大学毕业后，还可读硕士、博士、博士后。高等教育，是培养高级人才的摇篮，它必须面向时代，面向社会，为国家科技的创新发展，提供所需人才。

社会发展需要人才支撑。一切的一切，离开了有所为的人，将无从谈起。办好教育，培育全面发展、具有创新能力的新人，是我们面临的重大任务。

让我们重视教育，大力办好教育，为中华复兴，培养一代又一代英才。

教坛思得

重视教育对象的差异性

俗话说："人上一百，五颜六色。"一群人中，总有各自不同的色彩。人的差异性，是显而易见的。

《红楼梦》大观园中，有元春、迎春、探春、惜春四姐妹。她们是贾府中的四朵鲜花，虽生活优裕，却命运悲惨。据红学家考证，"元、迎、探、惜"，是"原应叹惜"的谐音。虽同为豪门小姐，同样面临厄运，但每人都有自己鲜明的个性。大姐元春，端庄华贵，虽身为贵妃，却失去了人身自由，在郁闷中结束了年轻的性命。二姐迎春，被称作"二木头"。她胆小怯弱，即使拿针刺她一下，也不敢喊叫一声。被其父抵债，嫁到孙府，备受中山狼孙绍祖的折磨，悲戚中死去。三姑娘探春，被誉为玫瑰花，谁要摘它，手准会被刺破。探春办事干练，年纪轻轻的，就当家理政，实为女中英杰，但在那个社会中，她也左右不了自己的命运。四姑娘惜春，生活恬淡，是一位绘画高手，她看到前面三位姐姐悲惨的结局，决定"长卧青灯古佛旁"，削发为尼，了却尘缘。同为名门闺秀，个性迥然相异。曹雪芹反对"千人一面"。他笔下的人物，个性鲜明，各有特色。

既然人千差万别，教育就不可用一个模式去实施。数千年前，教育家孔丘，曾提出"因材施教"的主张。重视教育对象的差异性，采取"因材施教"的方法，对不同的教育对象，实施不同的教育，才能保证教育收到最佳的效果。

学生中，思维类型存在差异性。有的偏重于形象思维，对文科有浓厚的兴趣；有的偏重于抽象思维，对理科有很大的钻劲。由此，教师不应强求一律，要求学生文理各科都优秀。学生中出现偏科的情况，也是容易理解的。著名学者钱锺书，当年报考清华，国文和英文均为满分，数学却只得15分。清华领导人以宽容的态度对待这位偏科的学生，破格将他录取了。若按当时规定，钱锺书入不了清华，就会让一位有发展前途的文科生，被关在名校大门之外，失去了深造的良机。清华录取钱锺书这一事例，生动地告诉我们：应当重视教育对象的差异性。唯有承认差异，扬长避短，才会培育出拔尖人才。

现在，不少学校开办特长班，招收电脑、艺术、体育有特长的学生。这也是重视教育对象的差异性，为学生发挥特长提供平台，让学生在特长上获得新的突破。这种设班和招生的办法，符合教育对象的实际，符合人才培养的规律，值得肯定。

世界上的事物，纷纭复杂，作为万物灵长的人，更是极其复杂。所以，切不可将教育对象简单化，切不可用简单的方法对待千差万别的人。唯有如此，才能让教育获得理想的效果。

一个教育行家，一定会重视教育对象的差异性，用"一把钥匙，开一把锁"的科学方法，去有效地培育各类杰出的人才。

培育创新精神

　　创新，当今世界的中心课题。经济与社会要取得新的发展，必须依靠创新。国家在激烈竞争中，要立于不败之地，必须依靠创新。因此，教育工作中，对学生进行创新教育，培养他们的创新意识，显得十分重要。

　　培养创新精神，首先要让孩子保持一颗好奇的心。好奇，才能发现；只有发现，才能创新。牛顿对苹果成熟往树下掉十分好奇，他想为什么不往上呢？由此，他发现了万有引力。瓦特发现水开了，把壶盖往上顶，内心十分惊奇。进而，发现了水蒸气的巨大推动力，接着便发明了蒸汽机。这些发现、发明、创造，都与好奇心有关。

　　固守先例，是阻碍创新的拦路虎。如果办任何事都恪守传统观念，都必须找一个先例，那么人类就会止步不前。历史的发展早已证明，任何先例，都是人创造的。而先例本来就是为了被打破而存在的。后来居上，是事物发展的规律。若拘泥于遵循先例，就不敢去想，不敢去做，历史就不会发展，社会也就止步不前。如果人们固守"走路只能靠双脚"这一理念，那么汽车、飞机、轮船就不会出现；如果认为"蜡烛照明是千古不变"的真理，没人敢向它挑战，那么，汽油灯、电灯、荧光灯，就不可能发明出来，黑夜就永远不可能变得像白昼一样。创新意识是人类最富成效的意识，不断创新，人类社会才能由野蛮走向文明，由贫穷变成富裕。

善于想象是创新的前提。那些被视为富有创造力的人，实质是富于想象力的人。世上那些惊人的奇迹，都起源于奇妙的构想。在创造性想象的背后，总能在现实中找到一些东西，与之相对应。飞机的诞生，正是从鸟的飞翔中得到启发；潜水艇的发明，正是从"鱼翔浅底"受到启示。只要有创新的意愿，遇事多留心、多观察、多思考，用挑战的眼光分析一番，就有可能获得创新的设想。

有时，一个问题，用习惯的思维方式，百思不得其解。改变一下思路，或采用"反其道而行之"的思维方式，竟会茅塞顿开。还可采用思维"变通性"方法，在遇到问题时，暂时将对这一事物的常识、概念放到一边，像一个一无所知的小学生，多问几个为什么，多寻求几种答案。这样，可能会得到意想不到的创新成果。

老师在黑板上，用粉笔点上一小点。问高中生，这是什么？高中生回答："这是一个粉笔点。"再问幼儿园小朋友，回答却很多样，小石子、小虫子、小青蛙、弹工糖、香烟蒂等等。显然，高中生的回答是正确的。但幼儿小朋友的思维却活跃得多，丰富得多。正是这种活泼丰富的想象力，常常会构成出人意料的创造发明。

为了使我们的思想变得更加活泼和自由，更具创造力，必须扩大我们的知识面，使我们的知识储备更为深广，更加丰富。学社会科学的，读点自然科学著作；学自然科学的，读点社会科学著作。本世纪是个学科交叉的时代，在两种或多种学科之间，进行交叉研究，就应汲取更广泛的知识。这样，心界、视界会更开阔，思维会更活跃，就会萌生更多创见。目前，一些大学里，正开展"通识教育"，打破文理之间的壁垒，让各科知识互相融通，互为促进，这对激发学生创新型思维，大有好处。

我国是一个有悠久科技发明史的文明古国。1986年，英国科技作家罗伯特·坦普尔从李约瑟博士闻名于世的巨著《中国科学技术史》一书中，精选了包括纺织、纸币、火箭、活字印刷等例子，出版了《中国——发现与发明的国度》一书，以简明通俗的文字，介绍了中国一百个

"世界第一"。坦普尔认为：一般说来，中国人的才智高于欧洲人。如今，中国科技的多项成就，已并列或领先世界各国。这一切，证明中国人并不逊于欧美人。

自卑，是阻碍科技创新的绳索。不能总觉得自己不行，别人更行。一位哲学家谈道：每一个智力非常的人，都潜藏着巨大的创造才能，都有为世界和人类进步幸福而发明创造的机会。我国创造学的先行者、著名教育家陶行知也说过：人人是创造之人，天天是创造之时，处处是创造之地。大量事实证明：许多发明创造，就是由那些普通人完成的。

我们的教育，从小就应着力培养孩子们的创新精神，让每个孩子都心怀创新欲望，积极开动脑筋，投身创造实践，争做践行发明的杰出人才。

人才是社会的第一资源。有了大批的创新人才，中华复兴，指日可待。

教育无小事

W市教育局局长Z先生，每次到学校检查工作，喜欢到教师办公室，与教师交谈，还让教师打开抽屉，看看抽屉内物品的放置情况，如果是有条有理，他当即予以表扬，如果杂乱无章，他则希望立即改进。查看抽屉，看来是小事，但杂乱的抽屉，从一个侧面反映教师工作的无序，一个无序的教师，怎能教育好学生？又怎能把知识很好地传授给弟子？

学校无小事，事事皆教育。校园内的每方墙、每棵树，每天都在向学生进行着直观教育。教育者，在实施教育时，不应忽视任何一个细节，细节决定成败。教育理应落实在具体的环节之中，理应从一件件小事抓起。

北京大学新生入学时，曾发生过这样一个动人的故事。一位从边远农村赶来上学的新生，报到时行李无人看管，见到身边一位穿着朴素的老人，就请他代为保管。这位老人一直等他办完入学手续，才将行李转交给新生。不久，学校举行开学典礼，这位新生惊奇地发现，坐在主席台上的老人，正是替他保管行李的老头。后来一打听，此人正是北大副校长、大名鼎鼎的季羡林教授。一个这么有学问的名人，竟然没有一点架子，替新生担起了行李保管员。入学的这件奇事，让这位出生乡村的新生激动不已。刚入学，就亲身体验到了北大的温馨和文明。他想，在这样一流的高校中，定能培育成高品格、高素养的人才。校园的文明，就是在这样的生活小事中，充分体现出来的。

学生来到学校，整天都生活在校园里，教师陪伴着学生，成了学生眼中的仿效者。因此，教师应当注意自己留给学生的印象。

有一位小学校长，比较注意自身的打扮。"爱美之心，人皆有之"。一般人可以按照自己的喜好，装扮一番。而教师由于职业的要求，应当朴实、大方，不可刻意追求华丽和浪漫，以免给学生带来负面影响。如果，一个教师戴着一枚金光闪闪的大宝石戒指去上课。听课时，学生的注意力，就不在知识的传授上，整个45分钟都会注视着老师手上的那个漂亮的戒指，很难学会新的知识。由此可见，小事虽小，对孩子的影响可不小。

哲人曾说："从一粒沙中，可以窥视世界；从一朵鲜花中，可以仰望天堂。""管中窥豹，略见一斑。"小中可以见大。小与大，不是割裂的，而是可以转化的。小的一点，可以让人见到本质性的大问题。教育无小事，小事亦不能放过。

聪明的教育工作者，一定会正视那些看似细小的问题，以求得最佳的教育效果。

兴趣是最好的老师

人们在学习过程中，倘若对所学科目产生了兴趣，就把"要我学"，变成了"我要学"，能满腔热情、积极主动地投入学习，那他的学习效果就会特别好，就能取得骄人的成绩。

著名心理学家皮亚杰指出："所有智力方面的工作，都依赖于兴趣。"研究发现，几乎百分之九十的人，脑细胞具有情感效能。因此，只有在愉快的心情下，学习效率才会最佳，才能把大脑蕴藏的学习潜力，最大程度地发挥出来。爱好是学习的巨大动力，它使人勤奋，使人坚持不懈地将自己喜爱的工作，一直干到底。正是从这个意义上，人们把兴趣看作最好的老师。

爱因斯坦四岁时，父亲送给他一个指南针。指南针无论怎样摆放，总是朝着一个方向，让小小的爱因斯坦十分惊奇，他感到指南针里一定有什么秘密的力量。由此，激发了他对科学的浓厚兴趣。后来，爱因斯坦在自传中，追溯了他钻研科学的心理历程，专门谈到了这件事给他心灵带来的震动。他指出：思维世界的发展，在某种意义上，是对惊奇的不断摆脱。

古希腊哲学家柏拉图谈道："若把'强制'与'严格'训练少年们孜孜求学的方式，改为引导兴趣为主，他们势必劲力喷涌，欲罢不能。"

著名学者邹韬奋也说过："一个人在学校里表面上的成绩，以及较高的名次，都是靠不住的。唯一的要点是他对所学的是否真正喜欢，是否真有浓厚的兴趣……"

当然，兴趣不是天赐的。兴趣需要在学习中、在生活中去培养。当你懂得了学习的意义，尝到了学习的甜头，你自然就会对学习产生了兴趣。所以，在学习中，不仅让孩子知其然，还应让他知道其所以然，在求知中形成浓厚的兴趣，就会以满腔热情投入学习。

在现实生活中，会产生各种兴趣，有的于人有益，有的却是不良的嗜好。因此，兴趣是一柄双刃剑。例如，赌博、吸毒，就是极有害的行为，应拒绝参与。电子游戏，作为娱乐，只可偶尔玩玩，切不可沉溺其中。人生道路上，会遇上各种令你感兴趣的人和事，必须善于选择，还需有顽强的自我克制力。列宁小时，十分爱好溜冰。当溜冰严重影响他学习时，他就主动减少溜冰时间，专心致志地从事学习。

兴趣，是工作的驱动力。你要确定一生中最重要的事情，这件事其实就是你最喜欢做的工作。学习某个专业，从事某一职业，最重要的并不是性别差异，而是你是否真正喜欢。喜欢这一工作，是个基本前提，从这一前提出发，去思考未来发展。一个人在一生中，有一半甚至大半花在工作上，如果从事的是自己不喜欢的工作，就像一个人每天必须和一个自己不喜欢的人待在一起，那是十分痛苦的。相反，从事的是自己喜欢的工作，就会身心舒畅，事半功倍。

兴趣是最好的教师。无论是学习还是工作，都应当注意满足你的兴趣，做自己喜欢做的事，以求得最佳的工作效能。

不积跬步，无以至千里

世间万事，都从点滴开始。荀况在《劝学》中，写道："不积跬步，无以至千里；不积小流，无以成江海。"他告诫人们，不要忽视点滴的积累，正是由无数的"小"，累计成无穷的"大"。

起步就在你的脚下，好的开端就等于成功了一半。因此，教育孩子时，必须让他走好人生的第一步，扣好人生的第一枚纽扣。

梁启超有九个子女，三人为中科院院士，其余六人都学有专长，表现优异。取得这样骄人的成绩，与他对子女的教育，特别是引导子女走好人生第一步分不开。

梁氏对子女开始上学，上什么样的学校，特别重视，总是为子女选择当地一流的学校。他下决心，宁愿其他方面节省一点，也绝不让孩子到较差学校去就读。他的最小的一个儿子思礼，赴美留学。当时，家境已十分困难，他的夫人，决心将天津的一幢洋房卖掉，让思礼完成学业。后来，思礼成了导弹与火箭专家，中国科学院院士。

要完成从跬步至千里的转变，树立坚定信心至为重要。相信自己，听命于你自己的心，你才有决心和勇气，迈开前进的脚步，向前方远大的目标进发，才能抵达胜利的彼岸。如果你丧失自信，觉得这也不行，那也不是，顾虑重重，毫无前行的勇气，那你就注定会一事无成。事实证明，自信力是一个人成功的保证。成功与快乐的起点，是良好的自我评价。境遇是你自己开创的，成功也是你自己造就的，你不必看轻自已，而应深信自己的能力，深信自己有朝一日，一定会成为成功者。

从跬步到千里，非一日之功，必经历一个漫长的过程，要教育孩子必须有恒心、有韧劲。鲁迅先生对长跑竞赛中最后一个跑到终点的人特别推崇，他指出：这位参赛者，能坚持把全程跑完，虽最后一个到达终点，但这种坚忍不拔的精神，令人钦佩。

在从跬步到千里的过程中，不可能一帆风顺，这当中会有风雨，会有艰难险阻，会有挫折和失败。失败并不可怕，可怕的是失败后的一蹶不振。温特·菲力认为："失败是走上更高地位的开始。"其实，世界上没有所谓的失败，除非你自己如此认定。那种经常被视为失败的事，实际上只不过是暂时的挫折而已。事实上，这种暂时的挫折，是一种幸福，它让你调整思路，更快地接近胜利。人们常说"失败是成功之母"就是这个道理。市场上，曾经有一种杀虫剂，叫666粉。这种药粉经历过665次失败，到666次时方才取得成功。前面数百次的失败，为最后的成功奠定了基础。只有"愈挫愈奋"，坚定地面对失败，不断总结失败的经验教训，才会从失败走上胜利，成为一名成功者。

从跬步到千里，是一个怀揣梦想、放飞希望的过程。人活着不应没有梦想，不应没有追求。

我们创造的每一件事物，从简单的一张桌子，到一台复杂的机器，都是由思想和心中的梦想结合而创造的。

有位诗人，这样写道："没有泪水的人，他的眼睛是干涸的；没有梦想的人，他的世界是黑暗的。"梦想是飘浮在心头的一缕美的诱惑，它使平凡的你不能容忍往日的无聊和平庸，蓦然间，悟到了诗意的抉择和挥洒。梦想让你仰视无边诱人的风光，增加了向高处攀登的勇气和力量。你的梦想，让你生命发出耀眼的光彩；你的梦想，就是你生命历程的预言。

冼星海为了实现音乐的梦想，只身来到巴黎，当洗碗工、做杂役，经受了艰苦生活的磨炼，最终被法兰西音乐学院录取，受到了严格的音乐训练，成为一名出色的音乐家。回国后，进入延安，创作了经典名曲

《黄河大合唱》，成为一位音乐伟人。正是音乐梦想，加上他刻苦努力，让他成为我国当代音乐史上一颗璀璨的音乐之星。

如果你去开罗参观博物馆，你会看到从图坦·卡蒙法老墓中发掘的大批珍贵宝藏，有珠宝、饰品、象牙、战车、黄金棺材、大理石窗器等，可谓美不胜收。若不是霍华德·卡特决定再多挖一天，或许这些珍贵文物，仍然深藏于地下，不会同观众见面。由于工程太艰难，人们愈来愈泄气，愈来愈沮丧，真想停工。正是霍华德·卡特决心作最后的努力，让工程再继续一天，最终发现了这批惊人的珍宝，让他发掘出了近代唯一完整出土的法老王墓。

人们常在做了百分之九十的工作后，放弃了最后可以让他成功的百分之十，使唾手可得的成功，化为乌有。这就告诉我们，在跬步迈上千里之时，不言放弃是多么重要。只有不言放弃，永远进取，才能赢得最后的胜利。

教坛思得

不积跬步，无以至千里。这是数千年前古代哲人给我们的宝贵教诲。让我们牢记这句名言，以跬步开始，坚定地奔往光辉的千里之程。

"教育公平"之我见

当前，"教育公平"成了社会热题。人们企求享受公平之教育，希望到理想的学校接受良好的教育。老百姓这种愿望，是可以理解的，也是理应尽可能满足的。然而，涉及"公平教育"的相关问题，需要作深入的探讨。

首先，今日的一些名校，绝非一日形成。它有较长的校史，有丰厚的文化积累。倘若让这些名校，到处兴办分校，虽挂着名校之招牌，教育质量能否一下子就有较大的提升，还有待于观察。名校利用分身术，一分为几，是否依然保持它的元气？这很难说。如若分校未办好，却使名校的办学质量大幅下降，岂不是事与愿违吗？

再说，办好一所学校，皆由多重因素构成，包括长期办学所形成的优良校风、学校领导者的办学理念、优质的师资队伍、有利于办学的社会环境等。这些，都不可能一日奏效。由此可见，要实现"教育公平"，使每一所学校都处于优质水平，谈何容易！这样看来，"教育公平"，只是一种主观良好的愿望，只是一种追求的目标，要做到"教育公平"，实在难以达到。全国地域之大，人口之多，各地发展水平不一，学校状况不一，不可能永远处在一个水平线上，差别是长期存在的。缩小这种差别，是必须的，消灭差别，只不过是一种追求。

教育，包括教育者和被教育者。教育的成功，除了要有一个优质的教育团队和教育场所外，受教育者的积极性和主动性十分重要。如果，教育条件良好，而受教育者却消极应付，那也无法获得理想的教育效果。有些人，自身的生活条件极差，没有受过多少教育，完全靠自己的奋发努力，成了学术精英。那些低学历的大师们，他们那些感人的事迹，对后人有很多启示。著名数学家华罗庚，仅读完初中，曾在自家小店里当伙计。通过自身努力，三十多岁就登上了名牌大学教授的宝座。国学大师钱穆，著作等身，在香港创办东亚书院，是一位扬名海内外的大学者。可是，其学历，也只是中学毕业。应该说，教育对他们并不公平，而他们却毫不气馁，以不懈的拼搏，创造了人间的奇迹。由此可见，"教育公平"只不过为你提供了较好的受教育条件，关键还在于你自身的努力。清华、北大，培养了许多优秀学生。然而，也有不少优秀人才，并非毕业于清华、北大，他们来自那些名不见经传的学校。所以，被教育者的努力状况，是极为重要的。

由此可知，"教育公平"，理应是个相对的要求。我们的主旨是，努力办好每一所学校，让每一个孩子都能受到较好的教育，发挥教育的最大效能，为社会主义现代化建设培养大批优秀的人才，这是每个教育工作者理应担当的责任。

润物细无声

教育，极为精细的工程，来不得半点简单和粗暴。诗圣杜甫在作品中，对春雨作过精彩的描述："随风潜入夜，润物细无声。"人们常把这两句名诗，借用来描写育人工作，显得极为恰当。教育工作者从事的是心灵的净化工程，良知的传授工程，就像春风化雨一样，以绵绵的细雨，滋润着大地，在无声无息中，送来了甘霖。

"润物细无声"的育人工作，首先表现在，它是"点点滴滴在心头"，有一个较长的孕育过程。当孩子还在母体内，就开始了胎教。出生后的童年，更是令孩子终生难以忘却的时段。

著名作家、教育家叶圣陶，诞生于苏州城内悬桥巷一个平民的家中。苏州是文化氛围浓厚的吴地，远山近水，斋堂馆阁，园林亭院，每一处路名都有来历，每一块匾额都有故事，这些都让幼小的叶圣陶，受到良好的文化熏陶，为他以后的写作奠定基础。叶圣陶的父亲叶钟济，有较好的文化素养，重视对儿子的文化启蒙，很小就教他识字，走在街上常向儿子诉说曾经发生的历史故事。回到家里，还让儿子把这些见闻写下来，这正是叶圣陶开笔前的写作训练。有时候，父亲还带他到茶馆听说书、听昆曲，像《金珠塔》《描金凤》《三笑》等，他都听过不止一遍，直到晚年，还记忆犹新。正是童年期间，这些有益的文化影响，促使叶圣陶对文学产生了浓厚兴趣，让他成为新文学运动中一位有影响的作家。

梁启超与其师康有为，世称"康梁"，他俩投身维新运动，成为戊戌变法的著名领袖。梁启超，是我国近代史上杰出的政治家、思想家、教育家、外交家、文史家和百科全书式的大学者。他报国救亡，与时俱进，干过一番轰轰烈烈的大事，这些与其良好的家庭教育密切相关。其祖父梁维清不满梁家世代务农之困境，苦读诗书，一心想步入仕途，结果仅中了秀才，得到一个掌管县文教的小官"教训"，不过在家乡算是一个"著名人物"了。他买上了十几亩好地，过上了半农半儒的乡绅生活。

梁家祖坟在崖山，这里是南宋末年大忠臣陆秀夫与蒙古铁骑血战的古战场。战败之时，将爱妻推入海中，自己则背着年幼皇帝跳海殉国。每当祖父带着梁启超赴崖山扫墓时，都向他沉痛诉说当年陆秀夫精忠报国的故事，让梁启超小小的心田里，深深地烙下了炽热的爱国情怀，这为后来，梁启超走上变法维新、救亡报国的道路，奠定了坚实的思想基础。"冰冻三尺，非一日之寒"。日久为功，日常点点滴滴的教育，在孩童幼小的心灵上，会产生深远的影响。

教坛思得

在家庭里，父母是孩子的第一老师。到了学校，老师的教诲，就成了孩子努力的方向。中国的庙堂中，普遍设有"天地君亲师"的牌位，成为后生顶礼膜拜的对象。"一日为师，终身为父"。"师"在人们心膜中，享有崇高的地位。一位给学生留下深刻印象的老师，会终生影响着学生，教师的趣味可以深深影响着学生，让学生爱得着迷。程千帆教授在《桑榆忆往》中，记叙了他的大学生活里一些有趣的往事。其中有一则，是讲黄侃和陆宗达的。"研究训诂学的陆宗达先生，在北大读书，上到二年级，黄先生离开北大到武昌，陆先生不要北大的文凭，跟着黄先生到了武昌。后来，陆先生很有地位，北大又补发了一张毕业证书给他。"陆宗达跟着黄侃走，其实是跟着兴趣走。因为，他对黄侃的教学产生了入迷的兴趣。

细节有力量。教育中一个具体细节、一件小事，有时会给受教育者留下深刻印象，成为受教育者奋然前行的力量。

朱自清先生的著名散文《背影》，是写父爱的经典佳作。作者没有正面描写父亲的容貌，而是紧扣"背影"落笔。文中四次提到"背影"。第一次，开门见山，点出题旨。第二次，写父亲过铁道、买橘子时的背影，着墨最多，寓意深远。作者以白描手法写父亲肥胖的体态，蹒跚的步子"两手攀着上面，两脚再向上缩"的，多少有些笨拙模样的刻画，达到了极为传神的效果。第三次，虽只一句："他的背影混入来来往往的人里"。离别时的惆怅和依依不舍之情，均深藏其中。最后，在读家父来信时，"在晶莹的泪光中，又看见那肥胖的，青衣棉袍，黑布马褂的背影。唉！我不知何时再能与他相见。"这篇散文，让读者体察到，朱自清家父的背影，虽然只是一个细节，却让作者时刻铭记，成为父爱的巨大力量，鞭策着他，让他奋然前行。

总之，教育是一项久久为功的事业，靠点点滴滴，靠"润物细无声"，靠成年累月的长期教化。

润
物
细
无
声

"孟母三迁"的启示

西汉刘向《列女传》，载有《孟母三迁》的故事。孟子幼时，家住墓地附近，孟子便喜爱模仿人们下葬、哭拜之事。孟母说："这不是我儿该住的地方。"便迁往市场。此时，孟子又模仿商人叫卖货物。孟母又将迁至学校附近。这下孟子喜爱模仿揖让行礼之事了。孟母见此，十分高兴，她说："这才是我儿该住的地方啊。"

上述故事说明古人十分重视环境对人的影响，希望居住在一个良好的环境中，让孩子不会受到负面影响，能健康地成长。

人可以改变环境，但环境对人确有较大影响。近朱者赤，近墨者黑。环境在潜移默化中影响着人，让人发生各种变化。

家庭，人生温馨的港湾，人的乡恋情结永远怀念之地。家庭的环境氛围，孩子从小就生活其中。影响深远，挥之不去。

叶圣陶先生家庭，文化色彩颇浓。叶先生伏案写作的情景，令子女终生难忘。叶先生还鼓励子女练笔，帮他们修改文章。后来，其子女在回忆中，有生动的记录：

　　吃罢晚饭，碗筷收拾过了，植物油灯移到了桌子的中央。父亲戴起老花眼镜，坐下来改我们的文章。我们各据桌子的一边，眼睛盯着父亲手里的笔尖儿，你一句，我一句，互相指摘、争辩。有时候，让父亲指出了可笑的错误，我们就尽情地笑了起来。每改罢一段，父亲就朗诵一遍，看语气是否合适，我们就跟着他默诵。我们的原稿好像从乡间采回的野花，蓬蓬松松的一大把，经过了父亲的选剔跟修剪，插在瓶子里才像个样儿。

多么温馨的慈父帮儿修改作文的场景。叶氏的两男一女：至善、至美、至诚，秉承家传文脉，都善为文，都有作品刊发，都是一流编辑。直至孙子辈，不少人仍在与文字打交道，有的还成了著名作家。

近现代，梁氏家庭是一个辉煌的大族。一门出了三个院士，在中国文化史上极其耀眼。梁启超的子女，个个有为，与他民主持家、善于引导分不开。

梁启超可以说是真正意义上的孩子们的良师益友，不仅关心子女们的学业、工作、生活、健康，更对他们的品性、为人、处世，给予细致入微的指导。在他看来，教育不是别的什么，教育就是教人学会做人。他对九个儿女均付出了极大的热忱，只要关系到孩子，事无巨细，都热心帮助出主意、想办法，还亲自作安排。梁启超从不以家长式的态度对待子女，指定他们该做什么，不该做什么，而是充分尊重子女本人的意愿。如对思顺、思成的婚事，事先帮助物色好人选，提供接触机会，最后由本人定夺。恩顺的丈夫是一位外交官，华侨子弟，无论人品与才学，均属一流。后来，梁思顺和周希哲喜结连理，组成了幸福家庭。梁思成和林徽因，也是梁启超搭起了鹊桥。林徽因之父与梁启超是多年的挚友，在梁启超眼中，林徽因是一位德才兼备的才女。他让思成与徽因接触，一同赴美留学，成就了这一美满姻缘。什么样的土壤，长出什么样的花果。什么样的环境，培育出什么样的人才。梁氏家族人才辈出的实例，正说明了其中的道理。

家庭对人影响极大。学校是培育人才的摇篮，它对人才成长，有至关重要的作用。抗战期间，我国著名的几所大学，会集了国内一批顶尖的教师，迁徙至西南，合署为西南联大，坚持在战火中办学，为国家培养了一批杰出人才，这当中有杨振宁、邓稼先、汪曾祺等。

当年，大批大学、研究机构迁入西南。从事教学与研究，需要图书资料。由于路途遥远，时间匆匆，高校图书馆的绝大部分图书，都未能实现南渡。唯史语所所长傅斯年，未雨绸缪，"七七事变"爆发后，即加紧整理图书。一周后，将珍贵中西文图书杂志，装为六十箱，运赴南昌，后又分三批运至长沙。1937年底，赣湘烽火又起，再将220箱精品图书迅速运至重庆。1938年春，史语所拟扎根昆明，又将运至重庆的珍贵图书，全部打包邮至昆明。大量精美图书，长途转运。在战火纷飞的年代，尤为艰辛。傅斯年求助于妻兄、老友兵工署署长俞大维，得到俞大维的鼎力相助。1940年冬，昆明常有敌机轰炸。傅斯年决定将史语所迁往四川，要迁到一个地图上找不到的地方，以免除空袭之可能。最终选定了四川省南溪县的李庄。

深山藏长城，李庄板栗坳的山坡上，建立了战时中国最好的文科图书馆。这里，藏有中文书籍13万余册，西文书籍1万余册。当时，除史语所研究人员外，各大学教师、学生也前来阅读。板栗坳史语所图书馆，成了抗战后方人们的一座精神仓储。由于傅斯年及时将大量珍贵图书运往李庄，为抗战中文科的学术研究得以持续进行，提供了资料保证。必需的学术环境，为学术振兴提供了良好的条件。

人都在一定的环境中学习、工作。好的环境，可以促成人的良性发展，为优质人才的诞生，提供必要的土壤。因此，决不可忽视环境对人的影响和作用。

克服懈怠

现代作家王统照在《阴雨的夏日之晨》中，写道：

> 平静是一时的慰安，奋动是人生的永趣。我在这夏日的清晨的
> 淡灰色的云幕下，虽然喜慰我这心琴的调谐，但我也何尝忘却霹
> 雳、电光的冲击。我由一杯香茗、一帘花影的沉静生活中，觉得可
> 以遗忘一切，神游于冥渺之境，但激动的奋越的生命之火焰却在隐
> 秘中时时燃着。

作家赞赏"奋动是人生的永趣"，主张"奋越的生命之火焰"，"在
隐秘中时时燃着"。

我们每个人，在人生的历程中，奋然前行，释放出自己的潜能，以
造福于社会，从而亦使自身获得幸福。恩格斯强调：有所作为，是人类
的最高境界。人欲有所作为，就必须克服懈怠，保持一往无前的蓬勃
朝气。

奋斗是乐事，亦是苦事。这当中要付出太多的辛劳、心血和汗水。
正因如此，一些意志薄弱者，常常被惰性消除了可贵的奋斗精神。

俄国作家冈察洛夫，塑造了一位怠惰成性的典型人物——奥勃洛摩
夫。他的书桌上，常放着两三本摊开的书，打开的书页，已经发黄，上
面布满了灰尘。他永远是躺在那里，没有任何行动，是一个心不思变、
好逸恶劳的废物，一个生活中"多余的人"。从冈察洛夫笔下"多余的

人"奥勃洛摩夫的身上，我们看到懒惰是多么可怕，它腐蚀人的心灵，让人变成废物。

如今，人类已进入增长的时代。辛勤劳动创造了丰富的社会财富，让人过上舒适自在的生活。舒适的生活，又会让人滋长惰性。据报载，日本二战后出生的人，被称为新生代。这些人没有受到战祸的困扰，生活安定，贪图安逸。媒体呼吁，必须让这些新生代，经受艰苦磨炼。否则，难以实现新的发展。

教育孩子，以奋斗、创造为荣，经受得住艰难困苦的磨炼，永远保持奋发向上的朝气，是社会不断进步的重要保证。

榜样的力量无穷。学校要以奋发进取的典型教育学生，让学生见贤思齐，养成拼搏向上的优良品质。

艺术与懈怠无缘。凡有造就的艺术家，都经历了一番磨炼的过程。现代绘画大师刘海粟，年过八十，还第十次攀登黄山，以黄山为友，以黄山为师，使其丹青臻于化境，成为人人追慕的艺术珍品。

我国出版界元老张元济，26 岁中进士，授翰林院院庶吉士。1894 年中日甲午战争，中国大败，不少有识之士，深感改变现状已刻不容缓。为了学习西方先进的思想与科技，扫除国内陈腐之风，张元济年届三十，决定学习英语。经一番刻苦攻读，终于达到可以用英语与他人交流的水平。张之济学英语的过程，也是他克服懈怠、不断进取的过程。

袁钧英，从一位普通的上海姑娘，到美国科学院院士，正是她积极进取、不懈努力的结果。她认为："科学家最重要的本领，就是能做到原创性的发现。"经过周密、细致的观察，她决定把"细胞死亡的肌理"作为科研方向，经长期深入的研究，终获重大进展。她是世界上第一个细胞凋亡基因的发现者，亦是世界细胞凋亡研究领域的开拓者之一。她的这种献身科学的精神，委实令人敬佩。而要献身科学，无疑地必须克服自身的懈怠。

世上没有笔直的路，人在前进的道路上，会遇上各种艰难和险阻，这当中决心和毅力非常重要。没有决心和毅力，我们的梦想就难以实现。印度电影《摔跤吧，爸爸》，刻画父亲让两个小女孩学习摔跤，历尽艰辛，遭受各种挫折，最后拿到国家冠军、英联邦冠军。这一切，都是依靠坚持和毅力取得的成果。

从一棵树，到一片绿海，塞罕坝林场的工人用百折不回、三代人坚持植树的史实，说明了奋发图强、决不懈怠，就能书写人间奇迹。

塞罕坝，在河北最北端，距北京400余公里，原为一块荒漠之地。1962年，369人豪迈上坝，来自全国18省区市，平均年龄不到24岁，其中127人是刚走出校门的大中专毕业生，种下6400亩落叶松，幼苗刚长出，却被一场冻雨弄得夭折，成活率不到8%。他们一边植树，一边总结高寒地区林木存活经验，一边抵御各种自然灾害，使绿色面积逐渐扩大，经半个多世纪的努力，如今已建成112万亩人工林，每年为京津地区输送净水1.37亿立方米，释放氧气55万吨，成为守卫京津的重要生态屏障。

塞罕坝三代人，像保护眼睛一样保护着生态，在荒漠之地，培育了一片令人欣喜的翡翠。他们用青春与汗水，铸就了绿水青山，诠释着绿色发展的科学理念，昭示着生态文明建设的美好前景。他们的崇高行为和感人创造，得到了联合国的嘉奖，被授予地球卫士奖。

塞罕坝人，不畏艰辛，投身绿色发展，用他们的光辉实践，证明了只要坚忍不拔，执着地朝既定目标前进，什么样的人间奇迹，都可以创造出来。

由此，在人生的教育过程中，克服懈怠，养成勤奋有为的好习惯，应是极为重要的一项工作。

克服懈怠

面向社会　办好教育

　　学校置身于社会之中，教育是社会的重要组成部分，理应呼应社会的需要，为社会培养合格人才。因此，面向社会，办好教育，委实是题中之义。

　　芜湖市绿影小学，是一所备受市民欢迎的市区小学。前任校长庞璐，十分注意学校与社会的沟通，定期举办家长会，听取对学校的意见。她还邀请社会人士来校座谈，听取对提高教育质量的建议。这些来自社会的有益意见，对办好学校无疑有积极的促进作用。

　　高等学府，是为国家培养高级人才的基地，更应加强与社会的联系，获得社会的支持，从而得到不竭的办学动力。

　　安徽师范大学新任校长张庆亮教授，是一位思路开阔、奋力进取的年轻领导者。2018年春节前，来我处交谈中，强调应加大学校与社会合作的力度。为此，学校增添了"社会合作处"。在建校九十周年之机，已吸纳社会资金达十亿元。他还谈道：与芜湖市政府，达成一项协议，由政府出资，在南校区兴建一座游泳馆，既解决了体育学院教学之需，又定期向市民开放，满足广大群众体育锻炼的要求。这一举措，对学校，对社会，均有好处。真是开门办学带来的硕果。

　　教育服务于社会，也时时得到社会的关爱与支持。坚持面向社会，是办好教育的一个重要原则。只有面向社会，学校方能获得源源不断的活水；只有面向社会，才能形成办学的合力；只有面向社会，才能形成先进的办学理念，为社会、为国家培育德才兼备的一流人才。

有效倾听是成功教育重要的一环

人类社会个体之间，为了实现相互协作，共达需求，必须实现有效的倾听。倾听是生命成长与发展的本体要求。在个体之间，人人都有倾听和被倾听的需要。教育的过程就是倾听与被倾听的过程，有效的倾听正是成功教育极为重要的一环。

成年人的世界需要被倾听，儿童更是如此。他们在被倾听中，感受到被尊重，并获得尊严感，从而确立人生的自信。他们也会在被倾听中，产生对为人师者、为人父母者的尊重，从而信赖他们。

从教育者来看，有效的倾听，可以增强教育的针对性，提升教育的有效性。古代兵书云："知己知彼，百战不殆。"教育亦如此，教师唯有倾听学生的反应，针对学生开展有效的教育，方能收到最佳的效果。

对被教育者来说，学会倾听，理解教师每一句话的内涵，把握知识的重点和难点，才能豁然贯通，成为知识王国的骄子。

教师在实施教育的过程中，要成为一名有效的倾听者，首先应有爱心。爱是教育工作者必须具备的美德。教师唯有充满对学生的热爱，才能认真倾听学生的呼声，把学生作为生命中最需要扶持的对象，克服自身冷漠、厌烦和懈怠，热情吸取学生的反馈和需求，成功地引导学生成为德才双佳的有用人才。

倾听不在一时一事，倾听需要在漫长的教育过程中，不断地进行。因此，教师必须具有不厌其烦的耐心，始终以和蔼、平静的态度，对待来自学生的各种需求。有人说：一所高校的一位教授，讲课时，只要学生发言，她总会以一种专注的姿态来对待。这不是表演和作秀，完全出自内心的自觉。这种耐心倾听的教学态度，赢得了广大学生的尊敬与好评，大家都十分乐意去听她讲课。

人是万物的精灵，他有思想，有情感，有复杂的思维能力。对人的培养，是一项十分精细的系统工程，这当中来不得半点粗制滥造。所以，教育过程中的倾听，必须遵循精细的原则，教师在倾听的过程中，如果考虑不周，用辞不当，都会带来对学生的伤害，都会破坏学生投入倾听、与教师交流的积极性。

总之，教师在教育过程中，要做到有效的倾听，一是要有爱心，二是要有耐心，三是应十分细心。这"三心"，是实现有效倾听，都必须做到的。

倾听，是教育的原点，也是教育思想的原点。作为教育的实施者教师，在与学生相处时，为了更好地了解学生，对学生实施有效的教育，就应当成为一个积极有效的倾听者，收集学生的各种反应，针对学生开展有效的教育活动，定会收到事半功倍的教育效果。

倾听可分为两种：一种是真实的倾听，另一种则是虚假的倾听。如果，教师只是摆出一副倾听的姿态，似乎只打开一只耳朵接纳学生的声音，却让它从另一只耳朵悄然流出，未能让声音在自己内心激起任何涟漪。那么，这种倾听则有其名，而无其实，绝不会在教育中发挥积极的作用。反之，都会影响教师在学生中的良好影响，失去学生对教师的信赖。

倾听，在人类社会中，是彼此沟通的重要手段。有人指出：倾听不仅是教育的一部分，而且也是生活的一部分。人世间，谁不在倾听和被倾听。谁不对倾听有所回应，谁就不在"生活"。甚至，谁就没有真实地"活着"。

让我们努力地去实现有效的倾听，通过有效倾听，实现成功的教育，以获取教育的最佳值。

家书抵万金

　　家书，又称家信，是家庭中长辈写给子女的信札，或是子女写给长辈的信札，或是家庭中成员互致的信札。一封封饱含亲情的信件，在亲属中传递，这里有浓浓的亲情，有对家人的挚爱，有对人生意义的叙说。就在这一封封家书的传递中，砥砺人生，磨练成才，让人成就为一个大字的人。

　　历代留存的大量家书中，有帝王写给太子的，有仁人志士写给子女或亲属的。内容感人，颇具文史价值。下面分别列举数封。

　　刘邦，西汉开国君主。他雄才大略，足智多谋，推翻了秦暴政，建立了中央集权的汉朝。重农抑商，与民生息，促进了社会的发展，是一位有作为的君主。

　　《手敕太子》，是他写给太子的一段嘱咐。首先，结合自身经历，他写道："吾遭乱世，当秦禁学，自喜谓读书无益。洎践阼以来，时方省书，乃使人知作者之意。追思昔所行，多不是。"省悟自己在乱世中，未曾认真读书，因而有许多不足之处。时至今日，你竟不如我。为任大事，"汝可勤学习，每上疏宜自书，勿使人也。"刘邦先前是一个不喜爱读书的人，见到读书人也很厌恶。然而，在统一中国的征战中，他深深认识到读书求知的重要。这封致太子的家书，寄托了刘邦对太子的殷切期望，提出了务必认真读书的忠告。就连"每上疏宜自书"，这样具体之事，也叮嘱务必认真去做。足见刘邦栽培太子的良苦用心。

诸葛亮，三国时代蜀国名相，历代都将他视为智慧的化身。他手书的《诫子书》，是家喻户晓的著名家书。这份家书全文如下：

　　"夫君子之行，静以修身，俭以养德。非淡泊无以明志，非宁静无以致远。夫学须静也，才须学也。非学无以广才，非志无以成学。淫慢则不能励精，险躁则不能冶性。年与时驰，意与日去，遂成枯落，多不接世，悲守穷庐，将复何及！"

　　《诫子书》是写给儿子的训导。有人说，是写给长子诸葛乔的。诸葛亮北伐曹吴时，诸葛乔奉命在山谷运送粮草，备受艰辛，不幸早夭。也有人认为，是写给二儿子诸葛瞻的。此子官至尚书仆射。

　　书中语重心长地告诫儿子，必须静心养性，明志读书，不要"年与时驰"，"悲守穷庐"。其中"静以修身，俭以养德"，"非淡泊无以明志，非宁静无以致远"，"非学无以广才，非志无以成学"，"淫慢则不能励精，险躁则不能冶性"等名句，已成了今日众人修身的座右铭。

　　司马光，北宋著名的政治家和学问家，我国著名的历史典籍《资治通鉴》的作者。

　　《训俭示廉》，是司马光为教育儿子司马康而写的家书。家书中首先指出："吾本寒家，世以清白相承。"强调司马氏有清廉的家族传统，应当继承发扬。同时，还谈到"我性不喜华靡，""人皆嗤我固陋，吾不以为病。""众人皆以奢靡为荣，吾心独以俭素为美。"且告诫司马康"风俗颓弊"，不应随波逐流。"俭，德之共也。侈，恶之大也。""贪慕富贵"，就会导致"枉道速祸"。他要儿子懂得，节俭不仅是一种传统美德，而且是不可缺失的政治品格，一定要保持住节俭的优良家风。

　　现代名人中，也有不少值得一读的家书。

　　向警予，中国共产党早期的领导者之一，被毛泽东誉为"模范妇女"。赴法勤工俭学期间，与周恩来、赵世炎、李富春等筹建中共旅欧早期组织。其间，接侄女向功治来信，信中表示"愿发奋做一个改造社会之人"。向警予阅后，十分高兴。在复信中，向侄女指出："科学是进步轨道上唯一重要的工具，应当特别注意。"那个时代，推翻反动统治是时代主题。向警予深刻认识科学的重大作用，信中嘱咐其侄女"应当特别注意"。足见，这位女革命家，具有超出一般的远见卓识。这封宝贵的家书，现珍藏于上海市档案馆。

"烽火连三月，家书抵万金"。十年抗战，是一个遍地烽火、浴血抗敌的悲壮年代。一封封从抗日前线，寄给家人的信件，抒发了中华儿女与入侵豺狼血战到底的英雄气概，以及壮志报国的伟大胸怀。

赵一曼（1905—1936），抗日女英雄。四川宜宾人。1923年加入中国社会主义青年团，1926年转为中国共产党党员。九一八事变后，被派往东北地区发动抗日斗争。1935年秋，任东北人民革命军第三军第一师二团政治委员。在白山黑水之间，率军民与日寇浴血奋战，以"红枪白马女政委"声名远扬。1935年11月，为掩护部队突围，不幸被捕。1936年8月2日，在被日寇押往珠河的火车上，写了一封给儿子陈掖贤的遗书。信中寄托了母亲对儿子深深的爱。她写道："母亲对于你没有能尽到教育的责任，实在是遗憾的事情。"作为一个为人民解放而斗争的中共党员，她对儿子寄予厚望："母亲不用千言万语来教育你，就用实际行动来教育你。在你长大成人之后，希望不要忘记你的母亲是为国而牺牲的。"赵一曼希望儿子发扬母亲不国捐躯的崇高精神，做一个对祖国有用的人才。

左权（1905—1942），湖南醴陵人。全民族抗战爆发后，任八路军副总参谋长，前方总部参谋长。协助朱德、彭德怀指挥八路军开赴华北抗日前线，开展敌后游击战争。1942年5月25日，在山西辽县与日军作战中，壮烈牺牲。他是抗战中八路军为国捐躯的最高军事首长。

左权的《致叔父家信》，是1937年9月18日写给叔父左铭三的信。其叔父1937年6月1日给左权写了一信，告知大哥左育林的死讯，及家中近况。左权公务繁忙，无暇复信。9月18日，在山西稷县，写了这封回信。信中写道："我牺牲了我的一切幸福，为我的事业奋斗，请你相信这一道路是光明的、伟大的。"掷地有声的语言，表现了一个共产主义战士的执着信念和伟大抱负。他还写道："日本已动员全国力量来灭亡中国"。"这一战争必然要持久下去，也只有持久才能取得抗战的胜利。""在持久的战争中，必须能够吃苦，没有坚持的持久艰苦斗争精神，抗日胜利是无保障的。"充分表明，以左权为代表的八路军将士，将发扬"坚持的持久艰苦斗争精神"，誓夺抗日救亡的最后胜利。

朱德在为悼念左权壮烈殉国而作的挽联，写道："名将以身殉国家，愿拼热血卫吾华，太行浩气传千古，留得清漳吐血花。"

左权献身抗击日寇的沙场。他的英名以及写给家人的家书，定为中华儿女永远记取，并化作振兴中华的巨大力量。

《史记》作者司马迁，在《报任安书》中写道："人固有一死，或重于泰山，或轻于鸿毛。"从此泰山鸿毛之论，作为一种生死观，成为千古遗训。淞沪抗击日寇的战斗中，谢晋元率部坚守四行仓库，与数倍之日军，血战四昼夜，谱写了一曲民族抗战的壮歌。

谢晋元（1905—1941），广东蕉岭人。"八·一三"淞沪会战时，任国民革命军88师524团中校副团长，为四行仓库保卫战的指挥者。其间，写有一信给连襟萍舟，信中写道："弟十年来饱尝忧患，一般人情事（世）故，影响于个人人生观，认识极为清楚。泰山鸿毛之训，早已了然于胸，故常处境危险，心神亦觉泰焉，望勿以弟个人之安危为念。"写此家书之时，距谢晋元奉命坚守四行仓库，仅短短八天。部队退入租界后，谢晋元多次拒绝日军的威胁利诱，1941年4月被日伪收买的叛兵刺杀身亡。逝世后，国民政府追授其陆军少将。上海十万民众前往瞻仰其遗容。毛泽东同志高度赞誉坚守四行仓库的"八百壮士"为"民族革命典型"。

家信为家庭亲属传递信息，是抒发情怀、砥砺成长的文字。其中既有时代的烙印，又有自我磨练、献身社会的表白。历代遗留的珍贵之家信，是教育后代的珍贵材料，亦有重要的史料价值。

家书往来，是家庭教育重要的一环。一封封家书，洋溢着优良的家风，体现了一个家族的文化素养和人生追求。研究家书，应是研究社会教育史的一项重要内容。

家训的指针作用

　　家训，是家庭中有权威的长辈对儿孙及后代的谆谆教诲。家训内容丰富，涉及修身、睦亲、处世、勉学、就业、交游等方面，是古往今来家庭教育的经典文献，体现中国人独有的文化心理和气质。它为研究我国教育史和文化史，提供了鲜活的历史资料。

　　家训的文字形式多样，既可为寥寥数语的格言，亦可是多卷的专著；既可以为信札式，亦可为楹联式；既可是示儿诗，亦可为题画诗。其内容之共同处，是对儿孙的殷切希望，向儿孙传授做人的道理，以及走上幸福人生必须恪守的原则。

　　唐代《柳玭家训》，是我国现存较早的一部家训。作者柳玭，唐末人，官至中羽舍人、御史中丞。其父柳仲郢，曾名噪一时。祖辈柳公绰、柳公权均闻名于世。

　　《柳玭家训》，由"序"和"训"两部分构成。在"序"中，回顾柳氏先祖之风范，于平凡事迹中树立起楷模，使家训有本有源。"训"部分，文字厚实，通篇警句，发人深省。这部家训，深受古人厚爱，被誉为"柳氏云"。

　　《了凡四训》，亦为一部影响深广的家训。作者袁黄，明万历进士，官至兵部主事。博学尚奇，对天文、数学、水利、军政、医药等均有涉猎。《了凡四训》由"立命之学""改过之法""积善之方""谦德之效"四部分构成，其文精深而博大，其理中正而精微，深得读者之肯定。

傅山所撰之《家训》，内容颇为丰富。在中华家训中，是较有影响的家训代表作之一。傅山，明末清初的著名学者，博通经史诸子与佛道之学，善绘山水墨竹，懂医术，不食清廷俸禄，仅依祖传医术度生。傅氏《家训》，涉及面广，文字简明，饱含作者切身体验，对儿孙后代，富有教育与启示意义。

《颜氏家训》，我国现存最早、影响最深广的家训专著。体量甚大，共七卷，二十篇。内容涉及教育、文学、音韵、历史、民俗、伦理多方面。作者颜之推（531—约590以后），著名的高门琅琊颜氏之后裔。历任职梁、北齐、北周、隋数朝代，备尝人间兴替之苦，积累了丰富的人生体验。《颜氏家训》，应为其宝贵人生体验之结晶。这部家训在论述的系统性和周密性上，应是史无前例的。清人王钺在《读者蕞残》中谈到《颜氏家训》："篇篇药石，言言龟鉴，凡为人子弟者，可家置一册，奉为明训，不独颜氏。"

《朱子治家格言》，为清代朱柏庐撰。朱柏庐（1617—1688），江苏昆山人。本名用纯，柏庐为其自号。清初居乡，教授学生。治学以朱程为本。康熙时，曾被请为博学鸿儒科，坚辞不应，一生未仕。临终前嘱弟子："学问在性命，事业在忠孝。"《朱子治家格言》，又称《朱子家训》，巧用韵语，读之顺口，易诵易记，更兼用语精辟，启人深思，为古代家训中之精品。《朱子家训》中，有不少精辟佳句，至今仍被人吟诵，如"一粥一饭，当思来处不易，半丝半缕，恒念物力维艰"；"宜未雨而绸缪，勿临渴而掘井"；"薄父母，不成人子"；"善欲人见，不是真善；恶恐人知，便是大恶"等等。至今仍听人讲起，仍对人大有教益。

以上简要介绍的，均为散文样式的家训，还有韵文样式的家训，有的是诗歌，有的是楹联。

唐代诗圣杜甫，写给小儿宗武的一首诗，题为《宗武生日》，亦可称作家训诗一类。全诗如下：

小儿何时见？高秋此日生。

自从都邑语，已伴老夫名。

诗是吾家事，人传世上情。

熟精《文选》理，休觅彩衣轻。

凋瘵筵初秩，欹斜坐不成。

杜甫晚年多病，几乎倒床。小儿守武，已近成年。见小儿在酒席上向来宾一一敬酒，为父自然十分高兴，嘱咐小儿一定多读像《文选》那样的经典书籍，做到能诗会文，光大先祖的家业。

《洗儿试作》，宋代杰出文学家苏轼，在第四个儿子满月时所作。苏轼怀才不遇，屡遭迫害，被贬荒蛮之地，内心自有许多不平，此诗就是这种遭际的折射。全诗如下：

人皆养子望聪明，我被聪明误一生。

惟愿孩儿愚且鲁，无灾无难到公卿。

旧时，新生儿满月之日，要替儿洗身。苏轼在为儿洗身时，写了这首意味深长的七绝。诗中阐明：为人聪明绝顶，且又显露于外，往往会遭人嫉恨，多有不测。如若大智若愚，低调处世，尚可无灾无难，平安一生。这是苏轼对自己深陷困境的反思，也是对满月的小儿发自内心的嘱咐。这首《洗儿试作》，亦是一首别出心裁的家训诗。

一些画家，也是诗人，往往在画作中题上诗，抒发对家人的深情厚望。既是题画诗，又是家训。这里，以郑燮的题画诗《题兰竹图》为例，略加说明。

郑燮，号板桥，清代著名的文学家和书画家。"扬州八怪"中的代表人物之一。

郑板桥在二女儿出嫁时，无钱置办嫁妆，便画了一幅兰竹图相赠，还在画上题了这首诗：

官罢囊空两袖寒，聊凭卖画佐朝餐。

最惭吴隐查钱薄，赠尔春风几笔兰。

此诗乍一看去，似无什么教诲之言辞。其实，慈父殷切之教导，全在诗画之中。

郑板桥，作为一个有骨气的文人，他叮嘱女儿：为人不怕穷，亦不畏苦，无论处于怎样的艰苦环境，都应像春风中的兰竹，保持自身高洁的品行。

有的家训，以楹联形式出现，既有家训之良言，又是一副极佳的对联。贴在厅堂的大柱上，让儿孙天天诵读，身体力行。

曾国藩，我国近代史上一位重要的中兴名臣。而今，有关他的家书、日记、专著，大量地出版，社会上出现了一股"读曾热"。

有关曾氏家风家训的相关情况，可从荷叶塘曾府大厅内悬挂的一副长联中略知一二。

这幅著名的家训联，内容如下：

> 有诗书，有田园，家风半读半耕，但以箕裘承祖泽；
> 无官守，无言责，时事不闻不问，只将艰巨付儿曹。

此联是曾国藩本性的真实写照，亦是曾氏家风的生动反映。对于生活，曾国藩有他自己的看法：认为人的欲望是无止境的，不能一味迎合，相反地更应控制和压抑，必须注重精神境的提升。由此，他教育儿孙，要坚持半耕半读的家风，自觉接受艰巨使命的锤炼。正是这一优良家风和著名家训，让曾氏家族数代枝繁叶茂，令人敬仰。

徽文化，中华传统文化中，最具特色的地域文化。徽商是儒商，十分重视传统文化的传承。在古村落兴建的大厅中，悬挂不少寓意深刻的楹联，既是对传统信念的抒发，又是教育儿孙的家训格言。

黟县履福堂的大厅内，挂有这样一副名联：

> 几百年人家无非积善，

第一等好事只是读书。

通过对联，教育子孙后代，恪守乐施积善的传统美德，走读书明理的道路。"积善"与"读书"，正是履福堂留给子孙后代的家训。

家训，是家族前辈留给后代必须遵从的行为规范和人生准则，是教导家族成员及其后代子孙为人谋事的重要指针。这些家训，虽有时代烙印，但其中确有不少修身立世的真知灼见，值得今人学习借鉴。

我们理应分析和研究前人流传下来的家训，从这一传统文化中，汲取宝贵的养分。从而，树立民族自信心，促进和发展社会主义新文化。

家训的指针作用

301

家风对子孙后代的深远影响

国是由千万个家构成，家庭是社会的细胞。家庭好，才会社会好，才能国家好。

一个有为的家族，为了自身的健康成长和兴旺发达，会为全体族人制定家训，让大家遵照执行，并以此教育子孙后代，代代遵守，世世相传。因为有家训的规范，在长期培育中，形成了良好的家风，在家族历代众多成员中显现，成为该家族的一大特色。

家风是一个家族的精神印记，一个家族的风气、风格、风尚的集中体现。家风带动民风，良好的家风对和谐美好社会的形成，会发挥积极的作用。

江南钱氏家族，是居于钱塘的一个著名氏族。吴越国王钱镠，为钱氏家族的中兴族主。他对钱塘江区域的开发，建有历史之功勋，对子孙后代要求极严，把"心术不可得罪于天，言行皆当无愧于至贤"，作为后代立身的标杆。在其绵延数十代的子孙中，由于良好家风的滋润，涌现了大批时代俊彦。时至近、现代，钱氏家族杰出人才，成"井喷式"地涌现。社会流传这首顺口溜："一诺奖，二外交家，三科学家，四国学大师，五全国政协副主席，十八两院院士"，说明钱府培育的高、尖端人才，何其多也！还有多位父子精英，如钱基博与钱锺书，钱玄同与钱三强，钱穆与钱逊，钱学榘与钱永健。事实表明，钱氏家族奋发上进的优良家风，对一代代杰出人才的诞生，提供了优良的土壤。

曾国藩，彪炳史册的晚清重臣，他不仅是治军治国的能手，而且还是治家的楷模，他在一封封给众弟和子女的家书中，不少都是反复叮嘱他们务必遵从的训导，反映了他从严治家的优良风范，由此形成了曾氏家族典型的家风。曾国藩终生倡导的家风，有一种重要特色，那就是十分重视"勤俭"二字，形成了以勤俭为荣，事事讲勤俭的良好家风。

曾国藩认为，"勤"是兴家的关键。他指出，勤"对个人来说，既能养生，又能养品。"大儿纪泽，从小体弱，常生病。曾氏不主张动不动就服药，就吃补品。他说："药能活人，亦能害人。"主张锻炼体魄，增进健康，每日饭后走数千步，扫屋清地，耕田种菜，身体会因手脚勤快而健康起来。曾国藩将"手脚勤快"，视为"养生第一秘诀"。

曾国藩在家书中，有这样一段名言："无论大家小家，士农工商，勤苦俭约未有不兴者，骄奢倦怠未有不败者。"除"勤"外，曾氏还强调"俭"，告诫家人一定过俭朴生活。

曾国藩自身一直奉行节俭，反对铺张和奢侈。人们曾给曾氏送了一个雅号，称他"一品宰相"。之所以称"一品宰相"，并不是他官居"一品"，而是由于每次用餐，仅一菜，一碗饭，生活极为简朴。不是他没有钱花，而是坚持节俭之美德。衣着上，他主张还是旧的好。在致子女信中，写道："古语云：衣不如新，人不如故。然以吾观之，衣亦不如故也。"曾国藩考中进士时，家中给他做了件天青缎马褂，这是他唯一一件绸缎衣服。对这件生平最好的衣服，平时舍不得穿，遇上庆贺之时或过年之际，才穿一下，直至晚年，其衣依然如新。他在给长子纪泽的信中说："凡世家子弟，衣食起居无一不与寒士相同，庶几可以成大器。"

正由于曾氏家族秉承勤俭持家的良好家风，使得这个家族，数代保持蓬勃向上的势头。家风兴家，从曾氏家族百年的兴旺史中可得佐证。

家风反映在家人点滴的小事上，从一件件具体事例中，凸现全家的精神风采。

现代著名翻译家傅雷，一生翻译了数十部法国著名作家的作品，达到了信、雅、达的最高要求。为文如此，做人更是这样。由此，亦形成了严谨的家风。

傅雷是一个从生活到写作都一丝不苟的人，对孩子的教育也是如此。他注重孩子身边小事，重视从细节中反映出的问题。有一次家中来客，傅聪出门，关门的声音重了一些。傅雷十分恼火，认为是对来客的失礼。他教育儿子，一言一行都应体现对别人的尊重，也反映自身的文明修养。

傅雷对两个孩子有种种不成文的规定："食不语"——吃饭时不应说话；咀嚼不许发出很大声响；用匙舀汤，不许将汤滴在桌上……

直至傅聪生活在国外，还在信中提醒儿子："你素来有两个习惯，一是到别人家里，进了屋子，脱了大衣，却留着围巾；二是经常把手插在上衣口袋里，或是裤袋里。这两件都不合西洋的礼貌。""出台行礼或谢幕，面部表情要温和，切勿像过去太严肃……你要学的不仅仅是音乐，还要有举止、态度、礼貌等礼节。"

傅雷以良好的家风影响着儿子，希望他们不仅有良好的文化艺术水准，而且还有很高的道德修养，成为一个完美的人。事实证明，在这样良好家风的沐浴下，他的儿子傅聪和傅敏没有辜负其父的期望，他们已成为令人景仰的人。

社会乃由千千万万个家庭组成，良好的家风将给社会带来清新的空气，促其形成良好的社会风气，对我们实现中华复兴，构建和谐、文明、幸福的新社会，大有促进作用。

后　记

费时半年，终将《岁月思絮》编撰完毕。此书为《岁月回眸》的姐妹篇，是见诸报刊的八十余篇论述文之汇集。

古人谈到作诗的甘苦时，曾有"为求一字稳，拈断数根须"的感叹。作诗如此，为文亦然。为求文字的简明、晓畅、富于韵味，从开始腹稿，到独自成篇，不知耗费多少心血。好在写作是件苦事，亦是件乐事。撰写完毕，展诵全文，心里自有无比轻松和畅快。

本书付梓，得到安徽师范大学校长张庆亮教授的热忱关心和鼎力相助。安徽师范大学历史与社会学院亦为本书的问世，提供了热情支持。在此，深表谢意。

作　者

二〇一九年三月于芜湖左岸

耕耘书屋

后

记